KB163312

조해일문학전집 10

장편소설

갈 수 없는 나라

하

일러두기

- 《조해일문학전집》은 한국문학사에 커다란 문학적 성취를 남긴 조해일의 작품 세계를 독자들에게 소개함과 동시에 문학적 의의를 정리하는 데 목표를 둔다.
- 《조해일문학전집》은 생전에 발표했던 중·단편과 장편소설, 그리고 웹사이트에 게시된 미발표 소설 등과 기타 작품으로 구성되어 있다.
- 《조해일문학전집》은 출간일(발표일) 기준 가장 최신 작품을 저본으로 정하였다.
- 맞춤법, 띄어쓰기, 외래어 표기는 현행 맞춤법과 표기법을 따랐다.
- 한글 표기를 원칙으로 하였고, 한자로만 된 단어는 '한글(한자)' 형식으로 수정하였다.
- 수정하면 어감이 달라지거나 문학적으로 허용되는 일부 표기(표현)는 원문대로 두었다.
- 간접 인용과 강조는 ' ', 대화와 직접 인용은 " ", 단편소설은 「 」, 장편소설과 잡지는 『 』, 미술 작품과 영화·연극 등은 〈 〉, 시·노래 제목은 ' '로 표기하였다.

갈 수 없는 나라

하

차례

조해일문학전집 10권

위험한 여행

나영은 형사의 전화를 받고 나서 뜬눈으로 밤을 새우다시피 했다. 도저히 잠을 이룰 수가 없었기 때문이다. 기쁨과 두려움이 엇갈린 일종의 고양된 마음의 상태가 그녀로 하여금 좀처럼 잠을 이룰 수 없게 만들었던 것이다. 사사건건 그녀와 결부시키려는 형사의 태도와 넘겨짚으려는 태도가 불쾌하고 찜찜했지만 어쨌든 권오규, 그가 이제 이 세상에서 없어진 것이다. 이제 그녀는 완전히 자유로워졌다고 할 수 있는 것이다.

사슬을 벗어난 기분은 그러나 기쁜 것만은 아니었다. 두려움도 동반한 것이었다. 탈옥수가 탈옥에 성공했을 때의 기쁨과 두려움이 엇갈린, 그런 기분 같았다고 할까. 그러나 사슬을 벗어났다는 기쁨에 비하면 두려움은 그다지 대수롭다고 할 수 없었다. 그것이 또한 그녀의 천성이라고 할 수 있었다.

뜬눈으로 밤을 새우다시피 한 그녀는 아침이 되자 욕실로 들어갔다. 물을 받아, 물속에 몸을 담그고 편안히 기대 누웠다. 온몸이 기분 좋게 이완돼 왔다.

옥자는 아직 일어나지 않고 있었다. 지난밤 10시가 채 못 되어 자러 들어가서는 그냥 내처 자고 있는 것이다. 아침 7시가 다 되었는데도 말이다. 그러나 그녀는 옥자를 나무랄 생각이 오늘은 없다. 오히려 칭찬해 주고 싶을 지경이다. 오늘 그녀는 이렇게 혼자인 것이 좋다. 몸을 그렇게 한동안 물속에서 이완시킨 다음 그녀는 욕조에서 나와 몸을 씻기 시작했다. 마치 그 몸에 아직 남아 있는 권오규, 그의 사슬 자국이라도 씻어 내듯이.

그녀는 정성 들여 몸을 씻었다. 그러면서 거울 속의 자신을 바라보았다. 권오규의 사슬 자국 같은 건 이제 그곳에서 찾아볼 수 없었다. 눈이 부시도록 아름답기만 한 몸매였다. 한때 그의 사슬에 묶였던 그녀의 몸은 이제 그 사슬에서 풀려남으로써 한층 더 아름다워 보이는 것 같았다. 세상에 자유로운 것 이상으로 아름다운 것이 어디 있으랴.

그녀는 문득 눈시울이 뜨거워 옴을 느꼈다. 그리고 불현듯 어머니가 보고 싶어졌다. 집엘 한번 다녀와야겠다는 생각이 들었다. 너무나 엄청난 일들에 시달린 몸과 마음을 잠시 쉬기 위해서도 집엘 한번 다녀와야겠다는 생각이 들었다. 목욕을 마치면서 그녀는 마음을 정했다. 오늘 오후에라도 떠나리라고. 집에 가서 다만 이삼일이라도 쉬고 오리라고.

옥자는 그녀가 목욕을 마치고 나왔을 무렵에야 잠을 깼는지 제 방

에서 눈을 비비며 나왔다. 그리고 무안한 표정으로 그녀를 쳐다보며
말했다.

"어마, 내가 늦잠을 잤나 봐요. 정신없이 잤네. 어젯밤엔 이상하게
잠이 쏟아지더니……."

그리고 옥자는 부랴부랴 부엌으로 향했다. 그녀는 부드럽게 옥자
의 뒷모습을 향해 말했다.

"고단했었나 보지. 괜찮아."

그런데 김광배한테서 전화가 걸려 온 것은 옥자가 아침을 지어 그
들이 함께 식사를 마치고 난 뒤였다. 그는 회사에 출근하자마자 전화
를 건 모양이었다. 그녀가 전화를 받자 그는 대뜸 권오규라는 사람을
아느냐고 물었다.

"누구요?"

"권, 오, 규. 그런 사람 몰라?"

"아, 어젯밤에 자살했다는 사람 말이군요? 호텔 창문에서 떨어져
죽었다는……."

"맞았어. 나영 씨도 들었군. 그런데 평소에 모르던 사람이야?"

"간밤에 형사도 그런 소릴 하더니 광배 씨도 어쩌면 같은 소릴 하
죠? 간밤에 형사한테서 처음 이름을 들어 본 사람이에요."

"그래?"

"그런데 왜 그러죠? 그 사람이 자살한 거하고 나하고 무슨 상관이
라도 있나요?"

"아니, 그저. 혹시 평소에 알던 사람이 아닌가 해서."

"설혹 알던 사람이면 무슨 상관이죠? 그 사람이 자살한 거하고 나하고."

"만일 알던 사람이면 상관이 있을 수도 있지. 혹시 나영 씨가 자살의 원인이 됐을 수도 있고."

"어마, 지금 무슨 소릴 하는 거죠?"

"만일 알던 사람이라면 말야."

"끔찍한 소리 하지도 마세요. 알긴커녕 아름도 간밤에 처음 들어본 사람이에요."

"정말이야?"

"어머?"

"하하, 미안, 미안."

"아이, 기분 나빠."

"아침부터 김새는 소리 들었다, 이거지?"

"그렇잖구요. 간밤엔 형사가 그러더니 오늘 아침엔 광배 씨마저 똑같은 소릴 하니 기분이 좋을 게 뭐예요. 난 무슨 반가운 소식이나 주려나 했더니."

"반가운 소식? 아, 있지."

"뭔데요?"

"오늘 오후에 나하고 여행이나 떠나자구."

"어마, 어디로요?"

"부산 어때?"

"좋아요. 하지만 부산엔 갑자기 왜요?"

"그냥 놀러 가는 거지, 뭐."

"회사 일은 어떡하고요?"

"나영 씨하고 여행을 가는데 회사 일쯤 아무려면 어때."

"피이."

"피이라니?"

"그게 그럼 정말이란 말예요?"

"정말이구말구. 비행기표도 벌써 예약을 해 놨어."

"괜히 생색내지 마세요. 회사 일로 부산에 출장 가는 거죠? 출장 가는 김에 나도 데려가려는 거죠? 그렇죠?"

"야, 이건 두 손 들었는데. 어떻게 그렇게 잘 알지?"

"뻔하죠, 뭐. 남자들 속셈."

"하하, 하지만 회사 일은 잠깐이면 돼. 나머진 우리 시간이라구. 결국 마찬가지지 뭘 그래."

"진작 그렇게 솔직히 나와야죠. 좋아요, 가요."

"오케이, 그럼 이따 데리러 갈게."

"아녜요, 내가 나갈게요. 시간하고 장소만 말해 주세요."

"그럴까? 그럼 2시에 C호텔 커피숍으로 나와."

"네, 그럼 이따 만나요."

나영은 송수화기를 내려놓고 잠시 생각했다. 집엘 다녀오는 대신 그와 함께 부산엘 먼저 갔다 오는 것도 나쁠 건 없다고. 집엔 그 뒤에 한번 다녀와도 늦지 않을 터이었다. 다만 광배 역시 그녀와 권오규 사이를 일단 한번 묶어서 생각해 본 듯한 눈치여서 그 점이 조금 꺼

림칙했지만 그것은 아무런 근거 없이 그저 한번 떠올려 본 생각에 지나지 않을 수도 있었다. 필경 그러리라 생각되었다. 왜냐하면 그에게 그런 생각을 할 만한 무슨 근거가 있을 턱이 없으니까. 그녀는 옥자를 불렀다.

"애, 옥자야, 이리 좀 와 봐."

"네?"

하고 옥자는 부엌 쪽에서 걸어왔다.

"그리 좀 앉아."

나영은 부드럽게 말했다. 옥자는 약간 긴장한 표정으로 그녀의 맞은편 소파에 앉았다. 아마 늦게 일어난 일에 대한 꾸지람을 들을 차례라고 생각한 모양이었다.

"편히 앉아. 야단치려는 거 아니니까."

나영은 부드러운 표정을 바꾸지 않은 채 말했다. 그리고 물었다.

"너 집에 가고 싶지?"

"……아뇨."

"아니긴 뭐가 아냐. 가고 싶지."

"……."

"한번 갔다 와. 며칠 후에. 내가 그동안 네 생각을 너무 안 했던 것 같애. 엄마랑 보고 싶을 텐데."

"괜찮아요."

"착해라. 네가 너무 착하니까 내가 네 생각을 자꾸 잊어 먹게 되잖니. 집에 갔다 오고 싶으면 얘기도 좀 하고 그래야지. 너무 착하기만 하면 요즘 세상엔 손해야."

"……."

"엄마 보고 싶지?"

"……네."

"거봐. 그러면서 왜 얘길 안 했니. 나 이삼일 어디 좀 갔다 올 테니까, 그 뒤에 너도 집에 한 번 다녀와. 그리고 이달부턴 월급도 올려 줄게."

옥자는 약간 어리둥절한 표정 가운데도 감동한 빛이 역력했다. 나영은 그 점을 노렸다. 여러 가지 의미에서 옥자의 환심을 사 둘 필요를 느꼈기 때문이다. 여지껏 그 점을 좀 소홀히 했지만 이제부터라도 그래 둘 필요가 있었다. 그녀는 말했다.

"그동안 내가 너한테 너무 무심해서 미안하구나. 월급도 올려 줄 생각을 못 하구. 이달부턴 올려 줄게. 그리고 나 없는 동안 누가 혹시 찾아오거나 전화가 오면 그냥 여행 갔다고만 해. 다른 걸 묻거든 잘 모른다고만 하구. 알았니?"

"네, 알았어요."

"나 없는 동안 집 잘 보고."

"네."

"그래, 그럼 언닌 너만 믿고 갔다 온다?"

"네, 염려 말고 다녀오세요."

"그래, 고맙다."

그녀가 간단한 여행 채비를 해 가지고 아파트를 나선 것은 1시 반쯤이었다. 혹시 누구 뒤따르는 사람이 없나 눈여겨 살펴보았으나 수상한 사람은 눈에 띄지 않았다. 그녀는, 박 형사가 맞은편 아파트의 층계참에 있는 유리창을 통해 자신을 주시하고 있다는 건 까맣게 모르고 있었던 것이다.

그녀가 C호텔 커피숍에 도착한 것은 거의 2시 정각이었다. 광배는 먼저 와서 기다리고 있었다. 그녀가 다가가 마주 앉자 그는 유쾌한 표정으로 말했다.

"즐거운 여행이 예상되는걸. 나영 씨 오늘 아주 특별히 멋져 보여. 시간도 정확하게 지키고 말야."

나영도 즐거운 표정으로 대꾸했다.

"오랜만에 여행 떠날 생각을 하니까 마치 초등학교 때 소풍 떠나는 기분 같아요."

"정말?"

"네, 정말."

"그럼 나한테 고맙다는 인사를 해야겠군."

"피이, 그건 광배 씨도 마찬가지죠, 뭐. 혼자 가면 심심할 테니까."

"하하, 그렇던가."

"아녜요, 그럼?"

"하하, 인사 좀 받아 보렸더니 다 틀렸군."

"하지만 고마운 건 사실이에요. 어쨌든 나한텐 오랜만의 여행이니까. 감사합니다."

"하하. 이거 엎드려 절 받기 한번 힘들군. 나도 좀 뻔뻔하긴 했지만 말야."

"역시 즐거운 여행이 되긴 하겠네요. 그렇게 반성을 다 하시는 걸 보니까."

"하하, 이거 꼼짝 못 하겠는데. 아무튼, 우리 커피 한 잔씩 하고 일어서지. 비행기 시간이 얼마 안 남았으니까."

"네, 그래요."

그들은 커피를 주문했다. 그리고 커피를 마신 다음 그들은 곧 의자에서 일어났다. 호텔 주차장에 그의 차가 대기하고 있었다. 운전기사가 나와서 문을 열어 주었다. 그들은 차에 올랐다. 그가 운전사에게 지시했다.

"공항으로."

"네."

차는 곧 융단 위를 미끄러지듯 부드럽게 출발했다. 그가 나직이 그녀에게 속삭였다.

"저 친구는 내 심복이야. 마누라한테 일러바칠 염려는 없지."

"나쁜 사람."

하고 그녀는 몰래 그를 꼬집는 시늉을 했다. 운전기사는, 뒤쪽의 수작에는 아무런 관심도 없는 듯, 뒷모습만을 이쪽으로 향한 채 묵묵히 차만 몰고 있었다. 그리고 그들이 공항에 도착하여 비행기에 오른 것은 3시가 조금 못 된 시각이었다. 상철과 함께 제주도행 비행기를 올랐던 이후로 그녀에게는 오랜만의 비행기 여행이었다. 그런데 그곳에서 그녀는 뜻밖의 인물을 발견했다. 비행기가 마악 출발하기 직전

이었다. 안전벨트를 매달라는 지시에 따라, 좌석 양쪽에 늘어져 있는
벨트를 끌어다 허리에 매고 나서 무심코 뒤쪽을 한번 돌아다본 순간,
그들로부터 다섯 좌석쯤 뒤쪽에서 그녀는 배수빈의 얼굴을 발견했
던 것이다.

"어마?" 하고 그녀가 놀라는 순간, 배수빈 쪽에서도 그녀를 발견하
고 놀라는 표정을 지었다.

"아, 나영 씨. 웬일이십니까."

순간 광배도 약간 놀란 몸짓으로, 그녀를 따라 고개를 돌이켰다. 그
리고 그도 배수빈을 발견하고 뜻밖이라는 표정을 지었다.

"어? 수빈이 아니야?"

"아니, 광배 형님도……."

하고 배수빈은 이쪽 두 사람을 번갈아 바라보며 순간 얼굴을 붉혔다.
그것은 본의 아니게 두 사람의 비밀을 엿보게 되어 순간적으로 송구
하고 당황해하는 그런 표정이었다. 당황한 것은 이쪽도 마찬가지였
다. 그러나 광배는 곧 천연스러운 표정으로 물었다.

"언제 탔지? 아까 로비에선 못 봤는데."

"아, 난 좀 늦었어요. 하마터면 비행길 놓칠 뻔했어요."

"그래? 부산엔 무슨 일로 가는데? 공연이 있어?"

"아뇨. 다른 볼일이 좀 있어서요."

"그래?"

그때 비행기가 출발을 위한 시끄러운 소리를 내기 시작했으므로
그들은 이제는 얘기를 주고 받을 수 없었다.

"그럼 나중에 봐."

하고 광배는 조금 큰 소리로 말한 다음 고개를 제자리로 돌렸다. 나영도 눈짓으로 인사한 다음 상체를 바로 했다. 비행기는 곧 시끄러운 소리와 함께 활주로를 내닫기 시작했고 얼마 안 있어 지면을 벗어났다. 평형감이 잠깐 무너지는 듯한 느낌이 왔다. 그리고 얼마 안 있어 다시 평형감이 얼마간 되찾아지고 소음도 다소 가라앉았을 때 광배가 혼잣소리로 하듯 중얼거렸다.

"좀 우습게 됐는데, 수빈이 쟤하고 한 비행기에 타게 될 줄을 누가 알았나."

나영도 가만히 받았다.

"그러게 말예요."

"이럴 줄 알았으면 괜히 비행기를 탔는데. 내 차로 그냥 뽑는 건데."

"정말 그럴 걸 그랬어요."

"김광배의 조그만 실수로군. 도리 없지. 나중에 쟤 입이나 막아 두는 수밖에."

"그래요. 부산에 내려서 광배 씨가 잘 얘기하면 말을 함부로 퍼뜨리진 않을 거예요."

"그런데 쟤가 부산엘 갑자기 무슨 볼일일까. 공연도 아니라면서."

"글쎄요. 무슨 볼일이 있겠죠, 뭐."

"글쎄……."

"나중에 물어보면 되잖아요."

"그렇군."

비행기는 이제 매우 안정된 비행을 하고 있었다. 둥근 기창 밖으로 엷고 흰 구름 자락이 스쳐 가는 게 보였다. 그리고 그 저쪽에는 햇빛을 받아 눈부시게 빛나는 넓고 흰 구름의 지붕이 보였다. 아름답고 눈부신 모습이었다. 그러나 이때 나영에게는 문득 불안한 생각 하나가 떠올랐다. 그것은 비행기가 혹 고장이라도 일으키면 어쩌나 하는 생각이었다.

큰 바다에 나선 배에, 부정 탄 여자가 타면 반드시 풍랑을 만나 배가 뒤집히고 만다던, 어린 시절 할머니로부터 들은 이야기가 떠올랐다. 부정 탄 여자란 죄지은 여자를 말하는 것이라던 할머니의 설명도 생각났다.

할머니의 옛날이야기식으로 하면 그녀는 부정 탄 여자라고 할 수가 있었다. 그러나 그것은 한순간 문득 스쳐 간 불안에 지나지 않을 뿐, 비행기는 계속해서 안정된 비행의 상태를 유지했고 한 시간 남짓 만에 그들은 무사히 부산에 도착했다. 그리고 공항을 빠져나오는 택시 속에서, 광배는 동승한 배수빈에게 물었다.

"그런데 부산엔 갑자기 무슨 볼일이야? 공연도 아니고."

그러자 배수빈은 약간 겸연쩍은 표정을 지으며 대답했다.

"사실은 좀 있다 리사이틀을 한번 가질까 하거든요. 형님들한테도 곧 의논을 드리려고 했어요."

"리사이틀? 아, 한번 할 때가 됐지. 그런데 부산엔 왜? 부산에서 하려구?"

"아뇨, 그런 게 아니라 서울에서 한 번 하고 웬만하면 부산에서도 한 번 해 볼까 해서요. 극장 조건이랑 다른 조건들이 웬만하면 말이죠."

"아, 그러니까 말하자면 사전답사차 내지는 교섭차 내려온 셈이구나? 서울엔 극장이 결정됐고?"

"네, D극장하고 얘기가 됐어요."

"너도 어지간히 지독한 놈이다. 매니저 한 명 안 두고. 돈 벌어서 다 어디다 쓰려고 그러니?"

"원, 형님두……."

그때 나영이 끼어들었다.

"매니저 두면 뭘 해요? 재주는 곰이 부리고 돈은 되놈이 가져가는 꼴밖에 더 돼요? 할 수만 있다면 혼자서 하는 게 제일 속 편하죠."

그러자 광배가 웃었다.

"아, 참, 우리 나영 씨가 수빈이 열렬한 팬이었지."

"팬이기도 하지만 사실이 그렇지 뭐예요. 안 그래요?"

하고 나영은 배수빈의 얼굴을 쳐다보았다.

"역시 나영 씨밖에 없군요."

하고 배수빈은 웃었다. 그리고 문득 광배 쪽을 쳐다보며 물었다.

"그런데 형님은 웬일이시죠, 부산에? 무슨 볼일이 있으세요?"

그러자 광배는 지그시 그를 노려보듯 하며 말했다.

"자식이 능청은. 그래, 인마, 볼일이 있어서 내려왔다. 나영 씨하고. 어쩔래?"

"원 형님두. 어쩌긴 내가 뭘…….""

"서울에 가서 퍼뜨릴래?"

"원, 형님두. 내가 뭐 세 살 먹은 어린앤 줄 아세요?"

"좋았어, 그 대답. 그 대답 책임져야 해?"

"알았어요, 형님."

"좋았어. 그럼 우리 시내 들어가서 같이 저녁이나 먹자."

"좋습니다. 오늘은 그럼 내가 사죠."

"놔둬, 인마. 내가 살 테니까. 너 같은 지독한 구두쇠한테 얻어먹고 나서 소화가 제대로 되겠니."

"원, 형님두 정말…….""

"그럼 정말 네가 사겠단 얘기야?"

"글쎄, 나도 어쩌다 저녁 좀 한번 사 봅시다."

"좋았어, 정 그렇다면 오늘은 너한테 한번 얻어먹어 보자."

그때, 여지껏 묵묵히 택시만 몰고 있던 운전사가 마치 기회만 기다리고 있었다는 듯 불쑥 입을 열었다.

"이거 영광입니다. 인기가수이신 배수빈 선생을 모시게 돼서."

운전사의 눈빛이 순간 야릇하게 한 번 번쩍였다는 사실은 그들 세 사람 중 아무도 눈치채지 못했다. 그는 부산시경 강력계의 양 형사였다. 서울시경으로부터 연락을 받고, 급히 택시 운전사로 변장을 한 뒤 공항에서 대기하고 있다가 그들을 태웠던 것이다.

서울시경으로부터의 연락에 따르면 그는 두 사람의 남녀만을 추적하면 되었으나 뜻밖의 인물 한 사람이 더 보태어진 셈이다. 서울로부터는 가수 배수빈이 동행이라는 얘기는 없었던 것이다. 주고받는 대화의 내용으로 미루어 그가 동행이 된 것은 우연인 모양이었다. 그러나 어쨌든 양 형사는 인기가수인 그를 자신이 모는 차 속에 가까이 태우고 간다는 사실이 다소 유쾌하기도 하여 임무를 잊지 않는 범위 안에서 짐짓 장난을 해 본 셈이었다. 스스로만 아는 일종의 농담이었다고 할까. 그러나 운전사의 진짜 정체를 알 리 없는 배수빈은 자못 유쾌한 표정으로 대꾸했다.

"아, 이거……. 절 아시나 보죠?"

"예, 알다 뿐인가요. 직접 이렇게 뵙는 건 처음이지만 텔레비전에서도 많이 뵈었고 라디오로도 늘 배 선생 노래를 듣고 있죠. 아무튼 영광입니다."

"원, 천만에요. 제가 오히려 감사해야죠."

그때 나영이 박수라도 칠 듯한 표정으로 말했다.

"어머, 수빈 씨 노래가 부산에서도 대인기인가 봐요."

광배도 유쾌한 목소리로 한마디 했다.

"야, 수빈이 너 오늘 저녁만 사 가지곤 안 되겠다."

배수빈은 유쾌한 표정으로 받았다.

"하하, 좋습니다. 저녁뿐만 아니라 뭐든지 원하시는 대로 한턱 톡톡히 내죠."

그러나 시내로 들어와 막상 세 사람이 함께 저녁식사를 마쳤을 때, 광배는 말했다.

"자, 그럼 우리 그만 헤어지지. 수빈이 넌 또 네 볼일을 봐야 할 테구."

"왜, 어디 가서 술 한잔 안 하실래요?"

하고 배수빈은 그냥 헤어지기가 약간 서운하다는 듯이 물었다. 광배
는 조금 엄격한 표정을 지었다.

"술은 다음에 하자. 서울에 돌아가서 내가 한잔 사지. 그리고 다시
한번 얘기해 두지만 너 부산에서 우리 봤다는 얘기 아무한테도 하면
안 돼."

"원, 형님두, 별걸 다 걱정을 하십니다. 내가 그렇게 입이 가벼운 놈
처럼 보입니까."

"다짐해 두는 것뿐야. 그리고 리사이틀 문젠데 어려운 일이 있으면
나중에 회사로 전화해. 나 여기서 이삼일 묵고 올라갈 테니까."

"네, 나중에 전화드릴게요. 실은 미리 의논을 드렸어야 하는 건데
조건이랑 먼저 좀 알아보고 나서 의논을 드리려구요."

"알았어. 나중에 전화해. 자, 그리고 그만 일어서지."

그들은 곧 밖으로 나왔다. 마침 빈 택시 한 대가 다가왔다. 배수빈
이 택시를 세우면서 말했다.

"먼저 타세요, 형님. 나중에 서울에서 뵙겠습니다."

"그래, 서울서 보자."

나영도 그에게 눈짓으로 인사한 다음 광배와 함께 택시에 올라탔
다. 그러나 그들은 그것이 아까와 같은 택시라는 사실에는 별로 주의
를 기울이지 않았다. 광배가 말했다.

"해운대 K호텔로."

"예, 예."

운전사는 앞만 본 채, 고개를 숙이듯 대답하고는 곧 택시를 출발시켰다. 그리고 택시가 해운대의 K호텔에 도착한 것은 얼마 후였다. 그들은 창 가득히 바다가 내려다보이는 한 객실에 들었다. 이미 어두워진 뒤였으므로 바다는 거대한 검은 물체로밖에 보이지 않았으나 모래 기슭을 핥는 바다의 혀는 하얗게 빛나 보였다.

나영이 말했다.

"광배 씨 말대로 정말 멋진 여행이 되겠네요. 이런 좋은 방도 차지하게 되고."

"글쎄, 수빈이 개만 아니었으면 아주 깨끗한 건데." 하고 광배는 아무래도 그 점이 약간 마음에 걸린다는 표정을 지었다.

"어마, 그렇게 다짐을 하고도 아직 마음이 안 놓이세요?"

"우릴 못 본 것만은 못 하지."

"어마, 그렇게 싫으면 이런 모험은 안 해야죠, 뭐."

"모험이라구?"

"이 이상의 모험이 어딨어요. 말하자면 목숨까지 내놓고 하는 모험이라고 할 수 있는데."

"또 그 애긴가."

"왜, 언짢으세요? 죽는 것쯤은 두렵지 않다고 하더니."

"아무튼 김이 약간 샌 건 틀림없어. 수빈이 개가 하필이면 그 비행기를 탔지?"

"신경 쓰지 마세요. 그럴 수도 있지 뭘 그래요. 그리고 우리 기분 전환도 할 겸 바닷가에 나갔다 와요."

"……그럴까."

"그래요. 모처럼의 여행인데 유쾌하게요."

"좋아, 그럼 나갔다 오자구."

그들은 곧 객실을 나와 바닷가로 내려갔다. 해수욕철이 아니었으므로 바닷가는 쓸쓸했으나 드문드문 산책하는 남녀의 모습이 보이기도 했다. 모래사장 위에 나란히 붙어 앉은 남녀의 모습도 보였다. 모래 기슭에 와 닿는 밤바다의 물결 소리는 일정한 간격으로 규칙적인 소리를 내고 있었다.

발밑에 모래의 감촉을 느끼며 나영은 말했다.

"굉장히 오랜만인 것 같아요. 이렇게 바닷가를 걸어 보는 거."

"응, 나도 그래."

하고 광배도 기분이 훨씬 나아진 표정으로 대꾸했다.

"나오길 잘했죠?"

"그런 것 같군."

"그런 것 같은 게 뭐예요. 그러면 그렇고 안 그러면 안 그렇지."

"하하, 그래, 그래."

"수빈 씨 일은 이제 잊어버리세요."

"알았어, 알았어."

"아, 이 바다 냄새 좀 맡아 보세요."

"좋군."

"서울에서 더러워진 폐가 깨끗해지는 것 같아요."

"그렇군."

"어마, 무슨 대답이 멋없이 그래요. 좋군, 그렇군……."

"하하, 좋은 걸 좋다고 하고 그런 걸 그렇다고 하지, 그럼 뭐라고 그래."

"아직 수빈 씨 생각하고 있는 건 설마 아니겠죠?"

"아냐, 아냐."

"그럼 무슨 딴생각?"

"아니, 그냥 덧붙일 말이 별로 없어서 그랬을 뿐이야. 나 지금 기분 좋다구."

"정말이죠?"

"그럼, 정말이구말구."

그들은 30분쯤 더 그렇게 바닷가를 산책한 뒤 다시 객실로 돌아왔다. 그러나 나영은 그가 아직도 무언가 석연치 않아 하고 있다는 느낌을 받았다. 표면상으로 그는 꽤 유쾌해 보였으나 무언가 마음속으로는 석연치 않아 하는 것이 있다는 느낌이었다. 그러나 그녀는 짐짓 모른 체하고 말했다.

"피곤하실 텐데 우리 그만 목욕이나 하고 자기로 해요."

"그럴까." 그도 반대하지 않았다.

"먼저 하세요. 난 조금 있다 할게요."

"같이하는 게 어때?"

"따로따로 해요. 그게 피곤할 땐 좋을 거예요."

"아니지, 피곤하니까 오히려 같이해야지."

"아무튼 먼저 들어가세요. 난 봐서 조금 있다 들어갈게요, 그럼. 집에 전화 좀 해 보구요."

"집에 전화는 왜?"

"걱정이 돼서요. 일하는 애 혼자 맡겨 놨거든요."

"별걱정을 다 하는군."

"아녜요, 집 비워 놓고 어디 놀러 나갔는지도 몰라요. 신신당부는 해 두었지만."

"아무튼 그럼 나 먼저 들어갈 테니까 금방 들어와야 해. 나 이젠 혼자선 심심해서 목욕 못 하겠어. 인천에 갔다 온 이후론."

"어머, 순……. 알았어요."

그가 욕실로 들어간 뒤 나영은 송수화기를 집어 들고 교환을 불렀다. 그리고 교환이 나오자 전화번호를 가르쳐 주며 서울 전화를 부탁했다. 잠시 후 서울이 연결되었다. 욕실 쪽에서는 물소리가 나기 시작했다. 그녀의 전화 내용이 욕실까지 들릴 염려는 없다. 수화기 저쪽에 옥자가 나왔다.

"여보세요?"

"응, 옥자니? 나야."

"아, 언니."

"누구 찾아온 사람 없었니?"

"네, 찾아온 사람은 없었고요, 전화만 왔어요."

"전화? 누구한테서?"

"경찰서랬어요."

"그래, 뭐라고 그랬니?"

"여행 가고 안 계신다고 그랬죠, 뭐."

"그랬더니?"

"어디로 갔느냐, 누구하고 갔느냐, 그런 걸 꼬치꼬치 묻길래 모른다고 했어요."

"그래, 잘했다. 다른 별일은 없지?"

"네, 아무 일도 없어요."

"그래, 알았으니까 그럼 집 잘 보고 있어야 한다?"

"네, 염려 마세요, 언니."

그때 그녀는 등 뒤에 인기척을 느꼈다. 송수화기를 내려놓으며 그녀는 얼른 등 뒤를 돌아보았다.

"어마."

광배가 벗은 몸으로 그곳에 버티고 서 있었다.

"무슨 일이 있대?"

"아뇨. 하지만 그게 뭐예요? 놀랐잖아요."

"놀라긴. 나 벗은 거 처음 보나."

"벗은 것도 벗은 거지만 욕실에 있는 줄만 알았던 사람이 등 뒤에 서 있으니 얼마나 깜짝 놀랐겠어요."

"하하, 실은 장난도 좀 치고 싶었지. 혼자 목욕을 하려니까 심심해서 말야."

"그게 아니라 엿들으려고 그런 거죠?"

"엿듣다니?"

"내가 무슨 전활 하나."

"무슨 소리야? 내가 나영 씨 전활 뭐 때문에 엿들어."

"혹시 어디 딴 데다 거는 거나 아닌가 하고."

"이를테면?"

"그야 내가 어떻게 알아요. 엿들으려던 사람이 알겠지."

"별소릴 다 들어 보겠군. 왜, 내가 엿들으면 어디 켕기는 데라도 있어?"

"어머?"

"그럼 그게 무슨 소리야?"

"광배 씨 태도가 수상하니까 그렇죠, 뭐."

"나 이거야, 생사람 잡겠군. 내가 어디가 어떻게 수상한데?"

"목욕하다 말고 나와서 남의 전화 엿듣는 게 수상하지 않고 그럼 뭐예요?"

"또 그 엿듣는다는 소리. 내가 심심해서 장난 좀 치느라고 그랬댔잖아."

"정말이에요?"

"사람을 그럼 여지껏 거짓말쟁이로만 봐 왔어?"

"알았어요, 그럼."

"알았으면 이리 와."

"먼저 들어가 계세요. 나 금방 들어갈게요."

"왜, 이번엔 또 어디다 전활 하려고?"

"아이, 옷 벗어야 하잖아요?"

"이번엔 전화가 아니고?"

"아이, 몰라요."

"알았어. 이번엔 그럼 오래 기다리게 하진 않겠군."

그러며 그는 다시 욕실로 향했다. 그녀는 잠시 침대 위에 걸터앉아, 경찰이 또 뭐 때문에 전활 했었을까, 하는 생각을 해 보다가 일어나서 천천히 옷을 벗기 시작했다. 경찰이 어떻게 나오건 이젠 상관없는 일이었다. 그녀는 이제 완전히 자유로운 몸이니까 다만 약간의 성가심만 참으면 될 터이었다. 그녀가 욕실로 들어가자 그는 욕조 속에 누웠다가 상체를 일으켰다. 그리고 눈부신 듯 그녀의 몸을 쳐다보았다.

"아, 나의 비녀스가 드디어 나타나시는군."

"어마, 놀리심 싫어요."

하고, 그녀는 그러나 조금도 부끄럼 없이 그의 앞으로 다가가 샤워기를 집었다. 누구의 앞에 내세워도 항상 부끄러울 게 없는 몸이었기 때문이다. 그런데 두 사람의 목욕이 대충 끝나 갈 무렵, 그가 문득 생각났다는 표정을 지으며 물었다.

"참, 아까 전화 걸 때, 집으로 누구한테서 전화가 왔었다는 것 같던데, 누구지?"

나영은 순간 그가 전화 내용을 거의 다 엿들었다는 걸 알았다.

"어마, 언제 그런 것까지 들었죠?"

그는 천연스런 표정을 지었다.

"응, 좀 놀래 줄까 하고 나갔더니 막 그런 소리가 들리더군. '전화? 누구한테서?' 하는 소리가 말야."

"결국, 그럼 다 엿들은 셈이군요?"

"하, 또 그 소리. 엿듣긴 내가 뭘 엿들었다고 그래? 그냥 들려온 소리를 들은 거지."

"……."

"누구야? 집으로 전화를 했다는 친구가."

"어머?"

"남자 아냐?"

"남자 같아요?"

"글쎄, 왠지 그럴 것 같은데?"

"미안해요. 남자가 아니어서. 중성이에요."

"중성이라니? 그건 또 무슨 소리야."

"잡지에 성(性)이 있나요?"

"아, 잡지사에서 전화가 왔었대?"

"네에, 왜 실망하셨어요? 상상한 대로가 아니어서."

"그건 미처 생각 못 했구먼. 난 또 어떤 친구가 나영 씨 집에 전활 했나 하고 말야. 하지만 잡지에도 성은 있다고 할 수 있잖을까. 여성 잡지 남성잡지가 구분돼 있으니까."

"그렇다면 더욱 광배 씨가 상상한 것하곤 틀려지죠. 나한테 전화 거는 잡지사는 여성잡지뿐이니까."

"참 그렇군."

"이제 속이 시원하세요?"

"글쎄, 그렇게 시원하진 않은데."

"어째서요?"

"그걸로 나영 씨한테 나 말고 또 다른 남자 친구가 없다는 증명은 되지 않으니까."

"어머? 그럼 있다는 증거는 있구요?"

"그것도 없지. 하지만 없다는 증거가 없는 이상 난 좀 불안하거든. 언제 뺏길는지 모르니."

"그런 말이 어딨어요. 없다는 증거가 없다고 해서 있는 거란 말예요?"

"있을지도 모른다는 거지."

"내 말은 조금도 믿어 주지 않구요?"

"글쎄, 믿어도 될까?"

"믿지 못하겠으면 마음대로 하세요."

"하하, 화났어?"

"화 안 났어요."

"화 안 난 표정이 화난 표정보다 더 무서운데?"

"약 올리지 마세요."

"하하, 내가 이거 사과를 해야겠군. 미안해. 하지만 내 기분도 이해를 좀 해 줘야지."

"무슨 기분을요?"

"나영 씰 독점하고 싶은 기분."

그러며 그는 와락 그녀를 껴안아 왔다.

"어머? 어머?"

하고 그녀는 그에게 안긴 채로 조금 저항하는 몸짓을 했다. 그는 그러는 그녀를 그대로 안아 올렸다. 그리고 욕실을 나와 곧장 침대로 향했다. 그녀는 곧 침대 위에 내려졌다. 등 밑에 부드러운 침대의 탄력이 느껴졌다. 그리고 곧 가슴 위에는 그의 체중이 실려 왔다.

뜨거운 숨결이 그녀의 귓가에 와 닿았다. 그녀는 그를 마주 안았다. 그리고 귓가로부터 옮겨 온 그의 입술을 받았다. 힘 있고 뜨거운 입술이었다. 누가 먼저인지 모르게 그들의 입술은 열렸다. 그리고 부드러움 속에 감춰진 단단한 힘들끼리 만났다.

오래고 공들인 입맞춤 뒤에 그의 입술은 그녀의 입술로부터 떨어져 나가 귓불로, 목덜미로, 그리고 가슴으로 움직여 갔다. 그녀의 몸 안엔 여기저기 작은 불씨들이 피어나기 시작했다. 그의 입술은 집요하고 탐욕스럽게 움직였다. 몸의 위쪽에서 아래쪽으로 움직여 내려간 입술은 다시 지체로부터 거슬러 올라왔다. 마침내 그녀는 자신의 몸 안에서 먼 불꽃놀이를 보는 듯한 느낌을 받기 시작했다. 그리고 그 불꽃놀이는 아득한 곳으로부터 조금씩 가까이 다가오기 시작했다.

그의 입술이 다시 그녀의 뺨 근처에 와 닿고 마침내 그녀가 기다리던 순간이 왔다. 폭죽(爆竹)에 불을 댕기는 뇌관이 그녀의 몸 안으로 침입했다. 그 뇌관은 그녀의 몸 안 이곳저곳에 폭죽을 터뜨리기 시작했다. 아마도 수백 개의 작은 폭죽이 터진 후, 그리고 마침내 거대한 불꽃의 확산이 있었다. 그녀의 작은 몸속에 환한 불꽃으로 가득 찬 무한한 공간이 열렸다. 그리고 그 불꽃들은 느리게 낙하했다. 꼬리에 불똥을 끌며…….

낙하하는 그 불똥들을 하나둘 헤아리고 있을 때, 이제는 평화로이 그녀 위에 엎드려 있던 그가 나직이 신음하듯 말했다.

"나영 씬 정말 근사하군. 이 기억은 평생 못 잊을 것 같아."

그녀도 꿈꾸듯 나직이 속삭였다.

"광배 씨도 근사해요. 너무너무."

아직도 불똥들은 하나둘 꼬리를 끌며 떨어지고 있었다.

"그래? 칭찬을 들으니까 우쭐한데. 역시 이번 여행은 일진이 좋군."

"그런가 봐요."

"그런데 이 근사한 여자를 내가 독점하지 못하다니."

"어마, 또 그런 얘기. 어째서 광배 씨가 독점을 못 해요?"

"나 죽으면 나영 씬 또 용기나 명곤이한테로 갈 거 아닌가."

"어마? 그건 또 별안간 무슨 소리죠?"

"글쎄, 그런 생각이 문득 드는군."

"아이, 기분 나빠. 광배 씨가 죽긴 왜 죽고, 그런다고 내가 용기 씨나 명곤 씨한테로 간다는 얘긴 또 무슨 얘기예요?"

"그렇게 되지 않을까?"

"어마?"

"꼭 그렇게 될 것만 같단 말야."

"아이, 기분 나쁜 소리 좀 그만해요."

"나도 상철이나 영일이처럼 되는 게 아닐까?"

"어마?"

"그리고 어젯밤에 자살했다는 그 권오규라는 친구처럼 되는 게 아닐까?"

"어마, 그건 또 무슨 소리죠?"

"그 친구도 혹시 나영 씰 거쳐 간 친구 아냐?"

"미쳤나 봐, 지금 무슨 소릴 하는 거예요?"

"그 친구, 정말 모르는 친구야?"

"기가 막혀. 그런 사람을 내가 어떻게 안단 말예요?"

"정말이야?"

나영은 어처구니가 없다는 표정으로 그의 두 눈을 잠시 빤히 마주
보았다.

"……정말 왜 이러는 거죠?"

그러나 그는 여전히 천연덕스런 표정으로 대꾸했다.

"알고 싶어서 그래."

"알고 싶다니, 뭘 말예요?"

"그 권오규라는 친구를 나영 씨가 정말 모르는 건지, 또는 알면서
도 어떤 사정 때문에 모르는 척하는 건지."

"기가 막혀. 내가 뭐 때문에 알면서 모르는 척한단 말예요?"

"글쎄……. 그럴 만한 사정이 있으면 그럴 수도 있지."

"그럴 만한 사정이라는 건 어떤 사정을 말하는 거죠?"

"글쎄……, 이를테면 나영 씨하고 무슨 특별한 관계에 있던 친구라
든가, 옛날 애인이라든가. 또는 그 친구의 자살이 나영 씨하고 무슨
관계가 있다든가……."

"기가 막혀서 말도 안 되는 소린 하지도 말아요. 난 그런 사람 얼굴

도 본 적이 없단 말예요."

"그럴까? 그렇지 않을 텐데……."

그는 혼잣소리 비슷하게 중얼거렸다. 나영은 목소리에 날을 세워서 다그쳐 물었다.

"뭐라구요? 지금 뭐라고 했죠?"

"지금, 얼굴도 본 적이 없다고 했는데 그렇지 않을 거라고 했지."

"그렇지 않을 거라뇨? 내가 그럼 그 사람을 본 적이 있단 말예요?"

"있을걸."

"무슨 얘기를 하는 거예요, 지금?"

"적어도 본 적은 있을 텐데 그래. 그 친구는, 상철이가 죽던 날 밤, 상철이가 죽던 그 시간에, 플로어에 춤추러 나갔던 사람 중 하나로서 우리하고 함께 있었으니까 말야."

"어마, 그 얘기라면 나도 형사한테 들었어요. 하지만 난 그때 정신이 없어서 거기 누가 있었는지 알지도 못해요. 그걸 갖고 내가 그 사람을 봤다는 거예요?"

"얼굴도 본 적이 없다고 잡아떼니까 그렇지."

"잡아떼다뇨? 내가 그럼 보고서도 못 봤다고 했단 말예요?"

"아니야?"

"정말, 기가 막혀."

"그건 그렇다 치고, 좀 이상하잖아? 그날 그 장소에 있던 사람이 벌써 세 명이나 죽었으니 말야. 물론 한 사람은 자살이라고 하지만 말야."

“그래서 그 권오균가 하는 사람도 나하고 무슨 관계가 있을 거란 말예요?”

“글쎄, 꼭 그렇다는 얘긴 아니지만 객관적으로 볼 때 그렇게 일단 생각해 볼 수도 있잖을까. 죽은 상철이나 영일이가 나영 씨하고 특별한 관계에 있었다는 사실을 연장해서 생각해 보면 말야.”

“오라, 그래서 그 권오균가 하는 사람도 나를 거쳐 간 사람이 아니냐고 한 거군요?”

“아니야?”

“어머? 기가 막혀. 이제는 말도 하기 싫어요.”

그러자 그는 잠시 짓궂은 시선으로 그녀를 이윽히 바라보고 나서 말했다.

“……그리고 또 하나 의문이 있어. 그 친구, 정말 자살일까? 혹시 누가 죽인 게 아닐까?”

나영은 더 이상 대꾸하기도 싫다는 듯 그의 얼굴만 빤히 쳐다보았다. 광배는 짐짓 고개까지 갸우뚱해 보이며 말을 이었다.

“경찰에선 자살로 보고 있는 모양이지만 내 느낌은 그렇지가 않단 말야. 자살이 아니라 누군가가 꼭 죽였을 것만 같은 느낌이 든단 말야…….”

그러고 나서 그는 문득 다시 그녀의 두 눈을 짓궂게 들여다보며 물었다. ,

“혹시 나영 씨가 죽인 거 아냐?”

“뭐라구요?”

"아니 왜 그렇게 펄쩍 뛰지?"

"그걸 말이라고 해요?"

"하하, 내가 좀 과했나. 하지만 그렇게 펄쩍 뛸 것까진 없잖아? 장난삼아 한 말 가지고."

"아무리 장난이라도 그런 말이 어딨어요?"

"장난으로 무슨 말은 못 해. 아무래도 좀 수상한데? 농담한 걸 가지고 그렇게 펄쩍 뛰는 걸 보니."

"뭐라구요?"

"저 봐, 또."

"기가 막혀."

"아무래도 나영 씨 좀 수상한 데가 있어. 너무 반응이 신경질적이란 말야……."

"……."

나영은 어처구니가 없다는 표정으로 입을 다물고 그의 얼굴만 멍하니 쳐다보았다. 그가 빙그레 웃으며 말했다.

"하도 말 같지 않아서 대꾸하기도 싫다는 표정이로군. 하지만 요 속을 알 수가 있어야지. 그 표정이 진짠지 가짠지."

그러며 그는 손가락으로 그녀의 가슴속을 겨냥해 보였다. 나영은 순간 그 손가락이 총구라도 되어 자신의 가슴을 겨누는 듯한 착각을 받았다. 그러나 그녀는 짐짓, 몹시 성난 표정을 지을 수 있었다.

"너무하군요. 정말, 사람을 부산까지 데리고 와서 한다는 소리가……."

그러며 그녀는 말끝을 잇지 못하는 억양을 꾸몄다. 가능하다면 눈물이라도 한 방울 흘러나와 주면 더욱 효과적일 터이었다. 그것은 그다지 어렵잖은 일이었다. 눈물을 보이기 위해선 스스로 정말 억울하고 분하다는 느낌에 사로잡히면 되었다. 그것은 그녀가 배우학원에 다닐 무렵 잘 연습해 둔 일이었다. 그녀의 두 눈엔 마침내 눈물이 한 방울씩 맺혔다. 광배는 완연히 당황한 눈치였다.

"어? 이거 정말 내가 너무 좀 과했나 보군. 미안, 미안."

"……."

"자, 용서하라구. 농담 좀 해 본 걸 가지고 뭘 그래."

"……."

"나, 농담 좋아하는 거 잘 알잖아. 나영 씨답지 못하게 왜 이래? 자, 용서하라구."

나영은 손등으로 눈물을 찍었다. 그리고 힘없는 자조(自嘲)의 억양으로 말했다.

"그래요. 나답지 못해서 미안해요. 나 같은 계집앤 무슨 말을 들어도 그냥 못 들은 척 가만있어야 하는 건데. 무슨 모욕을 당해도 꾹 참고 가만있어야 하는 건데."

"나 이런, 정말 미안해. 농담이었지만 내가 좀 지나쳤어."

그는 완전히 낭패한 표정이었다.

그 무렵, 경식은 부산시경의 양 형사로부터 전화로 보고를 받고 있었다. 채나영에게 미행으로 붙여 둔 박 형사로부터 그녀가 김광배와 함께 부산행 비행기를 탔다는 보고를 받은 직후, 경식은 부산시경으로 연락을 취하여 채나영과 김광배의 행적을 추적해 달라고 부탁해 두었던 것이다. 그런데 양 형사의 전화 보고에 따르면 뜻밖의 인물이 그들과 동행이었다는 것이다.

'배수빈이?'

그것은 미처 예측하지 못한 일이 아닐 수 없었다. 물론 채나영이 김광배와 동행하여 부산행 비행기를 탔다는 사실 자체도 경식에게는 일단 놀라운 사실로 받아들여졌다. 그 역시 예측하지 못했던 일이었기 때문이다. 그러나 배수빈이 그들과 한 비행기에 타고 부산으로 내려갔다는 사실은 박 형사의 보고에서도 빠졌을 뿐만 아니라(박 형사는 미처 그에게는 주의를 기울이지 못한 탓이리라) 전혀 엉뚱한 사실로 받아들여졌다.

'배수빈이 그들과 함께 부산에?'

물론 양 형사의 보고에 따르면 그가 그들과 한 비행기에 탄 것은 우연인 것 같으며 또 그들은 부산에 도착하여 저녁식사를 함께한 후 곧 헤어졌다는 것이지만 전혀 예측하지 못한 인물의 등장이라는 느낌이 컸다.

"배수빈이라는 사람이 부산에 내려간 목적 같은 건 혹시 알 수 없었습니까?"

"네. 자세힌 알 수 없었지만 무슨 리사이틀 준비차라는 것 같더군요."

"리사이틀이요?"

"네, 리사이틀 준비를 위한 사전답사 같은 게 아닌지 모르겠습니다. 주고받는 얘기를 듣기로는 그런 것 같았습니다만."

"네……. 그런데 리사이틀을 하필이면 왜 부산에서 하려는 걸까……."

"아, 서울에서 먼저 하고 부산에선 그 후에 하려는 모양이더군요."

"아, 그렇군요. 아무튼 수고하셨습니다. 그리고 김광배 씨와 채나영 씨는 숙소에 들었나요?"

"네, 해운대 K호텔에 들었습니다. 객실 호수랑 다 알아 두었습니다."

"숙소에 든 이후로 외출 같은 건 없었고요?"

"아, 한 30분쯤 해변을 산책하고 다시 들어갔습니다."

"그때 무슨 이상한 행동 같은 건 보인 게 없습니까?"

"별로 없었습니다."

"네……. 알겠습니다. 그럼 계속 좀 수고해 주십시오. 특히 김광배 씨의 신변 안전에 대해서도 유의를 좀 해 주시구요."

"네, 알겠습니다. 새로운 일이 생기면 곧 다시 연락드리겠습니다."

송수화기를 내려놓고 나서 경식은 잠시 생각에 잠겼다. 채나영과 김광배라……. 그리고 거기에 가수 배수빈의 부산행이라……. 우연인 것 같다곤 하지만 그들 세 사람의 부산행에는 어떤 상관관계가 있는 게 혹시 아닐까. 단순한 우연의 일치일까. 그리고 채나영과 김광배의 사이는 어느 틈에 부산까지 동행할 정도의 관계로 발전을 한 걸까. 채나영과 이상철에서 채나영과 선우영일로, 그리고 거기서 다시 채나영과 김광배로. 여기엔 무엇이 있는 걸까. 우선 두 남자의 죽음이 있었고 또 한 남자의 죽음이 있을지도 모른다. 만일 채나영과 김광배의 관계도 그러한 결말—남자 쪽의 죽음으로써 끝이 난다면 사건은 매우 단순해질 수도 있다. 그 경우 사건의 관건은 거의 채나영 그녀에게 달려 있다고 해도 좋을 것이기 때문이다. 그러나 그것은 물론 아직 뚜렷한 합리적 근거도 없는 하나의 가상에 지나지 않는다. 그녀와 관계를 맺은 두 명의 남자가 피살을 당했다고 해서 세 번째 남자마저 반드시 같은 일을 당하리라는 논리적 근거는 없다. 이상철과 선우영일의 죽음이 그녀와의 관계에서 비롯한 것이라는 아무런 확실한 근거도 아직 없기 때문이다.

그러나 수사 형사로서의 그의 감각은 그 언저리에서 위험을 느끼고 있다. 아직 확실한 근거는 없지만 그녀에게서는 죽음을 부르는 어떤 독한 향기 같은 것이 풍기고 있는 듯한 강한 느낌을 경식은 받고 있기 때문이다. 그녀가 직접적으로든 간접적으로든 개재한 어떤 음모가 진행 중인 듯한 예감도 든다. 그래서 부산의 양 형사에게 김광배의 신변 안전에 대해서도 신경을 써 달라고 당부를 한 것이다.

그러면 권오규의 죽음은? 그것은 전혀 별개의 사건일까? 단순한 자살사건에 지나지 않는 것일까? 그러나 연락을 받고 공주에서 달려온 그의 가족은, 그가 자살할 이유가 전혀 없다고 하지 않았던가. 결혼이 조금 늦어지는 것을, 그리고 객지에서 혼자 독신생활을 하는 것을 걱정하고는 있었지만 본인은 그런 문제 때문에 상심하는 눈치는 전혀 없었으며 따라서 그가 자살할 만한 이유도 전혀 없다고 하지 않던가.

그렇다면, 경식의 심증대로 권오규의 죽음이 자살이 아니라면 그를 죽인 것은 도대체 누구란 말인가. 이상철이나 선우영일을 죽인 자와 동일범이라고 생각할 수 있을까. 그런데 이번엔 범인의 저 으스대는 듯한 편지나 쪽지 따위가 없다. 현장에도 없었고 사건 후 만 하루가 지난 지금까지 경찰에 배달된 것도 없다. 물론 교활한 범인이 수사를 혼란에 빠뜨리기 위해 짐짓 장난을 하고 있는 것인지도 모른다. 권오규가 앞의 두 피살자와는 신분이 다르다는 점을 이용해서 말이다. 그래서 이 사건은 별개의 사건으로 간주하도록 하기 위해서 말이다.

그렇다면 죽은 권오규도 혹시 채나영과 모종의 관계를 맺고 있었던 것은 아닐까. 채나영은 그와의 관계는커녕 그와의 지면조차 완강히 부인하고 있지만 말이다. 이름조차 처음 들어 보는 사람이라고 하고 있지만 말이다. 그녀라면 충분히 거짓말도 할 수 있는 여자라고 판단된다. 선우영일과의 관계도 처음엔 완강히 잡아뗀 여자가 아닌가.

그러나 경식의 감각으로는, 권오규의 사건은 이상철이나 선우영일의 사건과는 어딘지 별개의 사건처럼 느껴진다. 그 양자 사이엔 너무나 닮은 데가 없다. 전혀 동떨어진 느낌이다.

그렇다면 그 양자 사이엔 전혀 아무런 관계도 없을 것인가. 그 언저리에서 경식의 생각은 자꾸 맴돈다. 그가, 이상철이 피살되던 날 밤 플로어에 나갔던 저 22명 중의 한 사람이란 생각 때문이다. 아무래도 전혀 관계가 없다고는 할 수 없을 것 같다. 권오규의 죽음이, 경식의 심증대로 자살이 아니라면 말이다. 누군가에 의해서 살해된 것임이 틀림없다면 말이다. 무언가가 있을 것이다. 그것이 무엇인지를 아직 모르고 있을 뿐일 것이다.

이제부터 그것이 무엇인지를 찾아내는 일 또한 그에게 맡겨진 일이라고 할 수 있을 것이다. 우선 죽은 권오규도 채나영과 모종의 관계를 갖고 있었는지의 여부부터 철저히 한번 조사를 해 볼 일이다. 경식은 담배를 한 대 꺼내서 피워 물었다. 그리고 지금까지의 생각을 다시 한번 머릿속에서 정리해 보려 할 즈음이었다. 전화벨이 울렸다. 그는 손을 뻗어 송수화기를 집어 들었다.

"시경 수사본붑니다."

"아, 경식 씨. 나예요." 동희였다.

"아, 동희. 웬일이야?"

"웬일은요, 궁금해서 전화 걸었죠, 뭐."

"거기, 어딘데?"

"집이에요. 난 이렇게 편안하게 집에 돌아와서 쉬고 있는데 경식 씬 집에도 못 가고 밤중까지 근무하고 있을 것 같아서 위로라도 좀 할까 하고 전화해 봤더니 역시 예상대로군요. 저녁식사라도 하셨나요?"

"역시 동희밖에 없군. 나 걱정해 주는 사람은. 저녁은 먹었어."

"든든하게 드셨어요?"

"오, 이건 아주 감동적인데. 든든하게 못 먹었으면 동희가 밤참이라도 가져오려고?"

"그럴 수도 있죠, 뭐."

"야, 이건 갈수록 감동적인걸. 오늘 웬일이야? 웬일로 사람을 이렇게 감동시키지?"

"집에 돌아와서 쉬고 있으려니까 문득 나만 너무 편안한 게 아닌가 하는 생각이 들었어요."

"오? 그것 참 기특한 소리로군. 동희도 이제 철이 드나 본데?"

"어머? 계속 그렇게 놀리기만 할 거예요?"

"놀리다니, 난 지금 기분이 몹시 좋아서 하는 소린데. 아무튼 고마워. 전화해 줘서."

"뭐, 드실 것 좀 갖다드려요?"

"아냐, 괜찮아. 시간이 너무 늦기도 했고 동희 전화만으로도 난 지금 배가 불러."

"괜히 전화 끊고 나서 후회하지 말고 솔직히 말하세요."

"하하, 괜찮아, 정말. 나 저녁도 든든히 먹었다구."

"정말이에요?"

"응, 정말야."

"알았어요. 그럼 전화 끊을게요. 참, 무슨 새로운 사건은 없죠?"

"별로. 가만, 전화 건 진짜 이유는 거기에 있었던 것 아냐?"

"어머, 순 그렇게 불순하게만 생각하더라……."

"하하, 아니면 됐어. 별다른 사건은 없어. 동희가 나한테 전화 걸어 준 게 유일한 사건이라구."

그것은 거짓말이라고 할 수 있었으나 그래서 약간의 가책이 없지도 않았으나 보안상 도리 없는 일이기도 했다.

그런데 이튿날 아침, 그야말로 또 하나의 새로운 사건이 발생했다.

이튿날 아침 9시경, 경식이 간밤에 부산으로부터 받은 연락 내용을 계장에게 마악 보고하고 난 다음이었다. 비상전화의 벨이 울리고, 박 형사가 전화를 받아 메모를 하는 모습이 보였다.

"네? S동 박충현 씨의 자택 풀장에? 네, 네, 박충현 씨의 장남 박용기 씨가 시체로 발견……."

계장의 눈썹이 번쩍 치켜 올라갔다.

"뭐야?"

그러나 박 형사는 전화를 받는 일에 열중하여 계장의 묻는 소리를 듣지 못한 듯했다.

"네? 네, 네, 칼에 찔린 시체로……. 수영복 차림으로요. 네, 알겠습니다."

계장이 다시 다그쳐 물었다.

"뭐야? 박 형사. 누가 어떻게 됐어?"

박 형사는 그제야 계장 쪽을 돌아본 뒤 급히 송수화기를 내려놓고 메모한 것을 손에 쥔 채 계장의 책상으로 뛰어오다시피 했다.

"사건입니다. D증권 사장 박충현 씨의 장남 박용기 씨가 자기 집 풀장에서 칼에 찔린 시체로 발견됐다는 신고가 들어왔답니다."

"박용기가?"

하고 계장이 부르짖었고 경식은 순간 무엇으로 뒤통수를 한 대 호되게 얻어맞은 듯한 느낌을 받았다. 박용기라면 그도 두어 번 만나 본 적이 있는, 저 '오인방' 멤버 중의 한 사람임이 틀림없었다. 이상철이 피살되던 날 밤, 플로어에 나갔던 22명 중의 한 사람이자 죽은 이상철과 선우영일 그리고 지금 채나영과 함께 부산에 가 있는 김광배들의 친구인, D증권 사장의 맏아들……. 그가 자기 집 풀장에서? 수영복 차림인 채 칼에 찔린 시체로? 이것은 무엇인가? 전혀 예기치 못한일이 아닌가. 채나영은 지금 김광배와 함께 부산에 가 있다. 그런데김광배 아닌 박용기가? 그것도 자기 집 풀장에서? 수영을 할 계절도아닌데.

사건을 채나영과 결부시켜서만 생각해 온 것이 실책 아닌가. 안이하고 얼빠진 생각을 하고 있었구나. 그때 계장의 꾸짖는 소리가 들려왔다.

"이봐, 뭣들 하고 있어? 어서 현장에 나가 볼 생각은 않고?"

그렇다. 무엇보다 현장엘 가 보는 일이 급하다. 경식은 곧 서둘러감식반에 연락을 취하고 차량을 수배했다. 그리고 그들이 S동에 있는 박충현 씨의 대저택에 도착한 것은 20분쯤 후였다.

그것은 실로 대저택이라 할 만한 것이었다. 좋이 수천 평은 됨 직한 대지와 정원, 정원에 들어찬 이름 모를 각종의 수목, 마치 숲속에우뚝 선 듯한 2층 양관(洋館)의 규모가 그랬다. 풀장은 그 양관으로부터 얼마쯤 떨어진, 정원의 한복판에 있었다. 정원의 수목들에 가려양관 쪽으로부터의 시야는 상당 부분 차단되어 있었으나 풀장 전체에는 햇빛이 잘 닿게끔 되어 있었다. 풀에는 맑은 물이 가득 채워져있었고 시체는 건져 올려져서 풀가에 반듯이 뉘어져 있었다. 심장 부근에, 손잡이가 나무로 된 칼이 꽂혀 있었다. 흔히 볼 수 있는 과도인 것 같았다. 칼이 꽂힌 부위에서 흘러나온 피가 물에 씻긴 탓인 듯 조금 엷은 느낌의 붉은빛으로 가슴 주위를 물들이고 있었다.

고인(故人)의 가족들은 아직도 경악에서 벗어나지 못한 넋 나간 표정들로 시체 주위에 뻣뻣이 서 있었고 고인의 어머니인 듯한 노부인이 가족들의 부축을 받아 겨우 쓰러지기 직전의 자세를 지탱하고 있었다. 고인의 아버지, 박충현 씨로 보이는 노신사와 고인의 아우로 보이는 20대 후반의 청년이 모두 젖은 옷을 입고 있는 것으로 보아 시체를 그들이 건져 올린 모양이었다. 계장이 가족들을 향해 물었다.

"시체를 처음 발견하신 분이 누구십니까?"

그러자 가정부인 듯한 30대 여인이 두려움에 가득 찬 표정으로 더듬더듬 대꾸하고 나섰다.

"……저, 저예유."

"아, 아주머니예요? 어떻게 발견하셨지요?"

"예, 아침 일찍 수영하러 나가셔서 식사 때가 되었는데두 들어오시질 않길래 모시러 나갔더니 그만……."

그러며 그녀는 다시금 눈앞의 참상이라도 가리듯 두 손으로 얼굴을 감쌌다. 계장은 다른 가족들 쪽으로 시선을 옮기며 물었다.

"아직 수영하긴 이른 철인데 아드님께선 요즘도 수영을 하셨나요?"

그러나 고인의 여동생인 듯한 대학 일이 학년쯤으로 보이는 아가씨가 대답했다.

"네, 오빠는 겨울철만 빼놓곤 언제나 아침 일찍 수영하는 습관이 있어요. 건강의 비결이라면서……."

"아, 그랬군요. 그런데 아침 일찍이라면 대개 몇 시쯤인가요?"

"보통 6시쯤이면 일어나서 곧장 풀장으로 나가곤 했나 봐요."

"그리고 돌아오는 시간은 대개?"

"한 시간쯤 수영도 하고 운동도 하다가 7시쯤 돌아오곤 했어요."

"오늘 아침에도 그럼 오빠가 6시쯤 풀장으로 나가셨나요?"

"그랬을 거예요. 나가는 걸 직접 보진 못했지만."

"보신 분 혹시 안 계십니까?"

"제가 봤어유. 맞아유. 6시쯤이에유."

"아, 아주머니가 보셨어요? 나가실 때 혹시 평소하고 다른 점 같은
건 없었나요?"

"없었어유. 평소하고 똑같이 그냥 수영복 차림으로 나가셨으니까
유."

"그런데 식사시간이 돼도 안 돌아오시더란 말이죠?"

"예."

"식사를 가족들께서 모두 함께하시나요?"

"예, 8시에 식당에 모두 모이셔서 함께하세유."

"아주머니가 풀장으로 나가 보신 시간은 그럼 8시가 넘어서였나
요?"

"예, 모두 모이셨는데 큰 도련님만 안 오시길래 도련님 방에랑 가
봤지만 거기두 안 계셔서 이상하다 생각하구 풀장으로 나가 봤지유."

"네, 알겠습니다. 그런데 가족분들 가운데, 오늘 아침 풀장 부근에

서 혹시 무슨 이상한 소리 같은 걸 들으신 분 안 계십니까? 다투는 소리라든가……."

그런 건 듣지 못했다는 가족들의 대답이었다.

"오늘 아침 혹시 누구 방문객도 없었구요?"

역시 없었다는 대답이었다. 계장은 고개를 갸우뚱하고 나서 물었다.

"그럼 지금 여기 계신 분들이 오늘 아침 집 안에 계셨던 전부신가요?"

그러자 여지껏 위엄 있게 침묵을 지키고 있던, 고인의 아버지인 듯한 노신사가 입을 열었다.

"그렇소. 여기 있는 게 우리 가족의 전부요. 내가 저 애의 아비 박충현. 이 사람이 내 안사람, 이 애가 둘째, 이 애가 막내, 저 사람은 우리집 가정부요. 그 밖의 다른 사람은 없소. 운전기사와 정원사가 있지만, 그들은 출퇴근을 해요."

계장은 공손한 태도로 말했다.

"아, 제 말씀은 여기 있으신 가족분들 외에 오늘 아침 집 안에 혹시 다른 사람은 없었는가를 여쭙고 있는 겁니다."

"우리가 알기론 없소. 하지만 우리 모르게 어느 놈이 들어왔길래 저런 몹쓸 짓을 하지 않았겠소."

"담장도 높고 대문도 잠겨 있었을 텐데, 어디로 들어올 수 있었을까요?"

"대문은 잠겨 있지 않았소. 내가 산책을 나가면서 열어 두었으니까. 아침 일찍 대문을 열어 놓는 게 선친 때부터의 우리 집 관습이

오.”

“네……. 산책을 나가신 게 몇 시쯤이었습니까?”

“6시 조금 지나서였소.”

“그때 아드님이 풀장에 계신 걸 아셨습니까?”

“거기 있으리라 생각했소. 그게 그 애 습관이니까. 하지만 보진 못했소. 대문으로 나가는 쪽에선 이쪽이 보이지 않소.”

“산책에서 돌아오신 건 몇 시쯤이었습니까?”

“7시쯤이었소.”

“그때도 물론 아드님을 집 안에서 보지 못하셨겠군요?”

“그렇소.”

“이상하게 생각하시진 않으셨습니까?”

“조금도 이상하게 생각하지 않았소. 아직 풀장에 있거나 혹은 돌아와서 제 방에 있으려니 했소.”

“네, 잘 알겠습니다. 그런데 아드님이 저런 일을 당한 데 대해 혹시 무슨 짐작 가는 일은 없으십니까? 무슨 원한관계라든가.”

“그런 일은 없소. 내가 누구와 원수 맺은 일도 없고 저 애도 그런 일은 없을게요.”

“네, 알겠습니다. 그럼 가족분들께선 잠시 집 안으로 좀 들어가 계시지요. 저희가 조사를 하노라면 아무래도 좀 언짢으실 테니까요.”

그들은 차마 발이 떨어지지 않는 듯 망설이다가 마침내 못 이기듯 계장의 말에 따랐다. 그중에서도 고인의 어머니는 거의 실신한 상태로 둘째 아들의 등에 업혀서 갔다. 그동안 조용히 시체와 흉기를 조사하고 있던 검시의와 감식반의 조사 결과가 나왔다. 사인(死因)은 현재로 보아 심장 깊숙이 생긴 자상(刺傷)에 의한 것이 거의 틀림없으며 흉기에서는 아무런 지문도 나타나지 않았다는 것이다. 타살임이 분명해졌다. 자살자는 우선 지문을 없애는 따위의 짓을 하지 않았을 테니까. 그렇다면 누가? 이번 역시 이상철과 선우영일을 죽인 자와 동일범일까?

순간 경식의 시선은 한 지점에 못 박혔다. 시체가 누워 있는 바로 옆에, 수영을 하고 나와 기대어 쉬거나 일광욕을 하기 위한 용도의 품이 넓은 등의자 하나가 놓여 있었는데 바로 그 뒤에 약간 뒤틀린 모양의 고사목(枯死木) 한 그루가 서 있었다. 그리고 그 고사목의 보통 사람 눈높이쯤 되는 부분, 껍질이 벌어진 틈새에 알릴락 말락 흰 종이쪽지 같은 것이 끼워져 있는 것을 그는 발견했던 것이다. 그는 심장에 동계를 느끼며 급히 그 고사목 쪽으로 다가갔다. 그것은 선우영일의 피살현장 부근에 범인이 남긴 쪽지와 유사한 종류의 것임에 틀림없다는 판단 때문이었다. 그의 판단은 빗나가지 않았다. 고사목의 껍질 틈새에 끼워져 있는 것은 분명히 조그맣게 접은 한 장의 쪽지였고 쪽지를 펴자 그곳에는 다음과 같은 몇 줄의 문장이 쓰여져 있었다.

반경식 형사 귀하.

귀하에게 또 한 번 우정의 표시를 남깁니다. 물론 귀하는 나의 이 우정의 메시지를 쉽사리 찾아낼 수 있겠지요. 나는 이번엔 보다 눈에 띄기 쉬운 장소를 골랐으니까요. 이것으로 나의 세 번째 일이 수행되었음을 알려 드립니다. 귀하에게는 다소 혼선이 생길는지도 모르겠습니다만 그것은 나의 의도이기도 합니다. 왜냐하면, 나는 나의 일을 모두 마칠 때까지 나 자신을 보호할 필요가 있으니까요.

권오규 씨의 죽음에 대해서 한마디 하고 싶습니다만, 그것은 나의 일에 포함되지 않습니다. 그는 억울한 희생자지요. 자신도 모르게 나의 일을 도와 온 사람이었는데 가엾게 되었습니다. 이것은 결코 귀하에게 더욱 혼란을 가중할 의도로 하는 말이 아닙니다.

귀하와 내가 만날 날이 가까워 오고 있습니다. 정직한 시민.

역시 약간 서투른 듯한 왼손 필적이었다. 경식이 쪽지에서 시선을 들자 계장이 긴장한 표정으로 물었다.

"뭐야? 또야?"

"네, 같은 자식입니다."

하고 경식은 쪽지를 계장에게 건네주었다. 쪽지를 넘겨받아 읽고 난 계장은 얼굴을 벌겋게 상기하며 말했다.

"음, 이 자식이 이거 우릴 완전히 우롱하고 있구만. 망할 자식 같으니."

"우롱을 당하고 있는 우리가 부끄럽죠. 자식은 마치 페어플레이라도 한다는 투 아닙니까."

"살인에 페어플레이가 어디 있어."

"물론이죠. 하지만 자식은 은연중 계속 그런 투를 내비치고 있지 않습니까. 거들먹거리고 있다고 할까요. 약 올라 죽겠는데요."

"이 자식을 잡으면 내가 먼저 목을 비틀어 놔야겠군."

"그러시다 옷 벗고 교도소 가시게요?"

"농담이 아냐, 지금 내 손에 잡히기만 해 봐라, 이놈의 자식⋯⋯."

계장은 완전히 화를 삭이지 못하는 표정이었다. 그리고 경식의 심정도 내실 마찬가지였다. 아니, 오히려 더하다고 할 수 있었다. 범인은 그의 이름까지 지목해서 조롱을 보내고 있지 않은가. 그러나 흥분을 해선 안 될 터이었다. 범인은 바로 그 점을 노리고 있을지도 모르니까.

이 무렵 부산의 채나영과 김광배는 호텔의 레스토랑에서 아침식사를 하고 있었다. 바다 쪽으로 향한 벽면 전체가 유리창으로 되어 있는, 그래서 눈부신 아침 바다가 한눈에 가득 담기는 레스토랑의 창가 쪽 테이블에 마주 앉은 그들의 모습은 마치 한 쌍의 신혼부부처럼 보였다. 얼핏 보기에 그들은 매우 다정하고 행복스러워 보였기 때문이다. 그러나 채나영 그녀의 마음속엔 어두운 그림자 하나가 드리워져 있었다.

간밤에 그가 한 말, 권오규를 죽인 것이 그녀가 아니냐던 말이 마음속에서 지워지지 않고 있었기 때문이다. 그는 물론 곧 농담이라고 말하고 그녀가 몹시 분해하자 사과까지 했지만 무언가 그가 그녀를 의심하고 있음에는 틀림없는 것 같았다. 자신이 곧 상철이나 영일과 같은 운명에 처하게 될지도 모른다던 말이나 자신이 죽으면 그녀가 곧 용기나 명곤에게로 갈 것이라던 말도 그러고 보면 모두 그녀에 대한 어떤 의심이 바탕이 된 말이었던 것 같다. 권오규에 관해 집요하게 묻던 일도 마음에 걸린다. 그렇다면 그가 이번에 그녀를 데리고 부산까지 온 것은 어떤 목적이 있어서가 아닐까. 그 나름의 어떤 계획이 있어서가 아닐까. 단순히 그녀를 갖고, 향락하기 위한 여행이 아니라 무엇인가를 그녀로부터 확인해 내기 위한 여행이 아닐까. 이를테면 그 나름으로는 그녀의 정체를 한번 발가벗겨 보려는 계획을 은밀히 품고 있었던 것은 아닐까. 말하자면 최근 얼마 사이에 일어난 일련의 사건들과 그녀가 맺고 있는 관계의 여부나 정도 따위에 대해서 말이다.

그러나 그녀는 내심의 그러한 생각을 감추고 짐짓 즐거운 표정으로 식사에 임하고 있었다. 간밤의 일은 까맣게 잊었다는 듯이. 이따금, 창 가득히 눈부신 자태를 드러내고 있는 아침 바다 쪽으로 감탄의 눈길을 보내기도 하며.

광배 그 역시 유쾌한 표정으로 식사를 하고 있었다. 마치 이러한 유쾌한 아침식사는 생전 처음 해 보기라도 한다는 듯이. 그 훌륭한 장소에서의 식사가 간밤의 일 따위는 말끔히 잊어버리게 해 주었다는 듯이. 그러나 그도 내심으로는 어떤 집요한 생각에 매달리고 있는 눈치였다. 지나치게 바다에 대한 찬탄을 거듭 늘어놓는 따위의 태도에서 그것은 드러났다.

"대단하구만, 대단해. 정말 눈부신 아침 바다로군. 그저 눈부시다고밖엔 달리 표현할 도리가 없군."

또는,

"바다란 정말 근사한 거로군. 선원이 되고 싶어 하는 친구들의 생각을 이제야 제대로 알 것 같은데. 역시 이번 여행은 유익하다고 할 밖에."

그때마다 그녀는 맞장구를 쳤으나 그가 속으로는 딴생각에 매달려 있다는 걸 느낄 수 있었다. 필경 그녀에 관한 어떤 의심을 아직도 풀지 않고 있는 것이리라. 간밤에는 그런 정도로 물러서고 말았지만 말이다. 그녀는 순간 오싹 소름 같은 것이 끼쳐 옴을 느꼈다. 그의 음험함이 피부 속속들이에 스며들듯 또렷이 느껴졌기 때문이다.

그런데 식사를 마치고 같은 테이블에서 커피를 한 잔씩 마실 무렵, 그는 문득 엉뚱한 소리를 꺼냈다.

"우리 정사(情死)라는 거 한번 해 볼까?"

"네?"

"정사 말이야, 정사. 어때? 나하고 같이 죽어 줄 용의 있어?"

나영은 웃었다.

"나보다도 광배 씬 그럴 용기가 있고요?"

"암, 있구말구. 나영 씨만 동의해 준다면."

"왜 갑자기 그런 생각을 했죠? 귀하신 분께서."

"귀하신 분? 내 입장을 두고 얘기하는 건가? 대R건설의 회장 아들이라는 내 입장?"

"그렇잖구요. 그런 귀하신 분이 뭐 때문에 나 같은 여자하고 정사를 해요?"

"모르는 소리로군. 그런 입장이 좋은 것만은 아니라는걸. 그리고 정사에 그런 입장 따위가 무슨 상관이 있어? 죽음이야말로 모든 사람에게 평등이지."

"그런데 왜 갑자기 그런 엉뚱한 생각을 했죠? 갑자기 정사는…….
물론 농담이겠지만."

"농담 아니라구. 저 바다 때문이야. 저 장엄한 바다의 품속에 나영
씨 같은 멋진 여자하고 동반으로 뛰어들어 함께 정사할 수 있다면 얼
마나 깨끗하고 아름다운 죽음이 될까, 그런 생각이 드는군. 바다가
날 유혹한다고나 할까."

"어마, 갑자기 무슨 예술가가 되신 것 같네요. 어울리지 않아요."

"예술가는 특별한 사람인가. 그리고 어차피 조만간 죽게 될 거라면
그런 깨끗하고 아름다운 방법이 좋지 않을까. 스스로 선택하는 게."

"어마, 어제부터 왜 자꾸 그런 소릴 하죠? 죽는다는 소릴. 언제는
죽지 않을 자신이 있다고 하더니."

"내가 그랬던가?"

"어마, 인천에서 그랬잖아요."

"인천에서? 응, 생각나는군. 하지만 지금은 자신이 없어졌어. 도저
히 피할 수가 없다는 생각도 들고."

"무슨 소리죠, 또? 차례라는 둥 피할 수가 없다는 둥……."

"상철이, 영일이 다음엔 내 차례야. 권오규란 친구의 죽음이 그 사
이에 끼어든 건 좀 모를 일이지만 말야."

"도대체 무슨 얘기를 하는 거예요, 또?"

"조만간 내가 죽게 될 거라는 얘기를 하고 있는 거야. 그렇게 되기
전에 나영 씨하고 정사할 수 있다면 이제는 바랄 게 없겠어. 어때? 동

반해 주겠어?"

"기가 막혀. 동반해 준다면 정말 죽을 거예요?"

"저 바다가 우리를 편안하게 해 주겠지."

"죽어서 편안한 것보단 난 살아서 불편한 걸 택하겠어요."

"야박하군. 동반해 주겠다는 대답을 기대하진 않았지만 그렇게 딱 부러진 대답을 듣고 나니 역시 야속한 생각이 드는데. 난 농담으로라도 혹시 동반해 주겠다는 대답이 나오려나 했더니."

"난 농담으로라도 죽는 건 싫어요."

"그래? 진담이라면 더 싫겠군. 강제 정사라도 그럼 한 번 시도해 볼까."

순간 그의 눈빛엔 어떤 음험하고 짓궂은 표정이 스쳐 갔다. 나영은 다시 한번 온몸에 소름이 끼쳐 옴을 느꼈다. 그러나 가능한 한 약세를 보여선 안 된다고 생각했다.

"강제 정사요? 그런 것도 있나요?"

그는 그녀의 눈 속을 들여다보며 싱글싱글 웃었다.

"있구말구. 두 사람 사이에 합의가 이루어지지 않았을 때 한쪽의 의사만으로 강행하는 정사도 흔히 있으니까."

"그게 어째서 정사예요? 살인이지."

"호오, 그 무슨 무시무시한 소리야. 살인이라니. 두 남녀가 사랑이 원인이 돼서 함께 죽었을 땐 우린 그걸 정사라고 부르는 거라구. 설사 살인이라고 해도 그 경운 목적이 아름다우니까. 아름다운 것은 아름다운 이름으로 부르자구."

"기가 막혀. 죽고 싶지 않은 사람을 죽이는 게 어떻게 아름다울 수가 있어요?"

"모르는군. 원하지 않는 것이라고 해서 반드시 나쁜 건 줄 알아? 원하지 않았지만 결과는 좋은 것일 때가 얼마든지 있어."

"그건 말장난이에요. 원하지 않은 죽음이 어떻게 아름다울 수가 있어요?"

"아름다울 수 있지. 그 죽음이 아름다운 결과를 낳는 경우엔. 이건 물론 일반적인 얘기지만."

나영은 순간 자신도 모르게 창백해진 표정으로 물었다.

"지금 그 말 무슨 뜻이죠?"

"아, 그렇게 신경 곤두세울 필욘 없다구. 내가 일반적인 얘기라고 단서를 달았잖아."

"일반적인……. 무슨 얘기죠?"

"예를 들면, 한 사람의 죽음이 여러 사람의 죽음을 대신할 수 있을 때. 그 죽음을 우린 아름다운 죽음이라고 부를 수 있겠지."

"……."

"얘기가 좀 비약한 것 같지만 말야."

"……내가 죽으면 여러 사람이 살아날 수 있다는 얘긴가요? 도대체 지금 무슨 얘기가 하고 싶은 거죠?"

"나도 좀 비약은 했지만 나영 씨도 마찬가지로군. 난 분명히 일반적인 얘기라고 단서를 달았는데."

"그 일반적인 얘기를 왜 지금 내 앞에서 하는 거죠?"

"그럼 내 앞에 누구 딴 사람이 있어?"

"그렇게 도망가지 말아요. 내 앞에서 그런 얘기를 할 땐 무슨 저의가 있을 거 아녜요."

"저의라니? 난 그저 단순히 일반적인 얘기를 한 것뿐이라구. 정사 얘기를 하다가 조금 빗나가긴 했지만. 아마 나영 씨가 좀 야박하게 나왔기 때문일 거야."

"그렇게 어물쩍하지 말아요. 내 앞에서 그런 얘기를 한 데는 분명 무슨 저의가 있어요. 뭐죠? 그 저의가?"

"하하, 정 그러면 저의가 있었다고 해 두지. 뭔지 알아?"

"말해 보세요."

"요컨대 나영 씨하고 같이 정사하고 싶다는 거지."

"그건 날 죽이겠다는 뜻인가요?"

"이거 왜 이래?"

"조금 전에 강제 정사 어쩌고 했잖아요?"

그는 순간 눈빛을 번쩍 빛냈다. 그리고 음울한 목소리로 말했다.

"역시 나영 씬 영리하군. 꼼짝 못 하겠는데. 어떻게 눈치를 챘지?"

"……."

나영은 말문이 막혀 입이 떨어지지 않았다. 그는 계속 음울한 낮은 목소리로 말했다.

"실은 조금 전에 나영 씨가 일언지하에 딱 잘라 거절했을 때 난 살의를 느꼈었어. 왠지 알아?"

그리고 그는 자답했다.

"가증스러웠기 때문이야. 나영 씬 결코 그렇게 떳떳이 죽음을 거부할 입장은 못 되지. 나와 마찬가지로."

나영은 정신을 차려야 한다고 생각했다.

"도대체 무슨 얘기를 하는 거죠?"

"인간이 가진 염치의 감정에 대해서 얘기하는 거야."

"그게 무슨 소리죠?"

"얘기한 그대로야. 그런 정도의 말뜻을 알아차리지 못할 나영 씨가 아닐 텐데."

"도대체 지금 무슨 얘기를 하는 거예요? 난 아무것도 모르겠어요."

"그럼 알게 해 주지. 아주 간단하고 쉬운 말로. 권오규라는 친구가 죽기 두 시간 전쯤 호텔에서 나한테 전화를 걸었었다는 사실은 미처 모르고 있을 테지?"

"!"

나영은 온몸이 얼어붙는 듯한 충격을 맛보았다. 그러나 곧 마음속으로 이를 악물며 애써 천연스런 표정을 꾸몄다.

"그게 나하고 무슨 상관이죠?"

그러자 그는 자못 경탄의 시선으로 그녀를 바라보았다.

"호오? 눈썹 하나 까딱하지 않는데?"

"뭐라구요? 그 사람이 죽기 전에 광배 씨한테 전화를 걸었다는 것하고 나하고 무슨 상관이 있다는 거예요?"

"도리 없지, 그럼. 더 쉬운 말로 설명을 해 줄 수밖에. 그 친구는 나영 씨 본명까지 알고 있더군. 나영 씨. 아니 영숙 씨가 스스로 낳은 아기를 어떻게 했는지도 알고 있고."

"!"

나영은 스스로의 얼굴에 핏기가 걷히는 것을 느꼈다. 그는 빙그레 웃었다.

"이제야 알아들은 눈치로군. 자, 이제 내 정사 제의에 응해 주겠어?"

"……."

"그 친구는 자기 죽음을 얼마간은 예감하고 있었던 모양이야. 물론 이건 그 친구가 죽었다는 소리를 듣고 난 뒤에 떠오른 생각이지만 말야. 어쨌든 그 친군 자기 이외의 누군가에게 나영 씨의 비밀을 알려 둘 필요가 있다고 생각한 모양이야. 그리고 선택된 게 나였던 모양이야. 마침 내가 나영 씨의 새로운 파트너가 되어 있다는 걸 알고 있었던 것도 이유가 되었겠지만 말야. 처음 그 친구 목소리를 들었을 때 난 또 무슨 협박전화가 아닌가 했었어. 왜냐하면 그 목소린 내가 인천에서 받은 협박전화와 똑같은 목소리였으니까 말야."

"이번에도 비슷한 얘길 하더군. 나영 씨가 나를 반드시 죽음으로 이끌 거라구. 자, 이제 내 정사 제의를 거절하기가 좀 힘들어졌겠지?"

나영은 깊은 벼랑 밑으로 떨어지는 듯한 절망을 맛보았다. 권오규가 이 세상에서 없어짐으로써 자신은 이제 완전히 자유로워졌다고 생각했으나 그것은 이제 한낱 깨져 버린 꿈에 지나지 않았던 것이다. 그는 죽었으나 결과는 그가 살아 있는 것과 마찬가지였다. 그가 자신의 대리인을 선정해 두었으리라곤 누가 상상이나 했겠는가. 그러나 그녀는 절망 속에서도 한 가닥 빛을 찾아보려고 안간힘을 썼다. 그것이 또한 그녀의 천성이기도 했다.

그녀는 마침내 핏기가 걷힌 입술을 움직여 말했다.

"그랬군요. 그래서 나를 부산까지 데려온 거로군요. 하지만 그런 얘길 하기 위해서라면 부산까지 올 필요도 없을 걸 그랬네요. 그런 터무니없이 꾸며 낸 얘기를 확인하기 위해서라면 말예요."

그는 잠시 어이가 없다는 표정으로 그녀를 쳐다보았다.

"호오, 나영 씬 역시 나영 씨로군. 대단한 기백이야. 그게 터무니없이 꾸며 낸 얘기라구?"

"하긴 광배 씨로선 그 얘길 믿고 싶겠죠. 그래야 날 마음 놓고 괴롭힐 수 있을 테니까."

"뭐라구? 이거 왜 이래? 그럼 나영 씨 본명이 영숙이도 아니고 아기를 죽인 일도 없단 말이야?"

"기가 막히는군요. 내가 아기를 죽이다니……. 난 아기를 가져 본 적도 없어요. 그리고 내 본명은 영숙이가 맞지만 그야 알아내려면 얼마든지 알아낼 수 있는 거 아니겠어요?"

"흐음, 그럴듯한 생각을 해냈군. 그렇다면 그 얘길 했을 때 나영 씨 안색이 왜 창백해졌지?"

"하도 터무니가 없어서 그랬죠. 분한 생각도 들고."

"분한 생각이라니?"

"광배 씨가 터무니없는 얘기를 믿고 날 의심하고 있는 게 분했어요."

"음, 그럴듯하군. 그렇다면 그 친구는 뭣 때문에 나한테 그런 터무니없는 얘기를, 일부러 전화까지 걸어서 했을까?"

"그야 내가 어떻게 알겠어요."

"나영 씨한테 단단히 무슨 원한이 있는 모양이지?"

"모르죠."

"이거 왜 이래? 그 친군 5년 동안이나 나영 씰 한시도 잊어 본 적이 없다고 하던데. 5년 전, 한집에 나란히 셋방을 산 적이 있다는 얘기도 하고."

"모두 꾸며 낸 얘기예요. 터무니없는 얘기예요."

"좋아, 그럼 이런 얘길 모두 경찰에 가서 털어놔도 괜찮겠지?"

"……."

"왜 대답이 없지?"

"……."

"염려 마. 그렇다고 경찰에 가서 털어놓는 짓 따위, 서투른 수작은 하지 않을 테니까. 그 대신 나한테 거짓말을 하면 안 돼."

"……날 어떡할 거죠?"

"왜, 걱정돼? 염려 말라구. 정사 어쩌고 했지만 그건 농담이었고 앞으로 내 애인 노릇만 잘해 주면 돼. 나마저 죽이려 들지만 말구."

"……네?"

"그 권오규란 친구 나영 씨가 죽였지? 솔직히 털어놔 봐."

나영은 슬픈 눈으로 그를 쳐다보았다.

"……정말 너무하군요. 나중엔 숫제 살인범으로까지……."

"몰려고 든다, 이 말이지? 그렇게 생각 안 하게 됐어? 모든 상황이."

"……마음대로 생각하세요, 그럼. 난 어차피 죽일 년이니까요."

"아, 아, 그렇게 자포자기할 것까진 없고, 나영 씨답지 않게. 그럼 권오규란 친구는 나영 씨가 죽인 게 아니란 말이지?"

"……난 그날 밤 아파트에서 꼼짝도 하지 않았어요."

"그럼 누가 죽인 걸까. 경찰이 만일 모든 사실을 알고 있다면 대뜸 나영 씰 의심하게 될걸."

"……."

"다행인 줄 알라구. 그 친구가 죽기 전에 모든 사실을 경찰에 알리지 않고 나한테 알렸다는 걸. 그건 그렇고 상철이나 영일이의 죽음하곤 나영 씬 정말 아무 상관도 없어?"

"없다고 하면 믿으시겠어요?"

"없다는 대답이로군. 믿기로 하지. 그 친구들의 경운 나영 씨한테서 그럴 만한 이유나 동기를 발견할 수 없으니까. 하지만 권오규란 친구의 경운 아무래도 모든 정황이 나영 씨한테 불리하게 돼 있단 말야……."

"……그 사람의 경운 아직 의심이 풀리지 않는다는 뜻이군요?"

"아, 아니, 반드시 그렇다는 뜻은 아니고."

"하지만 아파트에서 한 발짝도 바깥으론 나간 적이 없는 내가 어떻게 그 사람을 죽일 수 있었겠어요."

"그 사실을 증명할 사람이 있어? 나영 씨가 그날 밤 아파트에서 한 발짝도 바깥으론 나간 적이 없다는 사실 말야."

"옥자가 증명해 줄 거예요."

"옥자? 가정부 말이지? 그 앤 밤에 잠도 안 잤나? 경찰이라면 그 애 증언을 크게 인정해 주지 않을걸."

"참, 옥잔 11시가 넘어서 잤어요."

"그래? 사실이 그렇더라도 경찰은 잘 믿으려 들지 않을지도 모르지. 나영 씨가 사전에 그렇게 얘기하라고 잘 타일러 둔 것으로 생각할 수도 있으니까."

"하지만 어쨌든 난 그날 밤 아파트에서 한 발짝도 움직이지 않았어요."

"음, 알았어. 그럼 도대체 누가 죽인 걸까. 아니면 경찰 얘기처럼 단순한 자살일까."

"경찰이 자살로 인정했다면 자살이겠죠, 뭐."

"그럴까. 잘 모르겠군. 그건 그렇고 아무튼 우리 자릴 옮기지. 기분도 바꿀 겸. 여기선 너무 고약한 얘기만 했으니까. 어디가 좋을까? 시내로 들어갈까? 아니면 송도나 태종대 쪽으로 가 볼까?"

"마음대로 하세요."

"그렇게 풀기 없이 굴 건 없다구. 자, 기분 바꾸고 일어서라구. 시내 쪽으로 일단 한번 들어가 보지."

그들은 의자에서 일어났다. 그리고 곧 호텔을 나와 택시를 탔다. 양 형사가 오늘은 평상복 차림으로 멀찌감치서 그들을 감시하고 있었으나 그들은 전혀 그의 존재를 눈치채지 못했다. 두 사람 모두 무엇보다 마음의 여유를 잃고 있었기 때문이다.

망각의 저쪽

　　M자동차의 젊은 이사(理事) 최명곤은 점심시간이 되자 여비서에게 말했다.

　　"미스 김, 나 나가서 점심 먹고 그냥 퇴근할 테니까 누가 혹시 찾으면 손님이 찾아와서 잠깐 나갔다고 해 둬. 혹시 회장이 찾거나 하면 말야."

　　그리고 그는 곧장 주차장으로 내려와 스스로 차를 몰고 C호텔 커피숍으로 향했다. 거기서 박수아를 만나기로 했던 것이다. 박수아란 근래 그가 섹스 파트너로 삼고 있는 햇병아리 여가수, 상철이 죽던 날 밤 Q호텔 나이트클럽에도 데려갔던 여자애였다. 아직 히트한 노래 하나 없는, 그야말로 햇병아리에 불과했지만, 몸 한 가지는 놀라운 걸 갖고 있는 여자애였다.

　　원래 오늘 만날 예정은 없었다. 아침에 회사에 출근하고 얼마 안 돼서 받은 전화 때문이라고 할 수 있었다. 경찰로부터 걸려 온 그 전화, 용기가 살해되었다는 전화는 그에게 심한 충격이었다. 용기마저? 그렇다면……. 그것은 무서운 일이었다. 얼마 전 광배가 지껄이던 말이 생각났다.

"자식들, 그럼 지금 으스스하지가 않단 말야? 우리 '오인방' 멤버가 상철이서부터 하나씩 차례차례 죽어 가기 시작했는데. 다음 차례가 우리 셋 중에 누가 될지 알아?"

또,

"생각들 해 봐, 인마. 일이 돌아가는 꼴이 그렇게 돼 먹질 않았나. 상철이가 죽은 지 일주일밖에 안 돼서 또 영일이가 죽었다는 사실을 어떻게 해석해야 되니? 게다가 방금 그 형사란 친구는 둘 다 동일범의 소행일 거라고 하지 않디? 이건 분명 우리 '오인방' 전체를 노리는 누군가가 있다는 얘기라구……."

그때만 해도 불쾌하긴 했지만 본래 짓궂은 소리 하기 좋아하는 녀석의 얘기여서 그다지 깊이 담아 두진 않았다.

"자식들 겁은……. 인마, 죄를 지었으면 벌을 받아야지."

어쩌고 하던 말도 그냥 장난삼아 하는 소리려니 했었다. 그런데 이제 용기마저 살해되었다는 전화를 받고 나자 녀석의 말이 단순한 농담만은 아니었다는 실감이 들면서, 녀석은 진작에 무언갈 눈치채고 있었다는 생각이 들었다. 온몸에 퍼지는 두려움의 전율을 느끼며 그는 광배에게 전화를 걸었다. 그런데 광배는 부산으로 출장 가고 없다는 대답이었다.

가슴이 답답하고 머릿속이 뒤숭숭해지면서 누군가와 무슨 짓거리라도 하지 않고는 견딜 수가 없는 심정이 되었다. 그때 생각난 것이 수아, 박수아였다. 그 애랑 만나서 엉뚱한 짓이라도 하고 있으면 기분이 좀 나아질 것 같았다. 전화를 걸어 점심이나 같이 먹자고 하자 그녀는 반색을 하며 좋다고 했다. C호텔 커피숍에서 그녀를 만나기로 한 것은 따라서 아침의 그 전화 때문이라고 할 수 있었다.

그녀는 먼저 와서 기다리고 있다가 그가 들어서자 호들갑스럽게 손을 흔들어 댔다. 그리고 그가 다가가 마주 앉았을 때 호기심에 반짝이는 눈으로 성급하게 물었다.

"뭐 사 주실 거예요?"

"응, 우리 '우마담 집'에나 가지."

하고 명곤은 넌지시 암호라도 말하듯 대답했다. 그러자 그녀는 곱게 눈을 흘기는 시늉을 했다.

"어마, 대낮부터……."

"대낮부터라니? 점심을 대낮에 먹지 그럼 밤중에 먹어?"

"'우마담 집'에 가자면서요?"

"그래."

"거기가 점심 먹는 집예요?"

"점심도 먹을 수 있고 저녁도 먹을 수 있고 또 술도 먹을 수 있는 집이지."

"그것뿐이에요?"

"그럼 뭐가 또 있나?"

"아이, 몰라요."

"하하. 왜, 가기 싫어?"

"대낮부터 어떻게……."

"대낮이니까 점심을 먹으러 가는 거지."

"정말 점심만 먹으러 가는 거죠, 그럼?"

"그러엄."

그들은 곧 커피 한 잔씩을 시켜 마시고 의자에서 일어났다.

'우마담 집'은 명곤의 차로 30분쯤 가는 거리에 있었다. 비교적 고급 주택가라고 할 수 있는 동네였고 외관만 보아서는 상당한 부호의 저택쯤으로 보이는 것이 '우마담 집'이었다. '우마담 집'이라는 옥호나 간판이 있는 것은 아니었고 그것은 고객들이 편의상 부르는 이름일 뿐이었다. 우 마담이란 그 집의 여주인을 일컫는 말이었다. 그들이 도착하자 우 마담은 거의 버선발로 뛰어나오다시피 그들을 반겼다.

"아이고, 이게 웬일이세요? 최 이사님. 낮에 저희 집을 다 찾아 주시고."

"점심 좀 먹으러 왔수."

하고 명곤은 허물없는 사이처럼 한눈을 찡긋해 보였다.

"조용한 방 있수?"

"있다마다요. 네, 어서 올라오세요."

하고 우 마담은 스스로 앞장을 서서 그들을 인도했다. 우 마담의 뒤를 따르면서 명곤은 말했다.

"그거 있는 방이라야 해요. 비디오."

"네, 염려 마세요."

그들은 층계를 올라가 2층에 있는 한 방으로 인도되었다. 욕실과 침대까지 갖추어진 방이었다. 신방처럼 호사스럽게 꾸며졌음은 물론, VTR 장치도 갖추어져 있었다. 그들이 자리에 앉기를 기다려 우 마담이 물었다.

"식사부터 올릴까요?"

"물론이지. 우린 점심을 먹으러 왔으니까. 밥이나 먹고 천천히 테레비 구경이나 좀 하다가 갈라우. 새로 들어온 테이프 있수?"

"네. 덴마크에서 새로 들어온 게 있어요."

"우 마담 봤수?"

"봤죠."

"좋습디까?"

"네, 아주 괜찮아요."

"자, 그럼 우선 밥이나 좀 먹읍시다."

"네, 곧 올릴게요."

우 마담이 물러 나가자 수아가 곱게 눈을 흘기며 말했다.

"점심만 먹는다더니……."

"하하, 왜, 싫어?"

"몰라요."

"하하, 좋았어. 모른다는 건 싫진 않다는 뜻이니까."

밥상이 들어온 건 얼마 안 있어서였다. 잔칫상처럼 차려진 상이었다. 옛날 같으면 임금님이나 그런 밥상을 받았을까. 이름 있는 고유 음식은 거의 모두 갖추어진 상이었다. 그러나 그들은 그다지 달게 식사하지 못했다. 그들에겐 그것이 이미 산해진미가 아니었기 때문이기도 하지만 그들은 보다 중요한 일을 식사 뒤에 남겨 두고 있었기 때문이다. 상머리에 앉아 시중을 들던 우 마담이 명곤의 눈치를 살피며 물었다.

"상 그만 물릴까요?"

"아, 그래 줘요."

곧 상이 치워졌다. 그리고 우 마담이 VTR 장치 안으로 다가가 테이프 하나를 골라 끼워 넣고 나서 말했다.

"보시고 싶으시면 작동 단추만 누르세요. 전 그만 물러가겠어요."

"하하, 그러시겠수? 같이 봐도 괜찮은데."

"어마, 마음에도 없으신 말씀을……."

하고 우 마담은 나무라듯 곱게 눈을 흘겨 보이고는,

"자, 그럼 쉬셨다 가세요."

하고 도어 밖으로 사라졌다. 명곤은 일어나서 도어를 잠그고 다시 창쪽으로 다가가 커튼을 쳤다. 커튼이 햇빛을 완전히 막아 주진 못했으나 방 안은 한결 은근해졌다. 반주로 마신 두어 잔의 술이 약간 오르는 느낌이었다. 수아 그녀도 두 뺨에 술기운이 발그스레 떠돌고 있었다. 명곤은 VTR 장치의 작동 단추를 눌렀다. 그리고 그녀와 나란히 침대를 등지고 기대앉았다. 수상기에 천연색 화면이 나타났다. 밝고 경쾌한 리듬의 음악과 함께.

두 쌍의 남녀가 자전거를 타고 숲길을 달리고 있었다. 각각 갈색과 금발 머리의 두 북구 아가씨와 가벼운 자전거 하이킹 차림의 두 백인 청년이 이따금 숲의 아름다움에 찬탄을 금치 못하는 표정을 지으며 경쾌한 발놀림으로 페달을 밟고 있었다. 카메라는 이따금 집요하게 그들의 발놀림에 초점이 맞춰지기도 하고 아가씨들의 움직이는 엉덩이와 허리, 그리고 앞가슴을 커다랗게 한참씩 비춰 주기도 했다. 그리고 숲길의 고르지 못함에 따라 이따금 비틀거리는 그들의 자전거와 그때마다 위태롭게 또는 익살스럽게 움직이는 그들의 자세가 비쳐지기도 하고 유쾌하게 웃는 그들의 표정이 클로즈업되기도 했다.

그러다가 느닷없이 장면이 바뀌었다. 자전거들을 아무렇게나 쓰러뜨려 두고 사방이 숲으로 둘러싸인 풀밭 위에 남녀 한 쌍씩 자유롭게 누워 쉬고 있는 모습이 비쳐졌다. 한 쌍의 남녀는 무언가 한가로운 일상의 대화를 나누듯 평온한 표정이었고 다른 한 쌍의 남녀는 무언가 진지한 표정이었다. 남자 쪽에서 진지하게 무엇을 요구하는 뜻했고 여자 쪽에서는 그것을 거절하는 것 같았다. 빤한 진행이었다. 명곤은 나란히 앉은 수아의 어깨를 한 팔로 안으며 말했다.

"자식들, 슬슬 시작하는군."

아니나 다를까. 느닷없이 남자 녀석의 한 손이 아가씨의 한쪽 젖가슴을 움켜쥐고 녀석의 얼굴은 아가씨의 얼굴 위에 겹쳐졌다. 그런데 보통의 진행과 조금 다른 점은 여자 쪽의 반항의 몸짓이 매우 단호하다는 점이었다. 보통의 경우 그들은 대체로 형식적인 저항에 그치거나 숫제 여자 쪽에서도 적극적으로 호응해 오는 것으로 되어 있는 것이다. 그런데 지금 이 아가씨의 경우는 결코 단순한 형식적인 반항의 몸짓이 아니다. 필사적으로 남자의 몸을 피하려고 한다. 연약한 두 주먹으로 남자의 가슴이며 어깨를 마구 때리기까지 한다. 그럴수록 남자 녀석의 동작은 거칠고 난폭해진다. 다른 한 쌍의 남녀는 놀란 표정으로, 그러나 남의 집 화재를 바라보듯 멀뚱히 그들의 실랑이를 지켜본다.

마침내 남자 녀석의 힘이 아가씨 쪽의 저항을 제압한다. 아가씨는 이제 기진한 듯 그리고 체념한 듯 눈을 뜬 채 꼼짝 않는다. 옷이 벗겨진다. 상의가 벗겨져 나가고 하의가 벗겨져 내린다. 그리고 그 밖의 부속품들이 제거된다.

"저런, 쟤 봐. 머리 빛깔하고 똑같잖아. 금발인데."

하고 명곤이 쿡쿡 웃자,

"어머, 순……."

하고 수아가 그의 허리를 꼬집는 시늉을 한다. 수상기의 화면 속에선 남자 녀석의 짓거리가 일일이 그리고 세밀히 비쳐진다. 혀와 손가락을 잘도 사용한다. 남자 녀석도 이제 옷을 벗어부치고 있다. 평상의 호흡으로는 보고 있기가 힘든 장면들이 비쳐진다.

그것은 화면 밖에 있는 사람들에게만 그런 것이 아니라 화면 속에 있는 사람들에게도 마찬가지인 모양이다. 여지껏 놀란 표정으로 구경만 하고 있던 다른 한 쌍의 남녀도 누워 있는 거리가 조금씩 좁혀진다. 손들이 서로의 어깨나 허리로 향하고 마침내 얼굴이 포개진다. 남자 녀석의 손은 마땅히 주저해야 할 곳으로 주저 없이 향한다. 명곤의 손도 흉내를 내고 싶어진다. 흉내를 낸다.

"아이⋯⋯."

수아가 몸을 피한다. 그러나 단호하게 피하는 것은 아니다. 단호하게 피할 여자애가 아니다. 명곤의 손은 집요하게 화면 속의 흉내를 낸다.

"아이⋯⋯."

"뭐가 아이야⋯⋯."

"좀 점잖게 구세요."

"어떻게? 이렇게?"

명곤의 손은 더욱 집요해진다. 그때 화면 속에선 뜻밖의 일이 일어난다. 여지껏 기진해 있는 듯하던, 그리고 그렇게 단호히 저항하던 금발의 아가씨 쪽에서도 어느새 팔을 뻗어 남자 녀석의 어깨를 안고 있다. 그리고 기쁨에 겨운 표정을 짓기 시작하고 있다. 역시 그렇고 그런 진행이다. 약간 윤색을 달리했을 뿐이다. 그러나 그렇고 그런 진행이라고 해서 이미 거칠어진 명곤의 호흡이 가라앉는 것은 아니다. 뻔한 진행이지만 자극적이기는 마찬가지다.

화면 속에선 이제 두 쌍의 네 남녀가 기쁨에 겨운 동작에 몰입하고 있다. 그리고 화면 밖의 두 남녀도 마침내 침대 위로 자리를 옮겼다. 이번엔 수아 그녀도 망설이지 않았다. 그러나 막상 그들도 화면 속의 진행에 따르기 시작했을 때 명곤은 무언가 잘 말을 듣지 않는 자신을 발견했다. 이상한 일이었다. 몸이 그녀의 몸과 일단 결합된 뒤에 온 현상인데, 야릇하게도 기분이 맹숭맹숭해지기 시작한 것이다. 그리고 그 기분은 몸에도 영향을 미쳐 좀처럼 진전이 되지 않았다. 알 수 없는 일이었다. 전에는 이런 경험을 해 본 적이 없었다.

그의 그러한 사정을 눈치채지 못한 수아, 그녀는 그러나 벌써 달뜬 숨소리를 내기 시작하고 있었다. 명곤은 초조해지기 시작했다. 그러나 초조하면 할수록 진전에는 더욱 방해가 될 뿐이었다.

일이 우스꽝스럽게 되었다. 그녀가 달뜬, 거의 고통에 가까운 신음 소리를 내고 있다가 의아하다는 듯 눈을 떴다.

"미안. 이거 좀 우습게 됐는데."

하고 명곤은 겸연쩍은 표정을 지었다.

"내 몸에 이상이 좀 생겼나 봐."

"내가 이상해선 아니구요?"

"아냐, 아냐. 그런 게 아냐."

"이상하시다, 정말."

"아무튼 김새는데. 미안해서 어떡하지?"

그녀는 알릴락 말락 웃었다. 그리고 미진한 기분을 달래려는 듯 눈을 감았다. 명곤은 그녀로부터 물러나 욕실로 향했다. 욕실로 향하면서 텔레비전 수상기 쪽을 바라보니 그곳에선 여전히 네 명의 남녀가 점입가경의 향연을 벌이고 있었다. 그러나 지금의 그에게는 그것이 아무런 자극도 되지 않는다. 매우 낯익은, 그러나 지극히 무감동한 어떤 사물처럼만 보일 뿐이다.

욕실로 들어가 찬 샤워를 뒤집어쓰면서 그는 생각해 보기 시작했다. 도대체 원인이 무엇일까. 이런 우스꽝스런 꼴을 보이게 된 원인이 어디에 있는 걸까. 이 마음의 어수선함은 어디에 연유되는 걸까. 역시 아침의 그 전화 때문일까. 용기가 저희 집 풀장에서 피살체로 발견되었다는 그 전화 때문일까. 상철이와 영일이의 죽음에 이은 용기의 죽음 때문일까. 얼핏 믿어지지 않았지만 엄연한 사실임이 틀림없는 용기의 죽음 때문일까.

단순히 용기의 죽음 때문만은 아닌 것 같다. 그 저쪽에, 용기의 죽음 저쪽에, 애써 그가 지워 버리려고 하나 잘 지워지지 않는 영상 때문인 것 같다. 오랫동안 망각 속에 덮어 두었던 영상이다. 일부러 꼭 덮어 두려고 하지 않았어도 저절로 망각 속에 묻혔던 영상이다. 그런데 그것이 망령처럼 되살아나려 한다. 지워 버리려 해도, 지워 버리려 해도 자꾸 되살아나려 한다.

7년 전이었던가, 8년 전이었던가. 아, 8년 전이었던 것 같다. 그렇다. 틀림없이 8년 전이었다. 그가 대학 4학년 때였으니까. 명곤은 샤워의 물줄기를 좀 더 세게 한다. 생각하고 싶지 않은 것을 생각하지 않기 위해서다. 광배의 말이 또 떠오르지만, 그것도 머리 위에 센 물줄기를 맞음으로써 떨쳐 버린다.

너무나 무서운 일이다. 만일 모든 것이 그가 마음속으로 짐작하고 있는 대로라면 그것은 무서운 일이 아닐 수 없다. 믿을 수 없다. 그것은 있을 수 없는 일이다. 죽은 사람이 살아나다니, 그것이 어디 있을 법이나 한 일인가. 그럼 누가? 그 사실을 아는 사람은 죽은 상철이와 영일이, 또 용기, 그리고 광배와 명곤 그 자신뿐 아닌가. 그렇다면 도대체 누가? 있을 수 없는 일이다. 만일 그가 마음속에서 짐작하고 있는 대로 모든 것이 저 8년 전의 사건에 원인이 있다면 죽은 사람이 다시 살아났다는 얘기가 된다. 그것이 어떻게 가능한 일이란 말인가.

쥐도 새도 모르게 감쪽같이 해치운 일이 아니던가. 그런데 어떻게? 가족이? 그럴 리 없다. 가족이 그 사실을 알 턱이 없지 않은가. 어쨌든 그것은 있을 수 없는 일이다.

그는 샤워를 잠그고 몸에 비누칠을 하기 시작했다. 머리에도 비누칠을 하기 시작한다. 되도록 거칠게 벅벅 칠한다. 마치 그것으로 마음속의 무서운 영상을 지워 버리기라도 하려는 듯. 그러나 그 영상은 마음속에서 좀처럼 지워지지 않는다. 알 수 없는 일이다. 왜 그것이 지워지지 않는지 모른다. 8년 동안이나 잘 잊어 왔던 것이 어찌하여 되살아나 좀처럼 지워지지 않는지 모른다.

아침의 그 전화 때문이다. 용기의 죽음 때문이다. 상철이와 영일이에 이은 용기의 죽음 때문이다. 남은 것은 이제 광배와 명곤 그 자신뿐이다. 남은 것이라니. 왜 자꾸 이런 생각이 드는 걸까.

아무리 모든 가능성을 따져 봐도 저 8년 전의 망령이 지금에 와서 살아 돌아다닌다고는 볼 수 없지 않은가. 그것은 완벽하게 처리된 것이 아니던가. 그때 욕실 문에 노크소리가 났다.

"들어가도 돼요?"

수아의 목소리였다. 그는 약간 당황한 목소리로 대답했다.

"응? 응, 들어와."

"심심해서 그래요."

하고 그녀는 문을 열고 들어서면서 말했다.

"어마, 비누 사람 같네요. 그런 말이 있는지 모르지만. 온통 머리에
서부터 비누거품을 뒤집어쓰고…….”
"비누 사람? 하하, 그거 재밌는 말인데." 하고 그는 다소 공허하게
웃었다. 눈에 비누거품이 가려 그녀의 모습이 똑똑히 보이지는 않았
으나 벗은 몸인 채로라는 건 알 수 있었다.
"이쪽으로 돌아서세요. 등은 내가 밀어 드릴게요.”
"아, 그래 주겠어?”
"어마, 비누를 얼마나 칠했길래 이렇게 온통 비누거품투성이에
요?”
그녀의 손길이 잔등에 느껴졌다.
"응? 응, 글쎄 좀 많이 칠했나.”
"뭐 혹시 화나는 일이라도 있었나요?”
"응? 화는 무슨.”
"다른 날하고 좀 달라요.”
"다르긴. 그냥 몸 컨디션이 약간 안 좋을 뿐이야.”
"그런 것 같지 않은데요. 몸이 아니라 마음 쪽이 컨디션이 안 좋으
신 것 같은데요?”
"그래 보여?”
"네, 아까부터 좀 이상하다 싶었어요. 대낮부터 이런 델 오자고 하
신 것부터가.”
"하하, 그랬던가.”

비슷한 무렵 경식은 부산의 양 형사로부터 전화를 받고 있었다.

"아, 네, 두 사람이 시내 쪽으로 나왔다고요?"

"네, 시내 쪽으로 나와서 김광배 씨가 R건설 부산지사에 잠깐 들른 동안 채나영 씨는 근처 다방에서 기다리고 있다가 얼마 후에 다시 합류했습니다. 그리고 지금 여긴 태종대 파출손데요, 두 사람은 곧장 이리로 와서 바닷가를 좀 거닐다가 지금은 허름한 한 생선횟집에 들어가 있습니다."

"간밤엔 별 이상은 없었고요?"

"네, 별다른 이상한 점은 발견하지 못했습니다. 거의 잠복근무를 하다시피 하다가 아침결에 객실 당번 웨이터한테 부탁을 해 놓고 잠깐 옷을 갈아입으러 갔습니다만 그사이에도 별다른 일은 없었답니다."

"아, 이거 수고 많으셨겠습니다. 너무 무리한 부탁을 드려 놔서 뭐라고 미안한 말씀을 드려야 할지."

"천만에요. 별말씀을 다 하십니다. 이게 어디 남의 일인가요."

"그렇게 생각해 주시니 고맙습니다. 그럼 계속 좀 수고를 부탁드리겠습니다. 혹시 무슨 이상한 점이라도 발견하시면 즉시 연락을 좀 주시구요."

"네. 알겠습니다. 수고하십시오."

"네, 계속 수고 좀 해 주십시오."

송수화기를 내려놓고 경식은 잠시 궁리에 잠겼다. 결과적으로 이번 사건 역시 모든 용의선상에 올라 있는 인물들은 일단 제각각의 알리바이를 갖추고 있는 셈이다. 그중 세 사람은 지금 부산에 가 있고.

범인은 이번 역시 이상철, 선우영일의 살해범과 동일범임에 틀림 없다. 그것은 범인이 남긴 쪽지로써 충분히 인정된다. 권오규의 경우 는 아직 확실치 않지만 이번 박용기의 경우만은 동일범의 소행임이 확실하다. 그렇다면 그 교활한 범인은 도대체 누구인가. 단언할 순 없지만 피살자가 이른 아침마다 수영하는 습관이 있다는 걸 알고 있 는 자일 가능성이 높다. 그리고 어쩌면 피살자의 부친 박충현 씨의 아침 산책 습관도 알고 있는 자일 가능성이 있다. 그렇지 않다면 그 와 같은 시간에 그와 같은 방법의 살인이란 용이하지 않았을 테니까.

그러나 그것이 일단 무시할 순 없더라도 그다지 중요한 단서가 될 것 같진 않다. 왜냐하면 그 정도의 사실쯤 계획적인 범행을 저지르려 는 자라면 이삼일의 관찰로써 넉넉히 알아낼 수 있었을 테니까. 물론 따로 관찰하지 않고서도 그 두 사람의 습관을 진작부터 알고 있는 자 일 가능성도 적지 않지만 말이다.

아무튼 보다 바짝 수사의 고삐를 죄는 수밖에 없다. 우선 이번 사 건으로 채나영과 관련된 혐의 부분은 상당히 엷어졌다고 할 수 있으 므로 '오인방'의 과거 행적이나 비행 사실 등을 수집하는 데 보다 바 짝 힘을 기울일 일이다. 물론 이 일은 본인들 모르게 은밀히 진행되 어야 하겠지만.

그리고 이 사건에선 채나영을 제외한 여자 용의자들은 일단 용의 선상에서 제외해도 무방할 것 같다. 채나영만은 아직 무언가 많은 수 수께끼를 가지고 있는 여자라는 의구심이 남지만 일련의 범행수법으로 보아 도저히 여자의 범행이라고 보기는 어렵게 되어 있기 때문이다.

경식이 잠깐 그런 생각들을 하고 있을 때 다시 전화벨이 울렸다. 송수화기를 집어 들고 상대방을 부르자 들려온 건 동희의 목소리였다.

"아, 경식 씨군요. 나예요."

"아, 동희. 웬일이야, 또?"

"어머?"

"오전에도 봤는데 웬일이냐구?"

그녀는 오전에 박용기의 피살현장에도 왔었던 것이다.

"어머? 귀찮은가 보죠?"

"그게 아니라 무슨 일이 있느냐고. 오전에도 봤는데 또 전화했으니 말야."

"오전에 봤으면 오후에 전화 걸면 안 되나요?"

"그게 아니라 난 무슨 일이 있나 해서 그러는 거야. 딴 땐 없었던 일이니까 말야."

"그런데 처음부터 목소리가 좀 달갑지 않아 하는 것 같은데요?"

"그렇게 들렸어? 그렇다면 그건 좀 미안하군. 솔직히 말해서 사실 난 동희의 전화를 기대하진 않았거든. 사건에 관계된 무슨 전환가 했거든."

"그거 보세요. 역시 그랬죠. 그럼 그만 끊겠어요."

"이봐, 동희."

"하지만 나중에 후회하실 거예요. 실은 나도 사건에 관한 정보 하나를 가르쳐 드리려고 전화를 한 건데. 자, 끊어요."

"아, 잠깐만 동희."

"왜 그러세요?"

"사건에 관한 정보라니, 뭐지?"

"글쎄요."

"삐쳤어?"

그 소리는, 그는 나지막하게 말했다. 동료들에게 신경이 쓰였기 때문이다. 동희는 짤막하게 비음을 내며 웃었다.

"아뇨."

"그럼 말해 봐. 정보라는 게 뭔지."

"글쎄요. 삐치진 않았지만, 다이얼을 돌릴 때 기분하곤 달라졌네요."

"말해 줄 기분이 사라졌단 말이지?"

"정확하게 말하면 그렇다고나 할까요."

"나 이거야. 좀 봐줘."

"봐 드릴래도 전화로는 볼 수가 없네요."

"약 올리지 말고."

"그럼 커피 한잔 사 주실래요? 봐 드릴래도 전화로는 봐 드릴 수가 없잖아요."

"좋아, 그럼 커피 한잔 사지. 그런데 무슨 정보가 정말 있는 거야? 괜히 나 약 올리느라고 그런 거 아냐?"

"그렇게 생각하심 커피 안 사 주심 될 것 아녜요."

"그럼 한번 속아 봐?"

"속지 마세요."

"하하, 좋아, 그럼 내 나가지. 어디로 할까?"

"나 지금 '개나리'에 있어요."

"그래? 그럼 그리 나갈게. 5분 내로."

송수화기를 내려놓고 경식은 계장에게로 가서 부산의 양 형사로부터 받은 전화 내용을 간단히 보고한 뒤 수사본부를 나섰다. 그리고 그가 '개나리' 다방에 도착한 것은 조금 후였다. 동희는 기다리고 있다가 그가 다가가 마주 앉자 가만히 눈총부터 쏘았다.

"사람의 전화를 그렇게 받는 법이 어딨어요?"

"하하, 미안. 사건 때문에 해골이 좀 복잡해져 있어서 그랬어. 그런데 정보라는 건 뭐지?"

동희는 다시 한번 가만히 눈총을 쏘아 보내고 나서 말했다.

"그건 커피 사 주신 다음에 말한다고 했잖아요."

"아, 참, 그럼 커피부터 시키지."

경식은 레지를 불러 커피를 주문했다. 곧 커피가 날라져 왔다. 경식은 커피를 저으며 다시 물었다.

"자, 뭐지? 그 정보라는 게?"

그러자 동희는 조금 웃어 보였다.

"마시고 나서 얘기할게요."

"이거 왜 이래? 내가 또 속은 거 아냐?"

"어머? 나한테 언제 속은 적 있어요?"

"있지."

"언제요?"

"당장 어저께 밤에."

"어저께 밤에 내가 무얼 속였지요?"

"밤참 가져온다고 하더니 안 가져왔잖아. 난 밤새껏 기다렸는데."

"어머, 그건 경식 씨가 사양했잖아요."

"사양한다고 그만두는 사람이 어딨어? 사양은 했지만 난 속으로 은근히 기다렸는데."

"어머머? 순 엉터리. 내가 나중에 후회하지 말란 말까지 했잖아요."

"그렇다고 사양하다 말고 갑자기 태도를 바꿀 수 있나. 먼저 제의를 했으면 이쪽이 사양하건 말건 갖다줘야지."

"어머머? 정말 이러기예요?"

"섭섭했다구, 정말. 난 그래도 가져올 줄 알았다구. 새벽이 돼도 끝내 나타나지 않길래 얼마나 쓰라린 배신감을 맛봤는지 알아?"

"어머머?"

"가져올 생각이 없었으면 처음부터 말이나 꺼내지 말든가. 음식이 눈앞에서 뱅뱅 도는 게 사람 영 미치겠더라구."

"기가 막혀."

"그런데 오늘 또 사람을 이렇게 불러내 가지고 희롱을 할 셈야?"

"좋아요, 그럼. 나 말 안 해요."

"정본지 뭔지가 있긴 정말 있는 거구?"

"있긴 뭐가 있겠어요."

"거봐. 역시 날 또 속인 거지."

"그래요. 속였어요."

"어라? 정말이야?"

"네, 정말이에요."

"정말?"

"정말."

"진짜 정말?"

"정말에도 진짜 가짜가 있나요."

"그럼 진짜 날 또 속인 거란 말이지?"

"그렇다니까요. 그러길 바라고 계시잖아요."

"바라긴. 그 반대지. 바라지 않으니까 한번 그래 보는 거지. 그러지 말고 있으면 얘길 해 봐."

"할 얘기 없어요."

"하하, 나 이거야. 방법을 내가 잘못 택했군."

"왜요? 잘 택하셨죠. 그래서 내가 거짓말쟁이라는 것도 확인했잖 아요?"

"잘못 택해도 아주 단단히 잘못 택했는데. 화까지 나신 모양이야."

"천만에요. 화 안 났어요."

"그럼 얘길 해 봐. 도대체 무슨 정본데 그래?"

"아무 정보도 없어요." 그녀는 새침하게 말했다.

뭔가 있긴 정말 있는 모양이로구나, 하고 경식은 느꼈다. 그렇다면 잘못 유도를 한 셈이었다. 그는 정색하고 말았다.

"있긴 뭐가 정말 있는 모양인데. 자, 그러지 말고 얘길 해 봐."

그녀는 잠시 새침한 표정으로 그의 얼굴을 마주 보았다.

"그럼 취소할래요? 나한테 속았다느니 어쩌니 하는 말."

"취소하지. 취소하구말구."

"그리고 앞으로 나한테 그런 말 다신 안 하겠다고 약속하실래요?"

"약속하지. 약속해. 난 그게 그렇게 동희를 화나게 할 줄은 몰랐어."

그녀는 표정을 조금 누그러뜨렸다.

"사람을 거짓말쟁이로 모는데 그럼 화 안 날 사람이 어딨어요."

"일종의 농담이었잖아."

"농담이래두요."

"그래 알았어. 그건 그렇고 정보란 뭐야?"

"조금 기다려요. 나부터 몇 가지 좀 물어보구요."

"뭘 또 물어본다는 거지?"

"내 직업에 관계된 일이에요."

"그럼 또 취재야? 취재는 아까 오전에 다 했잖아?"

"그 이후의 수사 상황에 대해서요."

"오라, 결국은 그게 목적이었군, 그래? 정보 어쩌고 한 소린 역시 괜한 소리고?"

"어마, 또. 그럼 그만두세요."

"아, 아냐, 아냐. 취소, 취소."

"그럼 순순히 얘기하세요. 그 이후의 수사 상황에 대해서."

"그러지, 순순히 얘기하지."

"무슨 새로운 사실 나타난 거 없었어요?"

"응, 별로."

"괜히 어물어물하심 안 돼요. 정말이죠?"

"응, 정말이야. 이렇다 할 새로운 사실 나타난 건 아직 없어."

"국립과학수사연구소의 해부 결과는 어떻게 나왔어요?"

"마찬가지야. 역시 심장에 생긴 자상(刺傷)이 사인으로 판명됐어."

"범인이 남긴 쪽지 이외의 단서는 더 발견된 게 없구요?"

"없어."

"이건 나중에 생각난 건데 사건현장 부근에서 피해자나 피해자 가족 이외의 발자국 같은 것도 발견하지 못했나요?"

"오, 거 아주 중요한 데 생각이 미쳤는데. 하지만 불행히도 그런 게 없었어. 왜냐하면 그 집 대문에서 현관까지 이르는 길이나 현관에서 풀장까지 이르는 통로 따위가 전부 콘크리트로 포장이 돼 있었어. 살해현장이라고 판단되는 풀장 주변도 마찬가지였고."

"그랬군요. 그럼 수사방향은 어떻게 되죠? 역시 '오인방' 멤버들에 대한 원한이 동기가 된 사건이라는 방향이 되나요?"

"글쎄, 일단은 그쪽에 역점을 두어야 하지 않을까 싶긴 한데."

"그런데요?"

"하지만 그런 문젠 나보다 높은 사람들이 결정할 문제지. 나 같은 졸자야 의견을 말할 순 있지만 그 이상의 권한이 있나. 자, 그쯤하고 이제 동희의 그 정보라는 것 좀 들어 보자구."

그녀는 잠시 사이를 두었다가 입을 뗐다.

"……용한식이란 사람 어떻게 생각하세요?"

"용한식?" 하고 그는 반문했다. 그것은 전혀 기대하지 못했던 사람의 이름이었기 때문이다.

"네, 그 권투 선수 말예요. '오인방' 멤버들의 후원을 받는."

하고 그녀는 그의 얼굴을 말끄러미 바라보았다.

"글쎄, 내가 그 친구 팬이긴 하지만, 그리고 그 친구도 일단 용의선상에 들어 있는 인물이긴 하지만……. 어떻게 생각하다니? 그 친구에 관해서 뭐 들은 얘기가 있어?"

"내 질문에 대답부터 하세요. 그 사람 어떻게 생각하세요?"

"글쎄. 나로선 특별히 어떻게 생각한달 건 없는 셈이야. 머잖아 세계 타이틀을 한번 딸 친구라는 생각하고 일단 용의선상에 들어 있는 인물이라는 생각 정도 외에는……."

"그뿐이에요? 아직 무슨 이렇다 할 용의점 같은 건 발견한 게 없구요?"

"글쎄……. 그런데 왜 그러지?"

"글쎄, 대답부터 해 보세요."

"응, 별로."

"그건 다시 말해서, 그 사람에 관해선 별로 수사상 주목을 기울이지 않았다는 얘기도 되겠군요?"

"무슨 얘기야, 지금? 그 친구한테 무슨 수상한 점이라도 있다는 얘기야?"

"아뇨."

"그럼?"

"그 사람도 한번 주목해 보라는 얘기예요."

"그건 어째서?"

"어째서라뇨? 그게 수사 경찰이 할 일 아녜요? 용의선상에 들어 있는 인물은 일단 모두 세심하게 주목을 하는 게."

"동희가 나한테 주겠다던 정보가 고작 그거야?"

"고작이라뇨? 그게 얼마나 중요한 사실인데."

"아냐. 그 친구에 관해서 분명히 동희가 뭔가 알고 있는 사실이 있음에 틀림없어. 뭐지, 그게?"

"어머?"

"말해 봐. 그게 뭔지. 그 친구에 관해서 알고 있는 걸 얘기해 보라구."

"난 그런 얘기 한 적 없는데."

"글쎄, 얘기해 보라니까."

"어머? 명령이에요?"

"그래. 명령이야."

그러자 그녀는 잠시 그를 말끄러미 쳐다보고 나서 무언가 망설이는 표정이 되었다.

"……아직 확실치 않은 얘기예요. 하지만 내가 보기에 그 사람 좀 이상한 데가 있어요. 어제 오후에 우리 신문사 체육부에 들렀었는데 우연히 나하고 눈이 마주치자 내 쪽으로 다가오더니 이상한 소릴 했어요."

"무슨 소릴?" 경식은 긴장했다. 동희는 잠시 기억을 되살리는 표정을 짓고 나서 말했다.

"한동희 기자시죠, 기사 잘 읽고 있습니다, 딴 신문하곤 비교가 안 되던데요. 어쩌고 하더니…….."

"그러더니?"

"그런데 범인이 누구라고 생각하느냐는 거예요."

"그래서?"

"모르겠다고 했죠. 그랬더니…….."

"그랬더니?"

"자긴 안다는 거예요."

경식은 자신도 모르게 미간을 좁혔다.

"뭐라구?"

"글쎄, 자긴 범인이 누군지 안다는 거예요."

"그 친구, 농담한 거 아냐?"

"물론 농담 비슷한 말투였어요. 하지만 그다음이 중요해요."

"얘기해 봐."

"나도 농담으로 듣는다는 투로 얘기했죠. 범인이 그럼 누구냐구요."

"그랬더니 뭐래?"

"작은 소리로 비밀을 보장하겠느냐고 물어요. 보장하겠다고 했죠. 그랬더니 '오인방' 멤버 중의 한 사람일 거라는 거예요."

"뭐라구? 그 친구가 그런 소릴 해?"

"물론 여전히 농담하고 있다는 투였어요. 자기는 운동선수지만 소설을, 그중에서도 추리소설을 좋아해서 많이 읽었다나요. 그리고 그 추리소설들을 읽은 자기의 지식을 바탕으로 추리를 해 보면 '오인방' 멤버 중의 한 사람이 틀림없다는 거예요."

"어째서 그렇다는 얘기도 해?"

"물론 내가 물었죠. 어째서 그런 추리가 가능하냐구요."

"그랬더니?"

"날더러 숙제로 남겨 줄 테니 한번 풀어 보라는 거예요."

경식은 약간 웃어 보였다.

"그 친구가 동희한테 수작을 붙여 보려고 괜히 한번 해 본 소리로군. 괘씸한 친구 같으니."

동희는 그러나 웃지 않았다.

"그렇게만 생각하세요?"

"동희는 그럼 그 친구 얘길 진지하게 받아들였단 말야?"

"꼭 그렇다고만은 할 수 없어도 그렇다고 또 단순한 농담처럼만 들리지도 않았어요."

"그래?"

"그렇잖으면 일부러 나한테까지 와서 자기를 후원하고 있는 사람들을 어떤 의미로는 모함하는 듯한 얘길 할 이유가 없잖아요."

"그야 농담으로 무슨 소린들 못 해. 더욱이 그런 농담일수록 쇼킹한 게 효과가 있다는 건 그 친구도 알고 있을 테니까 아무 근거 없이 한번 해 본 소릴 수도 있지. 그런 추리를 하게 된 근거도 대지 못하고

궁하니까 동희한테 숙제로 남겨 주고 어쩌고 하는 수작이 그 증거라구."

"그럴지도 모르죠. 하지만 난 왠지 단순한 농담처럼만 느껴지지가 않았어요."

"그래? 그럼 그 친구가 남겨 주었다는 그 숙제를 풀어 보려고도 해 봤어?"

"네, 해 봤어요."

"그래 풀었어?"

"못 풀었어요."

"이 단순한 아가씨야. 그런 친구의 그따위 농담을 곧이듣고 그걸 풀어 보려고 그래 끙끙댔단 말이지? 그 친구, 동희가 예쁘니까 괜히 한번 수작을 붙여 본 데 지나지 않는다구. 여기 이런 형사 애인이 있다는 것도 모르고 말야. 아무튼 괘씸한 친군데. 안 되겠군, 이거. 우리가 빨리 결혼을 하든지 해야 그런 친구가 집적거리질 못하겠어."

동희는 잠시 눈총을 쏘아 왔다. 그리고 나서 다시 정색한 얼굴이 되며 말했다.

"······그런데 얘기는 거기서 끝나는 게 아니란 말예요. 이상한 점은 또 있어요."

"응? 이번엔 뭔데?"

하고 경식은 또 그 비슷한 얘기 아니겠냐는 듯한 표정으로 물었다. 그러자 동희는 잠시 또 망설이는 표정을 짓고 나서 말했다.

"······이건 우리 경제부 마 기자한테서 들은 건데요."

"마 기자라면 또 그 친구 말야? 동희 선배라는?"

"네, 그 마 선배가 오늘 아침 현장 근처에서 그 사람을 봤대요."

"뭐라구? 현장 근처라면 박충현 씨 저택 근처에서 말이야? 몇 시쯤?"

"7시 채 못 돼서였대요. 박충현 씨 저택 아주 근처는 아니고 그쪽으로 올라가는 길목에서였대요. 거기서 5분쯤 올라가면 박충현 씨 저택이 나오는 지점이래요."

"음, 그게 사실이라면 문제가 좀 달라지는데, 어떤 차림이었대?"

"운동복 차림이었대요. 운동복 차림으로 땀을 뻘뻘 흘리며 뛰어 내려오고 있더래요. 왜 권투 선수들 로드워크 하는 차림 있잖아요."

"음, 그런데 그 마 기자라는 친구 그 시간에 왜 거기에 갔었지?"

"마 선배 사는 동네가 그 근처래요. 박충현 씨 저택 위쪽으로 산책길이 좋아서 아침마다 그쪽으로 조금씩 뛰기도 하고 산책도 했는데 오늘 아침엔 게으름을 피우다가 조금 늦은 편이었대요."

"그러니까 그쪽으로 산책을 나섰다가 용한식이란 친구를 봤다는 얘기지?"

"네, 그런가 봐요."

"두 친구가 서로 아는 사이였대?"

"아뇨. 마 선밴 그 사람이 워낙 유명한 권투 선수니까 금방 알아봤지만 그 사람 쪽에선 마 선밸 모른대요."

"음……."

"그땐 그 사람이 그쪽으로 로드워크를 나왔었나보다 하고 그냥 무심코 지나쳤는데, 내 얘기를 듣고 나서 생각해 보니 좀 이상하다는 거예요. 그 사람이 나한테 그런 이상한 농담 비슷한 얘기를 하고 간 뒤에 마 선배한테 내가 그 얘길 했거든요. 이상한 느낌이 들어서요."

"음……. 그리고 나서 나한테 전화한 거야?"

"네, 마 선배한테 그 얘기까지 듣고 나니까 그 사람 너무 이상하게 생각되잖아요."

"그런데 그런 얘길 왜 그렇게 뜸을 들였지?"

"……걱정스러워서요. 어쩌면 실제론 아무 잘못도 없는지 모르는데 나 때문에 그 사람 혹시 공연한 괴로움을 당하게 되는 거면 어떡해요. 좀 이상하긴 하지만 실제론 사건과 아무 관련도 없는지 모르잖아요."

"말하자면 무고(誣告)하는 결과가 될까 봐? 역시 동희답군. 하지만 적어도 무고는 아니니까 안심해. 그 친구는 적어도 중대한 잘못 한 가지를 저질렀어. 나한테 그 사실을 숨겼거든. 내가 전화로 사건 발생시간 전후의 소재지를 물었을 때 그 친구는 체육관에 있었다고 대답했단 말야."

"네……."

"아무튼 중요한 사실을 알려 줘서 고마워. 어쩌면 아주 중요한 단서가 될 것 같은데."

"하지만 너무 그 사실만 갖고 그러지 마세요. 그 시간에 그 근처엘 간 건 우연일 수도 있잖아요."

동희는 이제 사뭇 걱정스런 표정이었다. 경식은 조금 웃어 보였다.

"이제 오히려 괜히 얘기했다 싶은 모양이지? 염려하지 마. 그렇다고 아무 죄 없는 사람을 때려잡진 않을 테니까. 난 그렇게 엉터리 경찰은 아냐. 자, 그만 일어서지. 그 친굴 좀 만나 봐야겠으니까."

"그 사람 만나서 내 얘기 할 건가요? 그 사람이 나한테 한 얘기……."

"왜, 겁나? 보복당할까 봐?"

"그런 게 아니라 그 사람이 나한테 한 얘기가 정말 단순한 농담에 지나지 않았다면 미안하기도 하고 내가 우습게 되잖아요. 그냥 해본, 정말 순전한 농담이었는지도 모르는데."

"염려 말라구, 그런 건. 설마 내가 그 친구한테 동희 얘기를 하겠어? 자 그만 일어서자구."

"그 사람 마구 다루면 안 돼요?"

"이런 아가씨 봤나. 날 무슨 마구잡이 폭력 경찰쯤으로 아는 모양이지? 염려하지 마. 난 이래 봬도 민주 경찰이야 오히려 너무 물러서 탈이지. 자, 일어서자구."

그들은 곧 의자에서 일어났다. 그리고 다방을 나섰을 때 경식은 말했다. 짐짓 목소리를 낮추어서.

"이번 사건만 해결하고 나서 우리 결혼하자구. 신혼여행은 울릉도쯤으로 가고 말야."

그러자 그녀는 가만히 눈을 흘겼다.

"어머? 누가 지금 그런 얘기 하랬나."

"하하, 기분이 아무래도 좀 찜찜한 모양이지? 염려 말라구. 동희가 누구를 나쁘게 만든 결과는 되지 않도록 할 테니까. 자, 그럼 또 만나."

그들은 헤어졌다. 그리고 혼자가 된 경식은 일단 본부에 들러 계장에게 간략한 보고를 한 뒤, 곧 용한식이 나가는 D체육관으로 향했다. 그가 D체육관에 도착한 것은 오후 4시쯤이었는데 용한식은 아직 운동을 시작하지 않고 있었다. 경식은 그를 다방으로 불러냈다.

"무슨 일이죠?" 하고 그는 다방의 의자에 앉자마자 약간 긴장한 표정으로 물었다. 경식은 부드럽게 웃어 보이고 나서 말했다.

"아, 뭐 대단한 일은 아닙니다. 그보다 난 용한식 씨 팬인데 언제쯤 세계 타이틀에 도전하시게 되나요?"

그는 여전히 긴장을 풀지 않은 표정으로 대답했다.

"네. 지금 교섭 중에 있습니다. 잘되면 두 달쯤 후엔 시합을 할 수 있을 것 같은데 아직 모르겠어요."

"그럼 곧 훈련을 시작하시겠네요. 아, 벌써 시작하셨던가요?"

"네, 시작했습니다."

"아, 그러셨군요. 그럼 물론 로드워크도?"

"네, 하고 있습니다."

"아침에?"

"네, 새벽에 하죠."

"혹시 코스가 어느 쪽인지 물어봐도 괜찮을까요?"

그러자 그는 잠시 경식의 표정을 살폈다.

"왜…… 그러시죠?"

"아, 그냥 호기심에서죠. 팬들은 모든 게 궁금하니까요. 대답하기 곤란하시면 안 해 주셔도……."

그는 순간 다시 한번 재빨리 경식의 표정을 살폈다. 그리고 약간 더듬듯 말했다.

"……아, 아닙니다. 곤란하긴요. 좀 이상하게 생각하실지 모르지만 실은 코스가 일정하지 않습니다. 물론 몇 개의 코스가 있긴 하지만 새벽에 집을 나서면서 그때그때 기분에 따라 골라잡죠. 늘 같은 코스만 뛰면 좀 지루하거든요."

"아, 그러세요? 그럼 그 몇 개의 코스란 대개……?"

"……남산 쪽도 있고, 워커힐 쪽도 있고, 한강 인도교 쪽도 있죠."

거기에 경식이 덧붙였다. "그리고 S동 쪽도 있나요?"

용한식의 얼굴엔 순간 당황한 빛이 스쳐 갔다.

"네?"

"박충현 씨 댁, 아니 오늘 아침에 피살된 박용기 씨 댁이 있는 S동 쪽 말입니다. 그쪽은 로드워크 코스에 포함이 안 되나요?"

그의 얼굴엔 순간 알릴 듯 말 듯 작은 경련이 스치고 지나갔다.

"네, 가끔…… 그쪽으로도 갑니다."

"오늘 아침엔 물론 그쪽으로 안 가셨겠죠? 오전에 전화로도 대답해 주셨지만."

그러자 그는 약간 성난 표정이 되었다.

"이거 왜 이러십니까? 오전에 내가 전화로 한 얘긴 믿지 못하겠다는 겁니까?"

경식은 부드럽게 조금 웃어 보였다.

"아니죠. 믿지 못하겠다는 게 아니라⋯⋯."

"그럼 뭡니까?"

"다시 한번 확인하려는 거죠. 확신을 얻고 싶다고나 할까요."

"그게 결국 믿지 못하겠다는 얘기가 아니고 뭡니까?"

"그럼 오전에 전화로 해 주신 대답을 그대로 믿어도 되겠습니까?"

"아니, 이거 도대체 왜 이러십니까? 내가 그럼 거짓말이라도 했단 말입니까?"

그는 이제 완연히 힐난의 표정이 되었다. 경식은 잠시 사이를 두었다가 조용히 말했다.

"⋯⋯거짓말 안 하셨습니까?"

그는 얼굴이 붉으락푸르락해졌다.

"뭐라구요? 이거 정말 왜 이러는 겁니까? 누굴 놀리는 겁니까?"

"저, 흥분하지 마시고 내 질문에 대답만 해 주시면 됩니다. 거짓말 안 하셨습니까?"

"뭐요? 난 거짓말한 적 없어요."

"그럼 오늘 아침에 S동 쪽으로 가신 적이 정말 없습니까?"

"간 적 없어요."

"정말입니까?"

"정말이오."

"자꾸 거짓말을 하면 불리해지시는데."

"뭐요? 지금 누굴 협박하는 겁니까?"

그의 목소리는 약간 떨리고 있었다. 경식은 부드럽게 말했다.

"협박이 아니라 충곱니다. 팬으로서 하는. 다시 대답해 보시지요. 오늘 아침에 정말 그쪽으로 가신 적이 없습니까?"

"글쎄, 간 적 없다고 했잖소?"

경식은 잠시 고개를 숙였다가 쳐들며 말했다.

"……목격한 사람이 있었는데도요?"

순간 용한식의 눈동자는 크게 흔들렸다. 그리고 카운터를 얻어맞은 선수처럼 맥이 풀린 표정으로 외마디 소리를 냈다.

"뭐, 뭐라구요?"

경식은 침착한 목소리로 말했다.

"오늘 아침 7시 채 못 돼서. S동 박충현 씨 댁으로 올라가는 길목에서 용한식 씨를 목격한 사람이 있습니다. 로드워크 차림으로 뛰어 내려오는 모습을."

"……."

"부인하시겠어요?"

"……."

"왜 거짓말을 하셨죠?"

"……."

용한식은 완전히 풀이 죽어 있었다. 경식은, 그가 링 위에서는 그렇게 풀이 죽는 모습을 본 적이 없었다. 적어도 그가 범인은 아닐 것이라는 생각이 들었다. 그가 그 교활한 범인이라면 이렇듯 쉽사리 무너지리라고는 생각되지 않았다. 그러나 추궁을 멈출 수는 없는 일이었다.

경식은 재차 물었다.

"왜 거짓말을 하셨죠? 그럴 만한 무슨 이유가 있었나요?"

그는 경식의 시선을 피하고 있다가 붉어진 얼굴로 대답했다.

"……미안합니다. 특별한 이유는 없었습니다. 그저 조금이라도 의심을 받게 될 일이 싫어서……."

"의심을 받게 된다는 건 박용기 씨의 피살사건과 관련해서 말인가요?"

"비슷한 시간에 그 근처에 있었다면 아무래도……."

"거짓말이 탄로 날 경우에 더 큰 의심을 받게 되리라는 건 생각 못 하셨나요?"

"……."

"용한식 씬 지금 중대한 잘못을 저지른 겁니다. 우린 용한식 씰 연행해서 조사할 수도 있어요. 구속영장을 신청해도 아마 나올 겁니다. 그 시간에, 그 근처에 있었다는 사실만 가지고도 얼마든지 혐의를 걸 수 있지만, 그보다 그 사실을 숨겼다는 게 더 심각한 문젭니다."

"……미안합니다. 실은 시합에 지장이 생길지도 모른다는 생각도 들고 해서……."

"아무리 그래도 그렇죠. 이건 다른 사건도 아닌 살인사건입니다. 더구나 용한식 씨의 후원자이기도 한 사람의."

"……할 말 없습니다."

"정말 로드워크만 하신 겁니까?"

"네?"

"로드워크 이외의 일은 하지 않았느냐고요?"

"그건……?"

"박충현 씨 댁엘 들어갔다든지."

"천만에요. 그런 일은 없었습니다."

"박충현 씨 댁 앞을 통과는 하셨죠?"

"네, 로드워크 코스가 그 앞을 지나가게 돼 있어서요."

"그때 누구 이상한 사람을 보거나 무슨 소리를 듣지 못했나요?"

"네, 전혀."

"박용기 씨가 아침마다 수영하는 습관이 있다는 건 알고 계시죠?"

"네, 알고 있습니다."

"들어가서 만나 보고 싶은 생각 없었나요?"

"그런 생각 안 했습니다. 이른 아침부터 어떻게……."

"혹시 누가 범인일 거라고 짐작 가는 사람 없습니까?"

경식은, 그가 동희에게 했다는 소리를 생각하고 불쑥 그렇게 물었다. 그는 아둔한 표정을 지었다.

"그걸 제가 어떻게……."

"아. 그냥 막연하게라도."

"글쎄, 전, 전혀……."

"짐작 가는 데도 없습니까?"

"네, 전혀."

"용한식 씬 통칭 '오인방' 멤버들하고 상당히 가까우신 걸로 알고 있는데, 그분들 다섯 분 중에 벌써 세 분이나 피살을 당한 데 대해 전혀 무슨 짐작 가는 일도 없단 말이죠?"

"네, 저도 실은 속으로 놀라고 있을 뿐입니다."

"용한식 씨가 아는 범위 내에서 그 다섯 분하고 무슨 원한관계가 있다든지 하는 사람 혹시 없습니까?

"제가 아는 범위 내에선 그런 사람은 없는 것 같습니다."

"혹시 범인이 누굴까 하고 혼자서 생각해 본 일도 없습니까?"

"해 봤지만 전혀 짐작도 할 수가 없었습니다."

"그 다섯 분 사이에 혹시 무슨 트러블 같은 건 없었나요? 여자문제라든지 혹은 무슨 딴 문제로."

"그런 문젠 별로 없었던 것 같은데요. 아무튼 그 형님들 사이에 무슨 우정에 금 갈 만한 일은 없었던 걸로 알고 있습니다."

"그럼 범인이 혹시 그 다섯 분 중의 한 사람일 가능성 같은 건 생각해 보기 어렵다고 할 수 있겠군요?"

"물론이죠."

그가 동희에게 했다는 소리는 순전한 농담 내지는 허튼수작에 지나지 않았음이 거의 확실한 것 같았다. 그러나 경식은 그때 문득, 이 친구가 혹시 무당벌레 흉내를 내고 있는 것이나 아닌가 하는 의심이 들었다. 건드리면 얼마 동안이고 죽은 체 꼼짝 않고 엎드려 있는 무당벌레……. 말하자면 그의 이 급격히 풀이 죽고 온순해진 태도는 자신을 보호 내지 은폐하기 위한 그 나름의 교활한 수작이 아닐까 하는 의심이었다. 문득 연행해 버릴까 하는 생각도 들었다. 연행하여 그가 사건시간 즈음에 현장 부근에 있었다는 사실과 그 사실을 숨겼다는 점을 계속 추궁한다면⋯⋯. 그러나 그래서 얻는 것이 있을 것 같지 않았다. 그대로 놓아두고, 그가 설사 무당벌레의 흉내를 내고 있는 것이라 하더라도 방심한 듯 놓아두고, 그가 다시 안심하고 움직이는 모습을 관찰하는 편이 유익할 것 같았다. 경식은 말했다.

"사실 난 용한식 씨를 만나러 오면서 은근히 큰 기대를 품었었는데 말하자면 헛수고가 된 셈이군요. 아침에 S동 쪽에서 용한식 씨를 봤다는 목격자의 제보를 받고 사실 좀 흥분을 했었거든요. 게다가 용한식 씬 나한테 거짓 알리바이를 말했으니까요. 그런데 듣고 보니 대충 이해는 가는군요. 하지만 거짓말하신 건 역시 중 대한 실수를 하신 겁니다."

"죄송합니다."

"앞으론 그런 실수 하지 마십시오. 공연히 의심을 받게 되지 않습니까. 또 용한식 씨 입장에서 보더라도 저희 경찰을 도와주셔야죠. 살해된 분들이 모두 용한식 씨 가까운 분들 아닙니까."

"네, 앞으로 주의하겠습니다."

경식은 일어섰다.

"용한식 씨 체면을 봐서 이제는 추궁하진 않겠습니다. 세계 타이틀이나 꼭 따도록 하십시오."

그즈음, 명곤은 수아와 함께 다시 침대 위에 누워 있었다. 함께 목욕을 마친 뒤 그들은 벗은 채로 곧장 다시 침대로 돌아왔던 것이다. 명곤은 아까의 낭패가 되살아나 그다지 내키지 않았으나 수아 그녀 쪽에서 그를 위로해 주겠다고 나섰다. 그녀는 말했다.

"내가 한 번 명곤 씨 컨디션을 바꿔 볼게요."

그리고 그녀는, 이제는 꺼 버린 VTR 화면의 흉내를 내기 시작했다. 전에 그것들을 보면서, "어머, 어머, 기가 막혀" 하고 화면으로부터 고개를 돌리던 바로 그 동작들을 그녀 스스로 실연(實演)하기 시작했다. 마치 그렇게라도 해서 그의 기분을 바꿀 수 있다면 그렇게 하는 것이 자신의 의무이기라도 하다는 듯.

명곤은 조금 놀라웠으나 미상불 싫다고는 할 수 없는 일이었으므로 잠자코 그녀가 하는 대로 맡겨 두고 있었다. 그녀의 노력은 정성스럽고 세밀했다. 아마도 잘 관찰해 두었던 모양이다. 그리고 그녀의 그 노력의 효과는 마침내 나타나기 시작했다. 맹숭맹숭하게 이완되었던 몸이 차차 어떤 비등점을 향해 서서히 더워져 가기 시작했다. 세포들이 차차 하나씩 둘씩 깨어나기 시작했다. 눈을 뜨고, 고개를 쳐들고……. 그리고 깨어나는 세포들의 증가 속도는 미처 헤아릴 겨를 없이 빨라졌다. 마침내 온몸의 세포들이 모두 깨어나서 한 방향으로 일제히 기립하는 듯한 순간이 왔다.

그는 그녀의 동작을 제지했다. 그리고 그녀를 쉬게 했다. 이제 그녀를 쉬게 하는 것이 예의였다. 그리고 그가 자신의 몫을 할 차례였다. 자신의 몫을 할 준비는 되어 있었다. 그는 자신의 몫을 하기 시작했다. 그녀는 의무를 다한 사람의 기쁨을 더하여, 그의 힘 있는 추진을 받아들였다. 그는 여느 때 없이 왕성하게 자신의 몫을 수행할 수 있었다. 그리고 마침내 저 최고의 경직의 순간이 왔다. 하늘로부터 길고 딱딱한 작대기 하나가 세워지는 듯한 순간이었다.

경직은 마찬가지로 여자에게도 왔다. "아……." 하고 그녀는 기쁨의 절정에서 내는 신음소리를 토해 냈다. 두 사람 모두 이 순간보다 더 서로를 사랑한 순간은 없었다.

시간이 흘렀다. 그리고 그들은 다시 이완된 몸으로 나란히 누워 있었다. 달콤한 이완이었다. 그녀가 담배를 제 입으로 붙여서 그에게 물려 준 다음 말했다.

"이제 기분이 좀 괜찮아지셨어요?"

"응, 아주. 수아 덕분이야."

"그런데 무슨 일 때문이었어요?"

"응, 별거 아냐."

"용기 씨 때문?"

"응?"

"용기 씨가 오늘 아침에 자기 집 풀장에서 시체로 발견되었다면서요? 그 일 때문이에요?"

"그걸 수아가 어떻게 알지?"

"나한테도 경찰에서 전화가 왔었잖아요. 역시 그 일 때문이군요?"

"응? 아냐, 아냐."

"아니긴 뭐가 아녜요. 그 일 때문이죠. 친한 친구가 벌써 세 명째나 죽었는데 아무렇지 않을 리가 있어요? 역시 그 일 때문이죠."

"글쎄, 아니라니까. 그런데 경찰에서 수아한텐 왜 전화를 했지?"

"이번이 처음인 줄 아세요? 그리고 전화뿐이었는 줄 아세요? 형사가 직접 찾아온 적도 있었어요. 그날, 상철 씨가 죽던 날 밤 나도 거기 있었기 때문에 일단 조사를 하는 거랬어요."

"웃기는 친구들이로군."

"그런데 정말 아녜요? 용기 씨 때문에?"

"글쎄. 아니라니까, 그래."

"그럼 무슨 일 때문일까……."

그녀는 몹시 난해한 문제에라도 봉착한 듯한 표정을 지었다.

"무슨 일 때문에 그렇게 저조해지셨었지……. 집에 무슨 일이 있었어요?"

"글쎄, 별거 아니래두."

"별거 아니면 나한테 얘기 못 하실 게 없잖아요? 부인하고 싸우셨나요?"

"아냐."

"그럼 회사에 무슨 문제가 생겼나요?"

"참 집요하군. 글쎄 별거 아니라니까, 그래."

"별거 아니면 나한테 왜 얘길 못 하세요?"

"별게 아니니까 얘기할 거리도 못 되는 거지."

"아녜요. 그런 것 같지 않아요. 별거 아닌 문제를 가지고 그렇게 저조해지실 리가 없어요."

명곤은 공허하게 조금 웃어 보였다.

"그래? 그럼 뭐 때문에 그러는 것 같애?"

"응……. 역시 용기 씨 때문이죠? 그렇죠?"

"죽겠군. 그야 용기 사건이 기분 좋을 건 없지."

"그렇죠? 역시 그 때문이죠?"

"하지만 그것 때문만은 아니야."

"어머? 그럼 뭐 때문이죠?"

명곤은 다시 공허하게 웃었다.

"글쎄, 뭐 때문일까. 수아 때문이라고나 해 둘까."

"어머? 내가 어쨌길래요?"

"수아 요새 연애한다면서? 누구랑."

"어머? 말도 안 돼요."

"그런 소문이 돌리던데."

"어머?"

"헛소문이었나, 그럼."

"괜히 딴청 하지 마세요. 소문은 무슨 소문이에요. 괜히 둘러댈 말이 없으니까."

"아냐, 소문을 분명 들었다구. 어떤 작곡가하고 열렬한 사이라구."

"말도 안 돼요. 괜히 나한테 얘기하고 싶지 않음 얘기하고 싶지 않다고나 하세요."

"하하, 자 그만 우리 일어나지."

"거짓말이죠? 그런 소문 들었다는 거."

"농담이야. 자, 일어나자구. 나가서 어디 드라이브나 좀 하지."

"끝내 그 얘긴 안 해 주실 생각이군요? 좋아요. 나가요."

"얘길 안 해 주려는 게 아니라 할 얘기가 없다구."

"알았어요."

그들은 곧 옷을 챙겨입고 방에서 나왔다. 그리고 '우마담 집'을 나선 그들은 차로 골목을 빠져나오다가 한 쌍의 맹인 부부를 보았다. 굵직굵직한 주택들이 들어서 있는 골목을 거의 다 빠져나와, 큰 차도 쪽으로 나서려면 좌우로 조그만 술집, 가게 따위들이 늘어서 있는 이제껏보다 좀 지저분한 골목 하나를 더 통과해야 하는 지점이었다. 한 구멍가게 옆에 속이 들여다보이지 않는 안경을 쓴 한 쌍의 남녀가 노래를 부르고 서 있는 모습이 보였다. 한눈에 맹인 부부임을 알 수 있었고 맹인 여자의 등에는 잠든 어린아이가 업혀 있는 모습이 보였다. 조무래기들이 그들을 둘러싸고 서서 신기한 물건 쳐다보듯 그들을 구경하고 있었다.

"어마, 장님 아녜요?"

하고 차의 옆좌석에 앉은 수아가, 마치 맹인을 처음 본다는 듯 신기한 표정으로 탄성을 발했다.

"응, 재수 없군."

하고 명곤은, 조무래기들 때문에 진로에 방해가 되었으므로 클랙슨을 두어 번 눌렀다. 조무래기들은 곧 비켜났다. 그런데 그때 명곤은 맹인 남자의 안경이 이쪽을 향해 번쩍 빛나는 것을 보았다. 속이 보이지 않는 안경이었으나 명곤은 순간 그 안경 뒤쪽에 있는 강한 시선을 느꼈다. 무어라고 할까. 어떤 원망 내지는 강한 노여움이 담긴 시선이라고나 할까.

순간적으로 섬뜩한 느낌이 스치고 지나갔다. 눈이 없는 사람이 보내온 강한 시선에서 그는 순간적으로 어떤 저주를 느꼈던 것이다. 곧 그 앞을 통과하고 말았으나 그리고 그의 차는 곧 큰 차도 쪽으로 나섰으나 이상하게도 그 맹인 남자의 시선은 무겁게 그의 마음속에 남아 지워지지 않았다. 차량이 붐비는 곳이었으나 그는 자신도 모르게 차를 좀 거칠게 몰기 시작했다. 수아가 옆에서 놀란 목소리로 물었다.

"어머, 왜 그러세요? 그러다가 사고 나면 어쩌려구."

"괜찮아. ……재수 옴 붙었는데."

"그 장님들 때문에요?"

"응? 응, 기분이 아주 고약한데……."

"어머, 미신이에요, 그런 거. 장님을 보면 재수 없다는 말 같은 걸 믿으세요?"

"아무튼 기분이 안 좋아."

"그렇다고 차를 그렇게 막 몰면 어떡해요. 그러다가 정말 장님 본 뒤끝 톡톡히 당하겠어요."

"괜찮아. 수아나 옆에서 말 붙이지 말라구."

"어머?"

"글쎄, 잠자코 있으라니까."

"……장님 때문이 아니죠? 그건 핑계고 아까 기분의 연장이죠? 나한텐 얘기할 수 없는."

"글쎄, 잠자코 있어."

"어머? 이젠 화까지 내신다?"

"……."

명곤은 이제는 대꾸하지 않았다. 그리고 묵묵히 차만 몰았다. 그러는 것이 그녀의 입을 다물게 하는 가장 효과적인 방법이라고 판단했기 때문이다. 그러나 그녀는 잠시 입을 다물고 있다가 걱정스럽다는 듯 다시 물었다.

"……우리 어디 가는 거죠?"

"……."

"네? 어디 가는 거냐구요."

"지옥."

불쑥 튀어 나간 말이었으나 그는 스스로의 말에 놀랐다. 그것은 그 스스로도 미처 예기치 못했던 말이었기 때문이다. 그녀는 볼멘 목소리를 냈다.

"뭐라구요?"

"지옥."

하는 그는, 이번에는 자기가 하는 말의 의미를 분명히 되새기면서 말했다. 먼저는 그저 불쑥 튀어 나간 말이었으나 그것은 자신도 모르는 어떤 의지가 작용한 결과이거나 또는 스스로의 내부에 깊이 숨어 있던 어떤 잠재의식이 시킨 결과일 거라는 생각이 뒤미처 들고 그것을 말하자면 스스로 추인(追認)하는 기분이었다. 뭐라고 할까. 순간적으로, 자기가 지금 가고 있는 길은 정말 지옥일는지도 모른다는 생각이 들었다고 할까. 수아는 완전히 기가 막힌 모양이었다.

"뭐라구요? 농담도 할 소리가 따로 있지……."

"농담 아냐."

"어머?"

"같이 가기 싫으면 내릴 테야? 차 세워 줄게."

"어머? 정말 왜 그러세요?"

"아까 그 장님이 날 저주했어."

"네에?"

"지옥으로 가라고 말야."

"기가 막혀."

"내 말 아직도 농담처럼 들려?"

"뭐가 뭔지 난 통 모르겠어요. 농담 같기도 하고 진담 같기도 하고. 정말 오늘 왜 그러세요?"

"……"

명곤은 다시 묵묵히 차만 몰기 시작했다. 저 8년 전의 한 지점이 다시 선명히 눈앞에 떠올랐다. 그리고 거기에, 조금 전 그 맹인 남자의 번쩍이던 안경알이 겹쳐서 떠올랐다. 속이 들여다보이지 않는 안경 뒤에 감춰진 강한 노여움의 시선이, 그리고 다시 그의 폐부를 찌르는 듯했다. 그녀가 다시 답답해 죽겠다는 듯 물었다.

"왜 그러시는 거예요. 오늘 정말. 나 지금 꼭 고문당하는 것 같아요. 속 시원히 얘기나 좀 해 보세요."

"……"

"정말 그 장님들 때문이에요?"

"……"

"이러다 정말 사고 내시겠어요. 제발 속도나 좀 줄이세요."

명곤은 그러나 조금도 속도를 줄일 생각은 하지 않았다. 왜냐하면 그의 귀에는 그녀의 말들이 건성으로 들려올 뿐이었기 때문이다. 그의 마음은 완전히 저 8년 전의 한 지점에 사로잡혀 있었다. 그와 그의 네 명의 친구가 한 짓……. 8년 동안 까맣게 잊어 왔으나 이제 와서는 바로 어저께 한 것처럼 낱낱이 떠오르는 동작 하나하나……. 귀에 쟁쟁한 비명, 비명소리. 찌를 듯 달려드는 두 개의 눈동자.

바로 그 순간이었다. 그는 무언가를 피하려고 했다. 그러나 다음 순간 그의 차는 차선을 이탈하여 빗나가면서 마주 오던 택시와 정면으로 충돌했다. 격심한 충격과 함께 그는 자신의 몸이 공중으로 튀어 오르는 듯한 느낌을 받았다. 머릿속이 온통 붉은색으로 가득 차는 순간적인 느낌 뒤에, 그는 아주 짧은 동안 아득한 추락감을 맛보았다. 그리고 의식을 잃었다.

캄캄한 늪 속에 희고 가냘픈 손 하나가 솟아올랐다. 그 손에는 긴 팔목이, 한없이 늘어나는 긴 팔목이 달려 있었다. 늪에서 솟아 나온 그 희고 가냘픈 손은, 팔목이 한없이 늘어나면서 빠른 속도로 그의 머리를 향해 접근했다. 머리카락이 그 희고 가냘픈 손에, 그 손가락들에 움켜쥐어졌다. 보기와는 달리 힘센 손, 힘센 손가락들이었다. 손가락들도 한없이 늘어나는 것 같았다. 머리통 전체가 그 손가락들에 움켜쥐어지는 것 같았다. 그의 몸은 가볍게 캄캄한 늪 위로 날았다. 지푸라기처럼 가볍게, 그 손이 이끄는 바에 따라 날았다. 늪 가운데에서 그의 몸은 거꾸로 수직 낙하했다. 역시 가볍게, 지푸라기처럼 가볍게. 그리고 한없이 늘어난 팔목이 그를 늪 속으로 끌어들였다. 콜타르처럼 끈끈하고 미끄러운 늪 속으로 그는 한없이 끌려들어 갔다.

마치 한 가닥 지푸라기처럼. 손의, 팔목의 임자는 보이지 않았다. 끝없는 유동액(流動液) 속으로 그는 끌려들어 갈 뿐이었다. 그 유동액은 온도가 없었다. 차거나 미지근하지도 않았다. 오직 캄캄하고 미끄러울 뿐이었다. 그를 끌어당기고 있는 팔목만이 선명한 흰빛으로 보일 뿐이었다. 그것은 캄캄한 것보다 더 무서운 빛이었다. 전에 그는 그렇게 무서운 흰빛을 본 적이 없었다.

그가 끌려가고 있는 맞은편 쪽에서 빠른 속도로 달려오는 것이 있었다. 처음에 그것은 조그만 둥근 반점처럼 보였으나 점점 빠른 속도로 커지면서 사람의 얼굴이 되었다. 그와 아슬아슬하게 교차하는 순간에야 그는 그것이 용기의 얼굴이라는 걸 알았다.

용기는 히죽히죽 웃고 있었다. 용기의 얼굴이 그와 교차하여 사라지자 이번에는 영일의 얼굴이 그를 향해 달려왔다. 영일의 얼굴은 잔뜩 두 눈을 부릅뜨고 있었다. 영일의 얼굴이 아니라 두 눈이 마주 달려오는 것 같았다. 영일의 두 눈도 순식간에 그와 교차하여 사라졌다. 그들이 어디로 사라지는지 보고 싶었으나 그는 고개를 뒤로 돌릴 수가 없었다. 영일의 얼굴 다음은 상철의 얼굴이었다. 상철은 그를 향해 무언가 신호를 보내듯 얼굴을 끄덕거렸다. 얼굴을 끄덕거리며 그와 교차하여 사라졌다. 그는 그 신호의 의미가 무엇인가를 헤아려 보려고 했으나 잘 헤아려지지 않았다. 다만 그것이 슬픈 의미를 띤 신호라는 것만 막연히 느낄 뿐이었다.

늪은 바닥이 없는 것 같았다. 그는 한없이 한없이 끌려들어 갔다. 그리고 끌려들어 갈수록 늪의 캄캄함은 조금씩 엷어지는 것 같았다.

늪의 캄캄함이 엷어지고 조금씩 투명한 푸른빛이 돌기 시작했다. 한 사람이 푸르스름한 빛 속에 등을 돌리고 서 있는 모습이 보였다. 남자인지 여자인지 분명치가 않았다. 남자인 것도 같고 여자인 것도 같았다. 한순간 그 사람은 이쪽으로 몸을 돌렸다. 그러나 그가 본 것은 타인의 얼굴이 아니었다. 그것은 이마 한복판에 칼이 꽂힌 자신의 얼굴이었다.

8년 전

광배와 나영이 박용기의 죽음과 그에 잇따른 최명곤의 사고를 안 것은, 저녁에 다시 호텔로 돌아와 텔레비전을 보다가 뉴스를 듣고서였다. 호텔 레스토랑에서 저녁식사를 마친 뒤 그들은 객실로 올라와 잠시 텔레비전을 켰던 것이다. 뉴스는 온통 그 두 가지 사건을 보도하는 데 전 시간을 할애하다시피 하고 있었고 아나운서의 목소리는 선정적인 억양마저 띠고 있었다.

광배는 심장이 얼어붙는 듯한 충격을 맛보았다. 용기가? 그리고 교통사고라곤 하지만 명곤이마저? 아나운서의 보도로는 중태라지 않는가. 나영도 광배와 마찬가지로 심한 충격을 받은 표정이었다. 입이 얼어붙어 잠시 할 말을 잃은 듯했다. 그러나 먼저 입을 연 것은 역시 나영 쪽이었다.

"무서워……. 도대체 이게 무슨 일이죠?"

"……." 광배는 묵묵히, 이제는 광고 화면을 내보내고 있는 텔레비전 수상기 쪽만 노려보고 있었다.

무섭고 두려운 일이었다. 하루에 두 친구가 한꺼번에 변을 당했다……. 명곤은 물론 교통사고라고 하지만 왠지 단순한 우연 같지가 않다. 그런데 세 번째 희생자가 용기라니. 순서가 뒤바뀌지 않았는가. 그가 생각해 온 대로라면 세 번째는 광배 자신의 차례가 아닌가. 도대체 범인은 누구이며 어떻게 돼 먹은 노릇인가. 혼란과 충격으로 그의 머리는 빠개져 나가는 듯했다.

"어떻게 명곤 씨마저 교통사고를……. 도대체 이게 무슨 일이에요?" 하고 나영이, 그의 침묵이 더욱 답답하다는 듯 조바심치는 표정으로 말했다.

"……음, 나도 모르겠어." 하고 광배는 천천히 입을 뗐다.

"……어떻게 된 건지 나도 모르겠어. 무서운 일이로군."

"무서워 죽겠어요. 어떻게 하루에 두 사람씩이나 그런 일을……. 명곤 씬 물론 교통사고라지만 말예요. 그리고 아직 죽진 않았다지만 말예요."

"음……. 하지만 중태라니까 알 수 없는 일이지."

"도대체 범인은 누굴까요? 상철 씨를 죽이고 영일 씨를 죽이고 또 이제 와선 용기 씨마저 죽인 범인은……."

광배는 잠시 사이를 두었다가 대답했다.

"……나영 씨가 아닌 것만은 확실해졌지."

"뭐라구요?"

"……나영 씨가 아닌 것만은 확실해졌다구. 나영 씬 어제오늘 나하고 쭉 같이 있었으니까."

"그렇지 않았음, 날 의심했을 거란 말예요?"

"그랬겠지. 난 조금 전까지만 해도 솔직히 말해서 나영 씨에 관한 의심을 풀지 않고 있었으니까. 그런데 이제 적어도 그 의심 하나는 풀린 셈이로군."

"그럼 또 다른 의심은 아직 남아 있단 말인가요?"

"있지."

"뭐죠?"

"권오규."

"흥, 그랬군요. 그 사람을 죽인 건 아직도 나라고 생각하고 있었군요. 지독한 사람!"

"지독한 사람은 내가 아니고 나영 씨지."

"뭐라구요?"

"자기 아기를 죽일 수 있는 여자니까. 그리고 어쩌면 권오규도……."

"그날은 아파트에서 한 발짝도 꼼짝하지 않았다고 했잖아요."

"하지만 그건 아직 확인되지 않았어."

"좋아요, 마음대로 생각하세요."

그녀는 싸늘한 표정이 되었다. 그리고 싸늘한 표정인 채 무언가를 잠시 궁리하는 표정이더니 차갑게 말했다.

"그 대신 오늘 밤에 조심하시는 게 좋을 거예요. 아마 깊이 잠들지 않는 게 좋을걸요."

"오? 그건 어째서지?"

"광배 씰 내가 죽일지도 모르니까요. 그런 의심은 안 해 보셨나요?"

"아, 물론 해 봤지. 하지만 그런 생각은 안 하는 게 좋을걸, 그건 나영 씨 자신의 무덤을 파는 일도 되니까."

"무슨 얘기죠."

"난 지금 경찰의 보호를 받고 있는 몸이라구."

"네?"

"나영 씨도 마찬가지구."

"도대체 무슨 얘기죠?"

"나영 씨도 그다지 눈치가 빠르진 못하군. 우린 지금 경찰의 감시를 받고 있어."

"뭐라구요?"

"어제부터 주욱 미행을 당하고 있었단 말야."

"네?"

"틀림없이 경찰일 거야. 아까 오후에야 나도 겨우 눈치를 챘어."

"도대체 지금 무슨 얘기를 하는 거예요?"

"왜, 내가 어디가 좀 이상해진 것 같애? 천만에. 눈치가 나영 씨보다 조금 빠를 뿐이지. 어저께 공항에서 우릴 태운 운전사 있지? 그 친구야. 그 친구가 우릴 감시하고 있어. 틀림없는 경찰일 거야."

"뭐라구요?"

"아까 우리 태종대 갔을 때 말야. 왠지 몸이 스멀스멀한 게 누가 꼭 우릴 미행하고 있는 느낌이 들었어. 조심해서 살펴봤더니 한 친구가 우릴 미행하고 있더군. 그런데 그 친구 어디서 본 듯한 얼굴이었단 말야. 곰곰 생각해 봤더니 어저께 그 친구더군. 공항에서 우릴 태운 택시 운전사. 옷을 바꿔 입고 있었지만 그 친구가 틀림없었어. 그러고 보니 어저께 수빈이하고 시내에서 저녁 먹고 나와서 탄 택시 운전사도 그 친구였던 것 같애. 아까 우리가 호텔로 돌아올 때도 따라왔다구. 모른 척하고 내버려뒀지."

"어마, 그럼 그 얘길 왜 이제야 하죠?"

"안 하려고 했지. 그런데 나영 씨가 그것도 모르고 실수를 할까 봐 얘기하는 거야."

"어마, 그럼 내가 정말 광배 씰 죽이기라도 할 줄 알았단 말예요?"

"방금 그럴지도 모른다고 하지 않았어. 깊이 잠들지 않는 게 좋을 거라구. 하지만 아예 그런 생각은 하지도 말라구. 그건 스스로 자기 무덤을 파는 것이나 다름없으니까."

"흥, 그래서 광배 씨도 날 어떻게 하지 못했군요. 강제 정사 어쩌고 하더니."

"응? 하하, 그런지도 모르지."

그때 탁자 위의 전화벨이 울렸다.

"응? 무슨 전화지?"

하고 광배는 고개를 갸우뚱하며 송수화기를 집어 들었다.

"여보세요?"

"아, 형님이세요? 수빈입니다."

배수빈이었다.

"응, 난 또 누구라구. 너 아직 서울 안 올라갔구나?"

"네, 볼일이 좀 늦어져서요."

"그래? 그런데 나 여기 있는 건 어떻게 알고 전활 걸었지?"

"아, 그야 다 아는 수가 있죠. 어저께 형님이 해운대 쪽으로 가신다고 하셨잖아요. 해운대 쪽이면 형님이 묵으실 만한 데야 뻔하죠, 뭐. 객실 호수쯤 알아내긴 더 간단하구요."

"그랬구나. 그런데 무슨 일이지?"

"아, 형님 신문 아직 못 보셨어요? 오늘 여기 석간신문을 봤더니⋯⋯."

"응, 용기 얘기로구나. 난 신문도 못 봤고 조금 전에 여기 텔레비전 뉴스를 봤는데 이건 꼭 무슨 탐정소설 같구나. 그러잖아도 지금 기분이 아주 묘하다."

"글쎄, 저도 신문을 보고 어찌나 놀랐는지. 형님도 혹시 신문을 보셨는지 해서⋯⋯."

"응, 아무튼 기분이 좀 고약하다. 게다가 명곤이마저⋯⋯."

"네? 명곤이 형님도 무슨 일이 있었나요?"

"몰랐니? 아, 신문엔 아직 명곤이 얘긴 안 났겠구나. 개도 교통사고를 당해서 지금 중태라는 거야. 텔레비전 뉴스에선 용기 얘기랑 한데 묶어서 신나게 떠들어 제끼더구나."

"명곤이 형님은 또 교통사고를요? 도대체 어떻게 된 거죠?"

"글쎄 말이다. 매스컴들은 소위 재벌 2세들이 잇달아 사고를 당하니까 무슨 잔치라도 만난 듯 법석을 떠는 모양이지만 도대체 뭐가 어떻게 된 건지 알 수가 없구나. 아무튼 기분이 아주 고약하다."

"정말 이해할 수 없는 일이군요."

"아무튼 내일은 일찍 서울로 올라가 봐야겠다. 내가 올라가 봤댔자 무슨 뾰족한 수는 없겠지만. 너도 내일 올라가니?"

"네, 전 내일 오후쯤 올라가려구요."

"그래? 그럼 서울 올라가서 보자. 참, 여기 내려온 일은 잘됐니?"

"네. 얘기가 거진 마무리가 됐어요. 내일 오전에 극장 측 사람들을 한 번 더 만나서 최종 타결을 지으려구요. 잘될 것 같아요."

"그래? 다행이구나. 아무튼 그럼 서울 올라가서 보자."

"네, 그런데 너무 걱정하진 마세요."

"그래, 고맙다."

송수화기를 내려놓고 광배는 나영에게 말했다.

"자, 우리 기분도 고약하고 한데 클럽에 가서 술이나 한잔하지."

"수빈 씨예요?"

"응, 아직 여기 있었던 모양이야. 신문을 보고 전활 걸었다는군."

"아직 부산에 있었대요?"

"응, 내려온 일이 잘돼 가는 모양이야. 자, 나가자구. 클럽에 가서 술이나 한잔해."

"혼자 가세요. 난 기분 나빠서 못 가겠어요."

"기분이 나쁘니까 한잔하자는 거지. 그런 정도 가지고 뭘 그래?"

나영은 기가 막힌다는 표정을 지었다.

"그런 정도라고요? 사람을 순전히 살인범으로 몰아넣고도 그런 정도라고요?"

광배는 지그시 그녀의 두 눈 속을 들여다보며, 웃음기를 띤 얼굴로 말했다.

"나영 씨답지 않게 왜 이래? 그런 정돌 가지고. 그쯤이야 눈 하나 깜짝 않을 나영 씨 아냐, 뭘 그런 정돌 가지고 노여움을 타고 그래. 자, 노여움을 풀고 가서 한잔하자구."

"싫어요. 난 그냥 여기 있겠어요. 광배 씨나 가서 실컷 드시고 오세요."

"하아, 이거 왜 이러지? 고집부리지 말고 가서 한잔하고 오자니까. 우리가 행동을 같이해야 미행하는 친구도 좀 편할 거 아냐."

"뭐라구요?"

"그 친구는 말하자면 우릴 보호하고 있는 거라고도 할 수 있는데 우리도 협조해야지. 우리가 따로따로 행동하면 그 친구 몸이 두 개가 아닌 이상 일이 좀 복잡해지지 않겠어."

"별걱정 다 하는군요."

"하하, 아무튼 가서 한잔하고 오자구. 골치 아픈 생각도 좀 잊어버릴 겸."

"……."

그녀는 잠시 무언가를 생각해 보는 눈치더니 다짐하듯 물었다.

"그럼 조금 전에 나한테 한 말 전부 취소하실래요?"

광배는 짐짓 너그러운 표정으로 대답했다.

"하하, 그래, 그래. 취소하지."

"그런 식으로 어물쩍하지 말구요. 정식으로요."

"하하, 좋아. 정식으로 취소하지."

"정말이죠?"

"정말."

"좋아요. 그럼 가요."

"야, 이거 술 한잔 먹기 힘들군. 역시 난 여자한테 약해서 탈이란 말야."

"어머?"

"하하, 아냐, 아냐. 자, 가자구."

그들은 곧 일어나서 객실을 나섰다. 그리고 클럽으로 향했다. 클럽에서 그들은, 두 사람이 스카치 한 병을 거의 다 비웠다. 광배도 취하고 싶은 기분이었지만 나영도 사양하지 않고 그가 권하는 잔을 모두 받았다. 그러나 광배는 좀처럼 취해 오지가 않았다. 일종의 불면증 같았다고 할까. 술이 들어갈수록 의식은 더욱 날카롭게 투명해지기만 했다. 언제 나타났는지 예의 미행하는 친구가 여러 테이블 저쪽에 떨어져 앉아서 조심스레 이쪽에 주의를 기울이고 있는 모습도 신경에 걸렸으나 그는 짐짓 모른 체해 두고 있었다. 유쾌한 일은 아니었지만 짐작대로 그가 만일 경찰이라면 자신의 신변 안전을 위해 무익한 일은 아닐 터이었다.

나영은 술기운으로 적잖이 얼굴이 발그레해지긴 했으나 그다지 취하는 눈치는 아니었다. 그녀 역시 무언가 방심해질 수 없는 상태임에 틀림없었다. 필경 그가 얘기한 권오규에 관계된 일 때문이리라. 그러나 그는 무엇보다도 자신의 내부에 있는 의혹과 싸우고 있었다. 용기가 먼저? 그렇다면 얘기는 달라진단 말인가? 아냐, 아냐. 순서쯤이야 큰 문제가 아닐 수도 있지. 그렇다면 명곤이 교통사고는? 그것은 단순한 우연일까? 물론 사고의 원인은 명곤의 과속운전에 있었다고 한다. 그러나 단순한 과속운전 탓만일까. 또 설령 그렇더라도 명곤이 과속운전을 하게 된 원인은 무엇일까. 역시 용기의 죽음으로 인한 충격 때문이 아닐까. 그렇다면 역시 우연이라고는 볼 수가 없다. 게다가 사고의 원인이 명곤의 과속운전에 있었다고 하는 자체도 반드시 믿을 만한 것인지 어떤지 아직 확실하다곤 볼 수가 없다. 어쩌면 어떤 위계(僞計)에 의한 사고인지도 모른다. 그리고 거기에는 용기를 죽인 범인의 어떤 음모가 섞여 있을지도 모른다. 어쨌든 단순한 우연이라고는 생각되지 않는다. 그렇다면? 그렇다면 역시 저 8년 전의……?

광배는 다시 술잔을 집어 단숨에 비우고 나서 말했다. 마치 그것으로 마음속에 떠오르는 영상을 지워 버리기라도 하려는 듯.

"자, 우리 춤이나 한 곡 추지."

"그래요." 하고 나영은 순순히 그의 제의에 따랐다.

마침 밴드는 블루스를 연주하고 있었다. 플로어로 걸어 나간 그들은 다른 몇 쌍의 남녀와 함께 블루스를 추기 시작했다. 조명은 적당히 어둡게 조절되었고 밴드의 연주는 달콤한 멜로디로 춤추는 무리를 감쌌다. 그러나 광배는 좀처럼 춤과 음악에 젖어 들 수가 없었다.

몇 번인가 나영의 발등을 밟는 실수마저 저질렀다.

"어머?"

하고, 그때마다 나영은 작은 소리로 나무랐으나 조금 뒤면 그는 같은 실수를 되풀이하곤 했다. 마침내 그녀는 이제는 못 추겠다는 듯 동작을 멈추었다.

"왜 그러죠? 그만 춰요, 우리."

그러나 광배는 그녀를 놓아주지 않았다. 그리고 말없이 그녀를 계속 춤으로 이끌었다. 그녀는 다시 마지못하듯 그의 동작에 따랐다. 그러나 그들의 그것은 이제 춤이라고도 할 수 없는것이었다. 춤의 동작만 그것도 어설프게 남았을 뿐 그들의 마음은 이미 조금도 춤추지 않고 있었기 때문이다. 마침내 블루스의 연주가 끝났다. 나영은 테이블로 돌아가려고 몸짓을 했다. 그런데 그때 빠른 템포의 디스코 리듬이 시작되었다. 광배는 그녀를 제지했다. 그리고 다시 디스코 리듬에 맞춰 몸을 흔들기 시작했다. 그녀도 마지못한 듯 다시 그의 동작에 따랐다.

광배는 가능한 한 춤에만 열중하려고 했다. 리듬과 그 리듬에 따른 육체의 동작에만 열중하려고 했다. 빠른 템포의 춤이었으므로 그는 얼마간 기대를 걸었다. 그리고 그 기대는 얼마간 들어맞아 간다고 할 수 있었다. 그러나 바로 그 기대가 들어맞아 간다고 할 수 있을 만큼 그가 춤의 동작에 몰입하기 시작한 순간, 문득 그의 머릿속에는 상철이 죽던 날 밤 일이 선명히 떠올랐다.

바로 그때도 지금과 같이 빠른 디스코 리듬이 춤추는 무리를 격렬한 동작 속으로 몰아넣고 있었다. 그리고 바로 그 격렬한 동작들 한 가운데서 저 잔인한 짓이 저질러졌던 것이다. 상철이 가슴을 움켜쥔 채 쓰러지던 모습이 눈앞에 다시 생생하게 떠올랐다.

광배는 춤추던 동작을 멈추었다. 나영이 의아하다는 듯 그를 마주 보았다. 그는 지친 듯한 몸짓을 해 보이고는 앞장서 테이블 쪽으로 걸어 나왔다. 그녀가 뒤따라 나오면서 무어라고 물었다. 그러나 그 소리는 음악소리에 삼켜져 잘 알아들을 수가 없었다. 알아들었다고 해도 그는 성의 있게 대답할 기분이 아니었다. 그는 잠자코 테이블로 돌아와 앉았다. 그리고 술병을 기울여 잔을 채웠다. 그녀가 뒤따라와 마주 앉으며 다시 물었다.

"왜 그러세요? 추다 말고 갑자기."

이번에는 음악소리를 비집고 그녀의 말이 비교적 똑똑히 들려왔다. 소리의 와중으로부터 얼마간 거리가 생긴 탓이리라.

"응? 아, 좀 피곤해서."

하고 그는 대수롭지 않다는 듯 대답했다. 그리고 스스로 채운 잔을 들어 단숨에 비워 버렸다. 그녀는 그러는 그를 유심히 관찰하듯 마주 보며 다시 물었다.

"어머? 그렇게 갑자기요? 조금 전까진 피곤해 보이지 않던데."

"응? 글쎄, 이상하게 갑자기 피곤해지는군."

"이상하다. 광배 씨같이 춤 잘 추는 분이 남의 발등을 몇 번씩이나 밟질 않나, 한창 신나게 추다가 갑자기 그만두질 않나. 어떻게 된 거죠?"

"글쎄, 피곤해서 그렇다니까."

"그런 것만 같진 않는데요?"

"······."

"뭐 때문이죠? 역시 용기 씨 때문?"

"그만둬."

"아님 명곤 씨 때문?"

"그만두라니까."

"어머?"

"그만두고 우리 객실로 가서 잠이나 자지. 피곤해."

"어머? 기분 전환하러 이리 오자고 한 건 누군데요?"

"그런데 기분 전환은 안 되고 피곤하기만 하군. 자, 일어서자구."

"잠깐만요. 이상하다, 왜 그럴까······. 옳지 상철 씨 생각이 났군요? 그렇죠?"

"이거 왜 이래?"

"그리고 또 있어요, 차례에 대해서 생각하고 있었죠?"

"뭐라구?"

"차례 말예요, 차례. 오늘 아침에 상철 씨, 영일 씨 다음엔 광배 씨 차례라고 하셨잖아요. 광배 씨 죽을 차례가 다가오고 있다구요. 그런데 용기 씨가 먼저 죽었으니까 그 차례가 틀어진 거죠? 그렇죠? 그래서 그 생각을 하고 있었던 거죠?"

"무슨 뚱딴지같은 소리야? 그건 농담으로 한 소리였어."

"그래요? 정말?"

"시시한 소리 말고 일어서. 가서 참이나 자자구. 피곤해 죽겠어."

그러며 광배는 의자에서 몸을 일으켰다. 그녀도 따라 일어섰다. 그러나 그의 말에 승복하는 눈치는 아니었다.

"이상하다……. 죽는 데 무슨 차례가 다 있을까."

하고 그녀는 혼잣소리처럼 중얼거렸다. 그 말이 작은 가시처럼 와 박혔으나 광배는 못 들은 체하고 앞장서 클럽을 빠져나왔다. 그러며 힐끗 미행하는 친구가 앉아 있는 테이블 쪽을 바라보니 그는 짐짓 이쪽을 못 본 체하고 있었다.

나영은 객실로 돌아와서도 계속 그를 관찰하는 태도를 버리지 않았다. 무언가 상처의 냄새를 맡고, 그 상처의 정확한 부위가 어딘가를 살피려는 교활한 암짐승다운 데가 있는 태도였다. 그러나 광배는 그러한 그녀의 태도를 무시하고 욕실로 가서 대충 씻기를 마친 다음 곧장 잘 채비를 하였다.

"자, 그만 자지. 오늘은 정말 피곤한데."

하고 그가 말했을 때 그러나 그녀는 술기운 때문에 발그레해진 얼굴로 묘하게 웃었다.

"그냥 주무실 거예요?"

"응?"

"그냥 주무실 거냐구요."

그 말이 암시하는 바를 모르지 않았으나 광배는 짐짓 둔감한 표정으로 대답했다.

"응? 제법 피곤한데. 좀 자야겠어. 특별히 무슨 할 얘기 있어?"

그녀는 속이 빤히 들여다보인다는 시선으로 비웃듯 말했다.

"할 얘기가 있냐구요? 할 얘긴 없어요. 하지만 난 잠이 안 오는걸요."

"어떡하지, 그럼? 난 잠이 와서 죽겠는데."

"주무세요, 그럼. 그런데 그렇게 안심하고 주무셔서 되겠어요?"

"무슨 소리야, 또?"

"나 의심스럽지 않아요?"

"뭐라구?"

"아무리 지켜 주는 사람이 부근에 있다고 해도 이 방 안엔 우리 둘 뿐이잖아요. 내가 독한 마음만 먹는다면……."

"이거 왜 또 이래?"

"내가 만일 그 권오규라는 사람을 죽였다면 똑같은 이유로 광배 씨도 죽일 수 있는 게 아니겠어요?"

"나 이거야. 그 경우하고 이 경운 다르지. 지금은 우릴 감시하고 있는 친구가 있으니까. 만일 날 어떻게 한다면 나영 씬 금방 붙잡히고 말걸."

"광배 씰 죽이고 나도 죽으면 그만이죠, 뭐."

"뭐라구?"

순간 그녀의 어조는 바뀌었다.

"정말 피곤한 거예요, 아님 딴 문제 때문이에요?"

"응? 그건 또 무슨 소리야?"

"지금 정말 피곤해서 그러는 거냐구요. 딴 문제 때문에 머릿속이 복잡해서 그러는 거 아녜요?"

"……."

"역시 그렇죠? 내 말이 맞죠?"

"글쎄……."

"바른대로 말해 보세요. 그런가 안 그런가. 자꾸 날 속이려 들지만 말고. 내가 혹시 좋은 의논 상대가 될지 알아요. 상철 씨, 영일 씨가 죽을 차례라는 건 무슨 뜻이었어요?"

"글쎄, 그건 농담이었다니까."

"아침에 말할 땐 단순한 농담 같지 않던데요?"

"정사 어쩌고 한 소리가 농담이었던 것처럼 그것도 농담이었어."

"정사 어쩌고 한 소리가 단순한 농담만은 아니었던 것처럼 그것도 단순한 농담만은 아니었어요."

"나영 씨도 참 어지간하군. 그래, 뭘 알고 싶다는 거야?"

"광배 씨가 안절부절못하는 이유요. 옆에서 보기가 딱해서 그래요. 속 시원히 털어놓고 얘기하면 뜻밖에 좋은 의논 상대가 될지 누가 알아요?"

광배는 내키지 않는 웃음을 조금 웃어 보였다.

"내가 그렇게 딱해 보였어? 그렇다면 내가 이거 정말 딱하게 됐는데. 나영 씨한테 동정을 다 받게 됐으니 말야."

"그렇게 어물쩍 또 넘기려고 하지 말고 바른대로 얘기해 보세요. 상철 씨, 다음엔 광배 씨 차례라는 건 무슨 뜻이었어요?"

"집요하군. 그럼 속 시원히 얘기해 주지. 그건 분명 농담이었지만 굳이 설명하라면 막연히 그런 느낌이 들기도 해서였어."

"막연히라구요?"

"그래, 막연히."

그녀는 믿을 수 없다는 듯 고개를 갸우뚱했다.

"……거짓말예요. 아침엔 분명, 무슨 확신을 하고 하는 얘기였어
요."

"농담일수록, 그리고 확실치 않은 얘길수록 확실한 척하는 법이라
구."

"그럼 그 얘긴 뭐였어요? 도저히 피할 수가 없다는 생각이 든다는
둥, 떳떳이 죽음을 거부할 입장이 못 된다는 둥 한 소리 말예요. 나중
얘긴 날 꺼들고 들어가면서 한 소리지만 말예요."

"내가 그런 소릴 했던가?"

"어머? 이젠 잡아떼기까지 할 셈인가요?"

"아니, 잡아뗄 생각은 아니고……. 가만, 그러고 보니 그런 소릴 한
것도 같군."

"한 것도 같은 게 뭐예요. 분명 그런 소릴 했어요. 그건 무슨 뜻이었
죠?"

"글쎄, 내가 왜 그런 소릴 했을까."

"어머?"

"그것도 아마 그냥 농담이었을 거야."

"잘도 피해 달아나는군요. 하지만 그런 식으로 날 납득시킬 수 있
을 것 같아요?"

"뭐가 납득이 안 간다는 거야?"

"모든 게요. 아침에 한 말들이랑, 용기 씨와 명곤 씨 사고 소식을 알

고 난 뒤의 모든 태도가요."

"내 태도가 어땠길래?"

"왜 그렇게 안절부절못하죠? 춤을 추면서 남의 발등을, 그것도 몇 번씩이나 밟질 않나, 한참 정신없이 추다가 갑자기 딴사람이 된 것처럼 그만두질 않나."

"그야 친구가 갑작스레 둘씩이나 엄청난 일을 당했는데 마음이 편할 순 없지."

"그게 단순히 마음이 편하지 않아서 그런 거란 말예요?"

"보통 일이 아니잖아."

"아녜요, 아침에 한 말들이랑 모두 관계가 있어요. 내 직감은 속이지 못해요. 광배 씬 이번 사건에 대해서 뭔가 알고 있는 게 있어요. 틀림없어요."

"뭐라구? 무슨 뚱딴지같은 소리야?"

"뚱딴지같은 소리라구요? 그럼 아침에 한 말들에 대해서랑, 저녁에 안절부절못하는 이유랑 내가 모두 납득할 수 있는 설명을 해 보세요."

"글쎄, 더 이상 어떻게 납득할 수 있는 설명을 하란 얘기야?"

"거 보세요. 역시 뭔가 숨기는 게 있죠. 그걸 얘기할 수 없으니까 충분히 납득할 만한 설명을 못 하는 거죠."

"나 이거야, 피곤한 사람을 점점 더 피곤하게 만드는군. 도대체 왜 이러는 거야?"

그녀는 순간 무슨 생각을 했는지 양보하듯 말했다.

"좋아요, 그럼 주무세요." 그리고 그녀는 덧붙였다.

"그 대신 내가 아직 납득하지 않았다는 사실은 잊지 마세요."

부러 꾸민 듯한 높은 목소리의, 퉁긴 듯한 말투였다.

"납득하지 않았으니 어쩌겠다는 얘기야?"

하는 말이 목구멍까지 올라왔으나 그는 도로 내려보냈다. 더 이상 실랑이를 하고 싶은 기분이 아니었기 때문이다.

"좋을 대로 생각해."

하고, 그는 먼저 침대로 올라가 몸을 뉘었다.

"네, 좋아요. 그럼 먼저 주무세요."

하고, 그녀는 묘한 미소를 지어 보이고는 욕실 쪽으로 걸어갔다. 순간 광배는 '저 애가 혹시?' 하는 생각이 문득 들었다. 엉뚱한 꿍꿍이속셈을 차리고 있는 것이나 아닐까 하는 생각이었다. 만일 그가 의심하고 있는 대로 권오규를 죽인 것이 그녀임에 틀림없다면, 이제 권오규의 대리 자격이 된 자신마저 그녀가 죽이러 들 가능성은 얼마든지 있다고 할 수 있었다. 그러나 감시당하고 있다는 사실을 그녀가 알고 있는 이상 그런 위험한 짓은 저지를 리가 역시 없다고 그는 생각했다. 왜냐하면 그녀는 영리한 여자니까. 그는 가능한 한 편안한 자세를 취했다. 그리고 눈을 감았다. 꼭 잠을 자야겠다는 생각은 아니었으나 가능하면 잠이 와 주기를 바라는 기분이었다. 마음의 어수선함을 달래는 길은 지금으로선 잠 이외의 좋은 것이 없을 터이었다. 그러나 쉽사리 잠이 와 줄 것 같진 않았다. 마음의 어수선함은 어수선함대로 그리고 방금 나영이 지껄이던 말들은 지껄이던 말들대로 그의 신경을 편안하게 놔두지 않았다. 특히 신경에 걸리는 것은, 그녀가 무슨 낌새를 챈 것 같은 눈치를 보인 점이었다. 아무래도 아침에 좀 쓸데없는 소리를 지껄인 것 같았다.

욕실 쪽에서는 욕조에 물 받는 소리가 들려오고 있었다. 새삼 목욕을 하려는 모양이었다. 이쪽에서 한 사람이 잠을 자려 하고 있다는 점에는 거의 신경을 쓰지 않는 물소리였다. 아니, 오히려 이쪽을 의식하고 크게 틀어 놓은 물소리 같았다. 뭐라고 할까. 여자를 놔두고 혼자 잠을 자려는 남자에게 짐짓 투정을 부려 보이는 것 같았다고나 할까. 그러나 그 속에는 다른 가시(荊)도 포함되어 있는. 이를테면 다음과 같은.

'흥, 피곤하다구? 내가 모를까 봐? 잠을 자겠다는 건 핑계고 혼자서 무슨 딴생각을 해 보려고 그러는 거지, 뭐야. 난 여기서 목욕을 하고 있을 테니까 어서 생각 많이 해 보지.'

광배는 기분이 언짢았다. 그녀가 계속 무언가 그를 건드려 오고 있다는 느낌은 결코 유쾌한 것이 못 되었다. 그러나 그는 보다 무거운 문제에 마음이 걸려 있었으므로 곧 물소리 따위에는 그다지 신경을 쓰지 않게 되었다? 자신의 생명과 직접적으로 관계되는 일은 어쨌든 여타의 부수적인 문제들과는 그 무게에 있어 비교될 수 없었다. 상철과 영일의 잇따른 죽음, 그리고 바로 오늘 있은 용기의 죽음과 그에 잇단 명곤의 사고는 단순한 수사적인 의미에서가 아닌, 남의 일이 아니었다. 그것은 이제 직접적인 그 자신의 문제였다.

저 8년 전의 한 지점이 다시 선명히 망막 속에 떠올랐다. 석유램프 하나만이 간신히 주위의 어둠을 쫓아 주고 있던 장소. 둘러선 그들

다섯 명의 그림자가 커다랗게 그들 등 뒤에서 우쭐거리던 장소. 램프 빛에 비친 서로의 얼굴이 험상궂은 도깨비처럼 보이던 장소. 그리고 그들과 그들의 먹이 이외엔 아무도 없었던 장소. 아, 그리고 그들이 서로 그 먹이를 먼저 차지하기 위해 가위바위보를 했던 장소. 그 먹이를 마침내 발기발기 찢었던 장소…….

광배는 감았던 눈을 뜨고 침대 위에 벌떡 일어나 앉았다. 더 이상 눈을 감고 있을 수가 없었기 때문이다. 감은 눈 속에 떠오르는 영상을 더 이상 보고 있을 수가 없었기 때문이다. 방 안의 환한 불빛이 눈을 찔렀다. 그리고 욕실 쪽에서는 이제 아무 소리도 들려오지 않았다. 물 받는 일이 끝나고, 아마도 그녀는 욕조 속에 들어가 쉬고 있는 모양이었다.

그 정적이 순간 그는 언짢게 느껴졌다. 차라리 물소리라도 크게 들려왔으면 싶었다. 그러나 욕실 쪽에서는 계속 아무 소리도 들려오지 않았다. 바짝 귀를 기울여 보았으나 아무런 소리도 들려 오지 않기는 여전히 마찬가지였다. 순간 섬뜩한 생각이 그의 머릿속을 스쳐 갔다. 혹시 욕실 속에서 그녀가 죽어 있는 것이나 아닐까 하는 생각이었다. 물론 터무니없는 생각이었다. 이 객실 내부에 그녀 이외의 다른 사람은 없었고 따라서 누가 그녀를 죽일 수도 없었으며 또 그녀는 자살 따위를 할 여자가 아니었다. 그러나 알 수 없게도 그 섬뜩한 느낌은 그를 사로잡고 놓아주지 않았다.

왠지 그녀가 욕실 속에서 죽어 있을지도 모른다는 생각이 전율을 동반한 채 자꾸 그의 마음을 헤집고 들어왔다. 그는 스스로를 웃었다. 그런 비합리적 생각에 매달리는 자신이 어리석다고 생각됐기 때문이다. 아마도 자신의 어수선한 마음 때문이리라고 생각되었다. 그러나 일단 확인해 두고 싶은 충동 비슷한 감정을 그는 누르지 못했다. 조금 우스꽝스런 짓이 될진 모르지만 일단 확인해 두는 것이 나쁠 건 없다는 변명 비슷한 생각도 뒤따랐다. 그는 침대에서 내려섰다. 그리고 욕실 쪽으로 걸어갔다.

욕실 도어 앞에 멈춰 서서 그는 귀를 기울였다. 그러나 안으로부터는 여전히 아무런 소리도 들려오지 않았다. 그는 좀 더 바짝 귀를 기울여 보았다. 안으로부터는 물방울 하나 움직이는 소리도 들려오지 않았다. 다시 저 섬뜩한 느낌이 머릿속을 스쳐 갔다.

그러나 곧 그는 스스로를 웃고, 짐짓 장난이라도 친다는 동작으로 도어를 두어 번 가볍게 노크했다. 그리고 응답을 기다리는 시늉으로 귀를 기울였다. 그러나 노크소리에도, 안에서는 여전히 아무런 응답이 없었다. 그녀가 짐짓 못 들은 체하고 있는 것인지도 모른다고 생각했다. 그는 이번에는 다소 농담 투의 억양을 꾸며 그녀를 불러 보았다.

"이봐, 나영 씨. 안에 없어?"

"……."

"죽었나?"

짐짓 커다랗게 혼잣소리 흉내를 내며 그는 도어를 열었다. 그리고 그는 두 눈을 크게 떴다. 그녀는 분명 욕조 속에 누워 있긴 했다. 그러나 그 자세가 예사롭지 않았던 것이다. 그것은 살아 있는 사람이 쉬고 있는 자세가 아니었다. 머리가 욕조의 한쪽 가장자리에 받쳐지긴 했으나 물속에 잠긴 그녀의 몸은, 힘없이 반쯤은 떠 있는, 실신한 사람의 그것이었던 것이다. 그리고 눈을 감은 그녀의 얼굴엔 표정이라곤 없었다. 한눈에, 살아 있는 모습이 아니었다. 그는 온몸이 굳어 오는 듯한 느낌을 받았다. 그리고 자제하지 못한 채 소리쳤다.

"나영 씨! 어이 나영 씨!"

그러며 그는 다급히, 그녀가 누워 있는 욕조를 향해 다가갔다. 그녀는 여전히 미동도 않는 실신한 자세였다.

"어이, 나영 씨! 어떻게 된 거야!"

하며 그는 두 손으로 그녀의 얼굴을 잡고 흔들었다. 그녀의 얼굴은 아무 저항 없이 그의 손길에 따라 흔들릴 뿐이었다. 살아 있는 사람의 얼굴이라고 할 수 없었다. 그는 얼른 그녀의 얼굴을 놓았다. 그리고 그녀의 몸을 살폈다. 그러나 어디 한 군데 상처 따위는 발견되지 않았다. 그렇다면 심장마비? 그는 당황 중에도 그녀를 물속에서 꺼내 놓아야 한다고 생각했다. 두 팔을 욕조 속으로 넣어 그녀를 들어올리려고 해 보았다. 잘되지 않았다. 늘어져 있는 그녀의 몸은 여간 무겁지 않았던 것이다.

그는 욕조 속으로 한쪽 다리마저 집어넣고 그녀를 가로로 안아 올리듯 들어 우선 욕실 바닥에 그녀를 가까스로 내려놓았다. 그리고 어쩔까 망설이다가 그녀의 가슴에 귀를 대어 보았다. 그녀는 여전히 늘어진 채였으나 심장의 고동만은 또렷이 느껴졌다. 그는 일단 안도의 기분을 맛보았다. 아직 죽지는 않았음에 분명했다. 그는 다시 그녀를 침대로 옮겨야겠다고 생각했다. 그리고 의사를 불러야 하리라고 생각했다.

그는 다시 그녀를 안아 올렸다. 축 늘어진 그녀의 몸은 여전히 무거웠다. 그는 그녀를 안은 채 욕실을 걸어 나왔다. 그리고 그녀를 침대 위에 내려놓고 마악 상체를 들려는 순간이었다. 늘어졌던 그녀의 두 팔이 순간 거짓말처럼 재빨리 뻗어 올라 그의 목덜미를 잡았다. 그는 순간 물귀신한테라도 잡힌 듯 기겁을 하여 목을 뒤로 젖혔다. 그러나 그녀의 두 팔은 더욱 힘 있게 그의 목덜미를 끌어당겼다. 그리고 거짓말처럼 반짝 그녀의 두 눈이 떠졌다.

"어딜 도망치려고 그래요. 이리 와요."

"!" 그제야 그는 속았음을 깨달았다. 차가운 전율이 온몸을 스치고 지나갔다. 그녀의 얼굴에 묘한 웃음이 떠돌기 시작했다.

"여자를 놔두고 그렇게 혼자 자려는 사람이 어딨어요. 약이 올라서 장난 좀 해 본 거예요. 어때요? 내 연기 제법이죠?"

"요사스러운!" 하고 그는 난폭하게 그녀의 두 팔을 뿌리쳤다. 그녀는 차갑게 웃었다.

"흥, 난 요사스럽고 광배 씬 음흉하니까 근사한 한 쌍이지 뭐야. 그래, 숙제는 좀 풀었어요?"

"뭐라구?"

"숙제는 좀 풀었느냐구요. 광배 씨가 죽을 차롄데 용기 씨가 먼저 죽은 사실에 대해서 뭘 좀 찾아냈나요?"

"씨도 안 먹는 수작하지 마."

"그래요? 그럼 이런 얘기 모두 경찰에 가서 해도 괜찮을까요? 광배 씨가 아침에 한 얘기들이랑 모두."

"뭐야?"

"왜요, 안 좋을까요? 이건 광배 씨가 나한테 써먹은 방법인데. 난 그걸 흉내 내는 것뿐예요."

광배는 어이가 없었다. 도대체 이 여자애는 머릿속이 어떻게 생겨 먹었단 말인가. 그러나 당황한 눈치를 보여서는 안 되었다.

"마음대로. 하지만 경찰이 할 일 없다고 그런 농담 따월 귀 기울여 들을 줄 알아?"

그녀는 눈을 반짝이며 배시시 웃었다.

"그럼 한번 해 볼까요? 귀 기울여 듣나 안 듣나."

"마음대로."

"정말?"

"물론이지."

"좋아요, 그럼 서울 올라가는 대로 경찰에 가서 얘길 해 봐야지."

"하지만 그땐 나영 씨도 꼬리를 잡힐 각오를 해야 할걸. 기분이 상하면 나도 내가 아는 얘길 모두 털어놔 버리고 말 테니까."

"흥, 거봐요. 역시 내가 경찰에 가는 건 싫죠?"

"켕기는 게 있어서 그러는 건 아냐. 다만 그렇게 되면 나도 기분이 상할 테고 기분이 상하면 내가 아는 나영 씨에 관한 얘길 모두 털어놔 버리게 될 거라는 거지."

그녀는 잠시 관찰하듯 그의 두 눈을 빤히 마주 올려다보았다. 그리고 곧 교태 어린 미소를 지었다.

"할 수 없네요. 내가 아무리 요사를 떨어도 광배 씨 음흉한 속셈은 못 따르겠군요. 이리 와서 나 좀 안아나 주세요. 여자를 이렇게 놔두고 가만있는 사람이 어딨어요?"

광배는 그제야 그녀가 벗은 채로라는 사실을 깨달았다. 그리고 야릇한 충동을 느꼈다.

"아, 그건 어렵지 않지."

하고 그는 그녀 위에 몸을 내던졌다. 그녀는 곧 그의 목을 안아 왔다. 그리고 나직이 그의 귓가에 속삭였다.

"잊어버리세요. 쓸데없는 생각 같은 건. 천천히 생각하거나요. 여자하고 함께 있을 땐 여자 생각만 하는 거래요."

그는 말없이 그녀의 입술을 자신의 입술로 막았다. 마치 가장 훌륭한 대답은 실천밖에 없다는 듯이. 그녀도 그의 뜻을 알아차린 듯, 그리고 그것을 칭찬하듯 힘 있게 그를 마주 안아 왔다. 깊고 뜨거운 입맞춤이 시작되었다. 그리고 그들의 몸은 곧 달아오르기 시작했다.

광배는 가능한 한 그녀를 난폭하게 다루었다. 그러는 것이 그녀에게나 자신에게 지금 알맞은 방식이라고 생각했기 때문이다. 그녀도 그것을 기뻐하는 듯했다. 그의 난폭한 방식에 그녀도 격렬한 몸짓으로 반응해 왔다. 그녀도 무엇인가를 잊고 싶어 함에 틀림없었다. 광배는 더욱 난폭하게 그녀를 다루었다.

그즈음 경식은 부산의 양 형사로부터 전화 보고를 받고, 생각에 잠겨 있었다. 김광배는 채나영과 함께 호텔로 돌아와 저녁식사를 마친 뒤, 객실로 올라갔다가, 한 시간쯤 후 다시 그녀와 함께 클럽에 나타나 술을 마시고 춤을 약간 춘 뒤 다시 객실로 돌아간 이외에는 별다른 이상한 행동은 보이지 않았다는 것이었다. 조금 이상한 행동이 있었다면 춤을 추다가 무슨 이유에선지 도중에 그만두고 곧 객실로 돌아간 점뿐이라고 했다.

그 점이 약간 마음에 걸렸으나 어쨌든 김광배만은 무사하다는 사실을 확인한 것으로 경식은 마음이 놓였다. 왜냐하면 박용기의 피살에 겹친 최명곤의 교통사고로 그는 지금 머리가 빠개져 나가는 듯한 혼란과 어떤 절박한 위기의식을 느끼고 있었기 때문이다.

최명곤은 비록 아직 목숨이 붙어 있다곤 하지만 매우 중태이고 보면 온전히 무사한 것은 '오인방' 중에 이제 김광배 한 사람뿐이었다. 그가 아직 아무 일이 없다니 다소 마음이 놓이지만 조금 전까지만 해도 경식은 그에게마저 혹시 어떤 액운이 덮치는 것이 아닐까 하는 일종의 절박한 위기의식을 느끼고 있었다. 왜냐하면 액운의 흐름이 너무나 분명하게 일정한 방향으로 흘러가고 있다는 느낌이었기 때문이다.

처음 최명곤의 사고 소식을 들었을 때 경식은 자신의 귀를 믿지 않았다. 그것은 너무나 심한 농담이라고 생각했다. 그러나 그것이 사실임을 믿지 않을 수 없게 되었을 때 그는 일종의 심한 배반감을 맛보았다. 뭐라고 할까, 기습을 당한 느낌이었다고 할까. 단순한 사고로는 생각되지가 않았기 때문이다. 역시 일련의 '오인방' 멤버들의 살해범이 개재된 사건이라고 생각되었기 때문이다. 아침에 범행을 저지론 살해범이, 경찰의 주위가 그쪽으로 쏠려 있는 틈을 이용해서 기습적으로 오후에 다시 사건을 일으킨 것에 틀림없다고 그는 판단했던 것이다. 그러나 막상 현장에 도착하여 모든 상황을 종합했을 때 그곳에서 경식은 일반적인 교통사고의 범주에서 벗어나는, 별다른 아무런 단서도 발견할 수 없었다. 목격자들의 증언이나 모든 상황은, 최명곤의 난폭한 과속운전이 사고의 유일한 원인이었음을 말해 주고 있을 뿐이었다. 그가 운전하던 차에 혹시 조작된 결함 따위가 없나도 살펴보았으나 사고 당시의 파손 이외에는 미리 조작된 결함의 흔적은 발견할 수 없었다. 그렇다면 사고의 책임은 순전히 운전자인 최명곤 자신에게 있었다.

목격자들의 증언으로는, 사고 순간 그의 차는 난폭한 속도로 차도의 중앙선을 이탈하여, 마주 오던 택시가 미처 손 써 볼 겨를 없이 달려들었다는 것이다. 남은 문제는 그가 그러한 난폭운전을 하게 된 원인이나 이유라고 할 수 있었다. 그러나 그 정확한 대답을 해 줄 수 있는 사람은, 그와 동승했던 박수아라는 신인 여가수로 함께 의식불명인 채 병원으로 옮겨져 있었다. 사고현장에서 비교적 가까운 편인 A종합병원. 그리고 담당 의사들의 말로는, 그가 의식을 회복할 수 있을는지조차 의문이라는 것이었다.

짐작할 수 있는 것은, 박용기의 죽음이 어떤 식으로든 그에게 영향을 미쳐 그의 과속운전의 한 원인이 되었을지도 모른다는 점뿐이었다. 그리고 어쩌면 그것이, 박용기가 피살된 것과 동일한 날 그가 사고를 당했다는, 얼핏 우연으로 보일 수도 있는 사실을 설명해 줄 유일한 단서가 될는지도 몰랐다.

그러나 어쨌든 중요한 사실은 '오인방' 멤버 다섯 사람 중 세 명이 벌써 피살되고 한 명은 그 회복이 가능한지조차 의심스러운 중태에 빠져 있다는 사실이었다. 게다가 그 나중 두 명의 경우는 액운이 같은 날 아침과 오후에 나란히 찾아들었다는 사실이었다. 그리고 그것이 외관상으로는 단순한 우연처럼 보여지도록 되어 있으나 경식의 심증으로는 결코 단순한 우연으로만은 보아지지가 않는다는 점이었다. 적어도 그 두 가지 사건 사이에는 어떤 내면적인 끈 같은 것이 이어져 있다는 느낌이었다.

경식이 막연하게나마 절박하게 느끼고 있는 위기의식은 그러한 점들에서 연유한 것이었다. 경식들로서는 이렇다 하게 변변히 손 한번 써 보지 못하고 무언가 사건이 막바지에 접어들고 있는 것 같다는 느낌이 그것이었다.

그런데 다행히도 아직 김광배만은 무사하다는 것이었다. 물론 그의 무사함도 얼마나 갈는지 알 수 없는 노릇이지만. 어쨌든 그에게 양 형사를 붙여 둔 것은 잘한 일이라고 생각되었다. 그런데 최명곤은 의식을 회복할 수 있을 것인가, 못 할 것인가. 만일 그대로 회복하지 못한 채 죽어 버린다면? 그 경우 그의 죽음은 단순한 스스로의 과실에 의한 것으로 끝나고 만다. 어쩌면 있었을지도 모를, 아니 분명 있었다고 보아야 할 그 과실의 원인이나 동기도 영원히 수수께끼로 남긴 채. 그것은 그 자신에게도 물론 더없이 불행한 일이지만 경식에게도 난처한 일이 아닐 수 없다.

다행히 그와 동승했던 박수라도 무사히 회복해 준다면 그녀에게서라도 무슨 단서가 될 만한 얘기를 들을 수 있을지 모르지만 의사들의 얘기로는 그녀의 용태도 아직은 불투명하다고 한다. 따라서 만일 그녀마저 회복하지 못하고 죽어 버린다면 얘기는 아주 고약해진다.

경식은 잠시 생각에 잠겨 있던 머리를 들고 전화기를 끌어당겨 A병원의 다이얼을 돌리기 시작했다. 그들의 용태를 알아보기 위해서였다. 박 형사가 그곳에 나가 있으므로 그에게 물으면 되었다. 교환을 거쳐 곧 박 형사와 통화가 되었다. 경식은 우선 최명곤의 용태부터 물었다. 대대적인 수술이 끝나고 현재 회복실로 옮겨져 있으나 여전히 의식불명 상태라는 대답이었다.

"의사들의 견해는 어때?"

"경과를 좀 더 두고 봐야 알겠다는데요. 현재로서는 그저 비관도 낙관도 할 수 없는 상태라고밖에는 말할 수 없다는 거예요. 말하는 눈치가 아무래도 좀 비관적으로 보는 것 같았어요."

"음……. 박수아는? 그 여잔 좀 나은 편인가?"

"막상막한가 보던데요. 운이 좋아서 혹 살아난다고 하더라도 우선 가수생활을 계속하긴 힘들 것 같더군요. 딴 덴 둘째 치고 얼굴이 엉망으로 으깨져 버렸으니……."

"이 사람 딴 얘긴. 알았어. 그럼 계속 좀 수고. 또 전화하지."

송수화기를 내려놓고 경식은 미간을 찌푸렸다. 아주 절망적이라곤 할 수 없을지 모르지만 그들의 용태가 아직 마음을 놓을 수 없는 상태임엔 틀림없는 것 같았기 때문이다. 아니, 박 형사의 얘기로 미루어, 상당히 비관적인 모양이다. 그리고 박 형사의 말투도 경식은 다소 마음에 들지 않았다. 마치 무슨 구경거리라도 얘기하듯 한 말투가 아닌

가. 얼굴이 으깨어져 버렸다는 대목을 그는 마치 무슨 통쾌한 일이라도 얘기하듯 한 억양으로 말하지 않던가. 박 형사가 다소 젊기 때문이라고 이해할 수도 있었으나 경식으로선 어쨌든 기분이 좀 언짢았다. 또 얼굴이 으깨어져 버렸다는 말 자체가 환기시키는 참혹성도 그의 기분을 매우 언짢게 만들었다. 해서 그는 잠시 미간을 찌푸리고 있었는데, 그때 책상 위의 전화벨이 울렸다. 그는 송수화기를 집어 들었다.

"네, 수사본붑니다."

"아, 경식 씨. 저예요."

동희였다.

"응, 동희 웬일이지?"

"밤참 가져왔어요."

"뭐라구?"

"왜, 곧이들리지 않아요? 밤참 가져왔다니까요."

"정말이야? 지금이 몇 신데."

하고 그는 얼른 팔목의 시계를 보았다.

"11시가 넘었잖아?"

"무슨 걱정이에요. 돌아가는 건 경식 씨가 책임지겠죠, 뭐."

"거기 지금 어디야?"

"현관이요."

"뭐라구? 잠깐 기다려, 그럼. 금방 나갈게."

송수화기를 내려놓고 현관 쪽으로 빠져나가자, 거기 동희가 보자기에 싼 무슨 꾸러미 같은 것을 들고 서 있었다. 한눈에 찬합 따위를 싼 꾸러미 같았다.

"이거 정말 웬일이야? 무슨 바람이 불었지?" 하고, 경식이 짐짓 믿어지지 않는다는 표정을 짓자 동희는 생글생글 웃었다.

"무슨 바람은요. 아까 투정을 한 사람은 누군데."

"아까?"

"아까 오후에 말예요. 어젯밤에 밤참 안 가져왔다고 잔뜩 투정을 해 놓구서. 배신감을 느꼈느니 어쩌니."

"하하, 그거 투정하길 잘했는데, 그럼. 뭐지, 그런데?"

하고 그는 그녀가 들고 있는 꾸러미를 옮겨 받으려는 시늉을 하며 물었다.

"김밥이에요. 맛없다고 흉이나 안 잡힐지 모르겠어요."

하고 그녀는 꾸러미를 넘겨주었다. 제법 무거운 꾸러미였다.

"맛이 없을 리가 있나. 그런데 뭐가 이렇게 무겁지?"

"좀 많이 만들었어요. 여러분이 함께 드시라구요."

"오, 역시 동희로군. 하지만 좀 아까운 생각이 드는데. 모처럼 동희가 손수 만들어다 준 음식을 딴 친구들하고 나누어 먹을 생각을 하니 말야."

"어마, 욕심쟁이."

"하하, 그건 그렇고 늦었는데 빨리 가 봐야잖아."

"바래다주셔야죠, 뭐."

"아, 그러지. 이건 그럼 동희 바래다주고 와서 먹기로 하고."

그는 모처럼 마음속 깊은 곳에서 어린아이 같은 기쁨을 맛보았다.

한바탕 격렬한 싸움과 같은 행위를 치르고 난 후, 나영이 먼저 잠들고 난 다음에도 광배는 좀처럼 잠을 이룰 수가 없었다. 몸은 솜처럼 피곤했으나 머릿속은 유리알처럼 투명해지기만 했다. 그리고 그투명해진 머릿속으로 저 8년 전의 한 장소가 자꾸 비집고 들어왔다. 떨어 버리려 해도, 떨어 버리려 해도 그것은 자꾸 비집고 들어왔다. 그는 마침내 떨어 버리려는 헛된 노력을 포기했다. 그리고 가능한 한냉정하게 그것에 맞서 보기로 했다. 자꾸 피하려고만 드는 것보다 차라리 그러는 것이 지금의 자신에겐 현명한 일일지도 모른다는 생각이 들었기 때문이다. 가능한 한 그는 차근차근 그날 일을 처음부터떠올리기 시작했다.

8년 전 그날, 그들 다섯 명은 약간의 무료함을 맛보고 있었다. 겨울이었다. 졸업시험을 마악 치르고 난 뒤였고 크리스마스를 며칠 남겨두지 않은 때였다.

그들이 그날 오후 다방에 모인 것은 그럴듯한 크리스마스 플랜을 짜기 위해서였다. 학생시절로서는 마지막 맞는 크리스마스라고 할수 있었으므로 그들은 가능한 한 기발하고 남이 흉내 낼 수 없는 플랜을 짜고 싶었다. 필요하기만 하다면 그들은 여자애들을 데리고 제주도쯤으로 날 생각까지 품고 있었다. 그것은 그들에게 조금도 힘든일이 아니었다. 연락만 하면 언제든지 달려와 줄 여자애들도 있었다. 그러나 그것이 힘든 일이 아니라는 바로 그 사실이 그들을 별로 신바람 나게 하지 못했다. 그리고 여자애들과 함께 서울을 벗어나서 노는일쯤은 전에도 많이 해 본 일이었다.

좀 더 새로운 플랜이 그들에겐 필요했다. 학생시절의 마지막을 장식하는 데 걸맞을 만한, 기발하고 남이 흉내 낼 수 없는. 그러나 그들 다섯 명 중 아무도 이렇다 하게 새로운 플랜은 제시하지 못했다. 대개는 전에 해 본 놀이들에 조금씩 살을 붙인, 따라서 스스로도 별로 확신 없이 내놓는 얘기들뿐이었다. 이를테면, 각자 자기 집 차를 몰고 나와서 여자애들을 태우고 어디 교외로 나가 밤을 새우자는 얘기 따위가 그중의 하나였다. 비슷한 일을 그들은 지난여름에도 했었다. 그때 그들은 바닷가 한 어촌에 있었을 뿐이었다. 결국, 그들은 자신들이 너무나 남겨 놓은 놀이가 없다는 걸 깨닫고 후회하는 수밖에 없었다. 그들은 무료해지기 시작했다.

결국 그다지 새롭다곤 할 수 없는 대로, 여자애들을 데리고 제주도행을 하기로 잠정적인 합의는 했으나 차차 그들은 자신들이 모인 목적에 대해서는 별로 성의를 갖지 않게 되었다. 우선 그들에게는 당장의 무료함을 달랠 방법이 필요하였다.

"야, 크리스마스는 크리스마스고 오늘은 뭐 좀 재미있는 거 없냐? 따분해 죽겠다." 하고 입을 연 건 상철이었다.

"볼링이나 하러 갈까?" 하고 심드렁하게 대꾸한 건 영일이었고

"볼링은 인마, 따분하게." 하고 핀잔을 준 건 명곤이었다.

그때, 용기가 무슨 생각을 해 냈는지 눈빛을 빛내며 물었다.

"광배. 너 차 갖고 나왔지?"

"응." 하고, 광배는 왜 그러느냐는 듯 용기를 바라보았다. 용기는 그러나 이번엔 다시 명곤을 향해 물었다.

"명곤이 너도 갖고 나왔지?"

"응, 갖고 나왔어. 왜?"

하고 이번엔 명곤이 궁금한 표정으로 용기를 쳐다보았다.

"차가 두 대라, 그럼 충분하군."

용기는 혼잣소리 비슷이 중얼거리고 나서 득의의 표정으로 좌중을 둘러보았다. 그러나 뜸을 들일 필요가 있다는 듯, 무엇이 충분한지에 대해서는 얼른 입을 열지 않았다. 좀 성급한 편인 영일이 참지 못하고 물었다.

"뭐가 충분하다는 거야?"

"응? 뭐가 충분하냐고?"

하고, 용기는 무언가 혼자서 좀 더 즐겨야겠다는 듯, 영일의 얼굴을 쳐다보고 나서 다시 눈치를 살피듯 좌중을 둘러보았다.

"글쎄, 뭘까?"

모두들 기대에 찬 표정으로 그의 다음 말이 떨어지길 기다렸다.

용기는 마침내 그만하면 뜸을 들인 효과는 충분하다고 판단했음인 듯 나직한 목소리로 말했다.

"사냥을 나가는 거다, 사냥."

"사냥?" 모두들 얼른 말귀를 알아듣지 못했다.

"그래, 사냥, 차 두 대면 기동력은 충분하다."

순간 그들은 용기가 말하는 사냥의 의미가 무엇인지를 어렴풋이 짐작할 수 있었다. 그러나 확인하고 싶은 그들의 마음을 대표해서 성급한 영일이 또 물었다.

"무슨 사냥? 계집애 사냥?"

용기는 빙그레 웃었다.

"인마. 사람을 어떻게 사냥해? 여우 사냥이지."

여우 사냥! 그들의 마음은 들뜨기 시작했다. 용기의 제의가 무엇인지는 이제 확실해졌다. 여우가 무엇인지를 모르는 사람은 그들 중에 한 명도 없었다. 그런데 사냥의 방법이 문제였다.

"그런데 사냥을 어떻게 한다는 거니? 모르는 계집애들을 꼬셔서 차에 태우고 다니자는 거니?" 하고 다소 정직하게 물은 건 명곤이었다. 그러자 용기는 다시 빙그레 웃었다.

"꼬셔? 꼬셔서 차에 태우고 다녀? 그게 무슨 사냥이야, 인마. 구질구질하게."

"그럼?"

"그냥 납치하는 거야, 납치. 지나가다 밴밴한 애를 골라서 말야."

그 말을 하는 순간 용기의 얼굴에는 어떤 잔인한 쾌감의 표정이 떠올라 있었고 그것은 곧 나머지 네 명에게도 그대로 전염되었다. 일종의 전율과도 같은 쾌감이 그들의 몸속을 뚫고 지나갔다.

"그다음엔?" 하고 상철이 눈을 빛내며 물었다.

"그다음엔? 사냥꾼들이 자기가 잡은 짐승을 어떻게 하니?"

"잡아먹는다, 이거지?"

"두말하면 잔소리지."

"어디서 잡아먹지?"

"글쎄, 그게 문젠데 말야. 어디 좀 으슥한 장소가 있었으면 좋겠는데…… 참 상철이 너희 별장 어떠냐?"

"우리 별장?"

"그래. 거기가 좋겠다. 작년에 갔을 때 보니까 주위에 인가도 없고 아주 조용하던데. 지키는 사람 없지?"

"응, 별장지긴 그 아랫마을에 살아."

"됐어, 그럼 거기로 하자."

용기는 못을 박듯 그렇게 말했다. 상철이도 반대하지 않았다.

상철이네 별장이라면 모두들 기억하고 있었다. 작년 크리스마스 이브를 그들은, 여자애들과 함께 그곳에서 보냈던 것이다. 수원 부근의, 호수가 멀리 굽어보이는, 한 산 중턱에 위치한 상철이네 별장은 근처에 인가도 없고 사방이 숲으로 둘러싸여 밤새 떠들고 놀기엔 안성맞춤인 장소였었다. 물론 누구의 방해를 받는 일도 없었다. 따라서 그곳을 다시 생각해 낸 용기의 상상력은 칭찬할 만한 것이었고 안성맞춤의 장소를 찾아낸 것이라고 할 수 있었다. 이제 그들에겐 훌륭한 사냥감을 찾아 떠나는 일만이 남았다. 성급한 영일이 말했다.

"자, 그럼 빨리 나가자."

그러나 그때 광배가 침착성을 발휘하여 말했다.

"서두를 것 없어. 지금은 아직 환하니까 어두워진 다음에 나가. 환한 데서 어떻게 계집앨 납치하니. 조금 있으면 어두워질 거야. 그리고 어떤 앨 납치할 건지도 미리 정해 놔야지."

"그야 잘 빠진 애로 해야지, 물론." 하고 명곤이 받았고

"물론이지. 이왕이면 삼삼하게 빠진 애로 해야지." 하고 영일이 맞

장구를 쳤다. 광배가 다시 말했다.

"내 애긴 그런 게 아니고, 그렇게 막연하게 정할 게 아니라 좀 더 구체적으로 정해 놓고 나가자 이거야. 눈이 각자 다르니까. 얌전해 보이는 애로 할 거냐, 끼가 좀 있어 보이는 애로 할 거냐."

"글쎄, 이왕이면 얌전하고 순진한 애가 이 경운 재밌지 않겠냐?" 한 건 상철이었고,

"그래, 상철이 말이 맞다. 그쪽이 재밌을 거야."

하고 맞장구를 친 건 용기였다. 그러자 영일이 가소롭다는 표정을 지으며 말했다.

"놀고들 있네. 그게 그렇게 입맛대로 될 것 같으냐? 사냥인지 뭔지 하다 보면 웬만큼 빠졌다 싶었을 땐 그냥 처싣고 내빼는 거지. 언제 인마 얌전한 계집애 찾고 뭣 찾고 할 시간이 있어?"

그 말엔 대체로들 수긍하는 표정이 되었다. 그 말은 옳았기 때문이다. 왜냐하면 그들은 지금 사냥감의 우열 따위보다 사냥 그 자체에 더욱 흥분을 느끼고 있었으니까. 용기가 말했다.

"이왕이면 다홍치마라는 거지. 아무튼 차 두 대에 나눠 타고 슬슬 돌아댕겨 보는 거야. 명곤이하고 광배는 각각 운전하고, 우리 나머지 세 명은 차 두 대에 적당히 나눠 타고서 말야. 그러다 쓸 만한 애가 눈에 띄면 주워 싣고 내빼는 거지, 뭐. 가능한 한 물론 방해를 받지 않을 만한 장소를 택하는 게 좋겠지만 말야."

모두들 몸이 근질거리는 듯한 어떤 쾌감을 미리 맛보며, 어두워지기를 기다렸다. 다행히도 겨울 해는 짧았다. 얼마 안 기다려서 그들

은 다방을 나설 수 있었고 신중한 상철의 제의에 따라 부근 음식점에서 간단히나마 저녁식사를 마친 다음 그들은 곧 두 대의 승용차에 나눠 타고 사냥길에 오를 수 있었다. 명곤의 차엔 용기가 동승하여 선도역(先導役)을 맡고 광배의 차엔 상철과 영일이 함께 타고 일정한 간격을 둔 채 천천히 따르기로 했다. 그리고 일단 사냥감을 발견하면 클랙슨으로 의견을 교환하기로 했다. 합격일 땐 두 번, 불합격일 땐 한 번. 양쪽의 의견이 서로 다를 땐 불합격으로 간주하기로 했다.

그들의 사냥터는 방해를 받지 않을 한적한 거리나 차가 다닐 수 있는 골목길 따위가 될 것이므로 그 의견 교환 방식에는 큰 무리가 없을 터이었다. 남는 문제는 사냥한 여우를 여하히 무사하게 상철이네 별장까지 운반하느냐는 것이었는데 그것에 대해서는 영일이 자신 있다고 했다. 납치하는 순간은 물론 차에 태운 뒤에도 필경 반항을 할 터이지만 그것은 자기에게 맡겨 달라고 했다. 여자를 한두 시간쯤 기절시키는 일은 자기에겐 매우 쉬운 일이라는 것이었다. 요컨대 여자를 때린다고 생각하지 말고 남자를 때릴 때와 똑같이 때리면 된다는 것이었다. 물론 얼굴을 때리진 않을 테니까, 그리고 어디를 상하게 하진 않을 테니까 안심하라고도 했다. 모두들 그가, 그들 가운데서는 유일하게 강간 경력의 소유자임을 알고 있었으므로 그의 말을 믿기로 했다. 다만 용기가 약간 걱정스럽다는 표정으로 한마디 했을 뿐이었다.

"그러다 인마, 죽이면 곤란해. 그땐 산통 다 깨지는 거니까."

"염려하지 마, 인마. 이래 봬도 그 방면엔 다년간 도를 닦으신 몸이야." 하고 영일은 득의만만한 표정을 지었다. 아무도 더 이상 그 문제에 대해서 입을 여는 사람은 없었다. 그들은 무엇보다 사냥 자체에 흥분을 느끼고 있었기 때문에. 그것은 어떻게든 잘되리라는 낙천적인 기분이 그들을 지배했던 것이다.

마침내 그들은 사람들과 차량이 붐비는 시내 중심가를 서서히 빠져나오기 시작했다. 사냥감을 찾기엔 중심가가 더 유리하다고 할 수 있었으나 그곳에선 방해받지 않고 사냥하기란 거의 불가능하다는 판단 때문이었다. 그러나 그들은 방해를 무릅쓰고 싶은 유혹을 중심가를 빠져나오는 동안 몇 차례나 참아 내야 했다. 제법 쓸 만한 사냥감들이 번번이 그들의 차창 밖을 스쳐 지나갔기 때문이다. 그러나 그때마다 그들은 보다 안전한 사냥을 위해서 참아야만 했다. 보다 안전하고 보다 완벽한 사냥을 위해서. 무엇보다 죽도 밥도 안 되는 일은 피하기 위해서.

마침내 그들이 탄 두 대의 승용차는 붐비는 중심가를 벗어나 비교적 한적한 거리로 나섰다. 선도역을 맡은, 명곤의 차를 뒤따르기로 했으므로 광배의 차에 탄 두 친구나 광배는 그곳이 어디쯤인지에는 별반 주의를 기울이지 않았다. 보다 주의를 기울여야 할 것은 딴 데 있었기 때문이다. 그런데 막상 사냥터로는 합격이다 싶은 장소에 이르자 마땅한 사냥감이 쉽게 눈에 띄지 않았다. 작은 실망을 그들은 맛보았다.

그러나 어쩌면 그것은 당연한 일인지도 몰랐다. 한적한 거리란 사람의 왕래가 드문 거리를 뜻하는 것이라면 당연히 그들이 원하는 사냥감을 찾기도 쉬운 일이 아닐 터이었다. 그들은 사람 가운데서 사냥감을 찾고 있지 않았던가. 그들은 곧 그 작은 첫 번째 좌절을 극복했다. 그리고 다시 용기를 내어 새로운 사냥터를 찾아 떠났다. 중심가를 일단 벗어나서는, 차가 다닐 수 있는 거의 모든 곳이 사냥터라고 할 수 있었다. 그러나 마땅한 사냥감은 여전히 쉽게 발견되지 않았다. 조금씩 그들은 초조해지기 시작했다. 그중에서도 영일이 특히 초조감을 이기지 못해 하였다.

"야, 이러다가 우리 이거 밤새 차만 타고 돌아다니는 거 아냐? 일찌감치 시내로 다시 들어가는 게 어때?"

"글쎄, 약간 김이 새는데."

하고 상철이도 다시 처량한 어조로 말했다. 그러나 선도역인 명곤의 차는 계속 신중한 속도로 앞서 달리고 있었다. 잠자코 좀 더 따라와 보라는 의사표시라고 할 수 있었다. 영일이 다시 볼멘소리 비슷하게 말했다.

"저 새끼들은 계속 드라이브만 할 셈인가. 그냥 내빼고만 있어."

"조금 더 찾아보자는 뜻이겠지."

하고 상철이, 이번엔 영일을 조금 달래는 억양으로 대꾸했다.

"조금 더 찾아보는 거 좋아하네. 쓸 만한 계집애들은 시내에 다 놔두고 이런 변두리에서 찾는단 말이야?"

"시내에선 좀 곤란하잖니."

"모험을 해야지. 어차피 위험한 짓 아냐."

"그렇긴 하지만……."

"야. 안 되겠다. 저 새끼들 불러서 시내로 들어가자. 이게 뭐냐."

"글쎄, 조금만 더 따라가 보구."

"조금만 더 따라가 보긴, 인마, 뭘 조금만 더 따라가 봐. 야, 광배야, 차 앞으로 쭉 빼. 저 새끼들 내가 세울 테니까."

광배는 백미러를 힐끗 올려다보며 말했다.

"상철이 말대로 조금만 더 따라가 보구. 시간 아직 많은데 뭘 그래, 인마."

"뭐? 시간이 많다구? 빨리 하나 주워 싣고 수원까지 가야 할 거 아냐, 인마."

"그래도 넉넉해."

"나 이런 자식들. 어지간히 한가하구나. 잘해 봐라, 잘해 봐."

그때였다. 앞서 달리던 명곤의 차가 멈칫 속도를 줄이는 것 같더니 클랙슨 소리를 두 번 울려 왔다. 광배도 반사적으로 속도를 줄이면서 차창 밖으로 앞의 인도 쪽을 바라보았다. 커다란 창고 건물 같은 것들이 짙은 그림자를 드리우고 있는 (그래서 더욱 어두컴컴해 보이는) 인도의 저만큼 앞쪽에 분명 여자의 그림자 하나가 보였다. 이쪽을 향해 걸어오고 있는 모습이었는데 한쪽 옆구리에 책 같은 것을 끼고 있는 자세였다. 거리와 어둠 때문에 아직 분명한 용모와 자세는 확인할 수 없었으나 직감적으로 합격물이라는 느낌이 왔다. 그리고 그녀의 확실한 모습은 곧 드러났다.

명곤의 차는 이미 그녀 옆을 통과하고, 그녀를 비스듬히 바라보면서 접근하는 광배의 차로부터 뻗어 나간 헤드라이트의 일부가 그녀를 어둠 속에서 끌어내었던 것이다. 그녀는 약간 눈이 부신 듯한 표정을 지었는데 순간 차 속에 탄 그들 세 명은 잠시 벙어리가 되었다. 한눈에 기대를 훨씬 넘는 사냥감임을 알아볼 수 있었기 때문이다. 대학 일이 학년쯤의 나이로 보이는, 드물게 맑은 얼굴과 드물게 균형 잡힌 몸매를 지닌, 그러나 어딘가 조금 피곤해 보이는 다소 가냘픈 인상의 여자였다. 옷차림은 그다지 값비싸 보이지 않는 보라색 계열의 코트와 바지 차림이었으나 자세는 바르고 단정했으며, 어떤 고결한 기품 같은 것이 느껴졌다. 뭐라고 할까. 한마디로 전엔 그들이 만나 본 적 없는 종류의 여자애였다고나 할까. 그리고 옆구리에 가볍게 끼듯이 받쳐 들고 있는 것은 두께나 모양으로 보아 성경책인 것 같았다. 잠시 벙어리가 되었던 상철과 영일이 깨어나듯 거의 동시에 소리쳤다.

"야, 뭐 하고 있어? 빨리 눌러!"

광배도 그제야 정신을 차려 급히 클랙슨을 눌렀다. 연거푸 두 번. 그때 영일이 다시 소리쳤다.

"그리고 인마, 빨리 차 갖다 바짝 대."

그러나 광배가 구태여 서두를 필요는 없었다. 차는 이미 그녀 가까이 접근해 있었던 것이다. 그는 단지 인도 쪽으로 차를 바짝 붙이며 브레이크만 밟으면 되었다. 차가 가까이 다가와서 갑자기 멎자 그녀는 약간 의아한 듯한 표정으로 이쪽을 일별했다. 그러나 곧 의심 없는 표정으로 돌아가 걷는 일을 계속했다. 한두 발짝만 더 걸으면 그들의 차를 지나치게 될 순간이었다. 상철과 영일이 재빨리 도어를 열고 뛰어나갔다.

마침 근처에 다른 행인의 모습은 눈에 띄지 않았다. 앞서가던 명곤의 차도 저만큼 멈춰 있는 모습이 보였다. 그리고 상철이 곧 무어라고 그녀에게 말을 거는 모습이 보였고 약간 놀란 표정의 그녀가 무어라고 짤막하게 대꾸하며 고개를 젓는 모습이 보였다. 상철은 무어라고 다시 말을 이었다.

영일은 그때 천천히 그녀의 등 뒤로 돌아갔다. 매우 태평스런 표정으로. 그리고 바로 다음 순간이었다. 그녀의 등 뒤로 완전히 돌아선 영일의 한 손이 번쩍 치켜졌다가, 망설임 없는 빠른 속도로 그녀의 뒷덜미를 향해 내리쳐진 것은. 그녀의 몸은 순간 힘없는 물체처럼 늘어지면서 앞서 있던 상철의 가슴에 안겼다. 엉겁결에 상철이 그녀를 엉거주춤 받아 안는 모습이 보였고 영일이 곧 빠른 동작으로 달려들어 그녀를 뒤로부터 빼앗듯이 받아 안아 차 쪽으로 끌고 왔다.

영일의 동작은 실로 전광석화같이 민첩했다. 어느새 차 속으로 그녀를 끌어들인 그는, 아직도 엉거주춤 차 밖에 서 있는 상철을 향해 소리쳤다.

"야, 인마, 뭐 하고 있어? 빨리 타!"

그제야 상철은 황급한 동작으로 차에 올랐다. 그리고 그제야 자신의 할 일이 생각났다는 듯 다급히 광배에게 말했다.

"야, 빨리!"

광배는 급히 차를 출발시켰다. 기다리고 있던 명곤의 차도 재빨리 출발하고 있는 모습이 보였다.

그들이 상철이네 별장에 도착한 것은 밤 11시가 지나서였다. 별장까지 차가 올라갈 수 있는 작은 도로가 뚫려 있었고 거기까지 오는 동안 그녀는 차의 뒷좌석, 상철과 영일 사이에 끼어 앉혀진 채 거의 실신한 상태를 벗어나지 못하고 있었다. 도중에 의식을 회복하긴 했으나 너무도 믿을 수 없는 사태에 질려 그녀는 제정신을 차리지 못하는 것 같았다. 게다가 상철과 영일은 양쪽에서 그녀를 꼼짝 못 하도록 억누르고 있었다. 말하자면 의식은 있었으나 그 의식을, 자신을 위해선 조금도 사용하지 못하는 상태라고 할 수 있었다. 하긴 의식을 회복한 순간 그녀는 꿈에서 깨어나듯 물었었다.

"⋯⋯댁들은 누구죠?"

그때 영일은 대답했었다. 거칠고 위압적인 목소리로.

"찍소리 말고 있어. 우린 깡패들이야. 수틀리면 널 죽여 버릴 수도 있는."

그녀가 다소 제정신을 차린 것은, 별장에 도착하여 차에서 끌어내려지는 순간이었다. 상철과 영일의 완력에 끌려 내리면서 그녀는 비로소 무엇을 좀 알아야겠다는 표정이 되었다.

"왜, 왜 이러시는 거예요. 날 어떻게 하려고 이러시는 거예요, 네?"

이번에도 영일이 대답했다.

"염려 마. 잡아먹진 않을 테니까. 잠자코 내리기나 해."

차에서 완전히 끌어내려, 사방이 어두운 숲으로 둘러싸인 그 낯선 장소를, 겁에 질린 표정으로 둘러보고 난 그녀는 다시 애원하듯 물었다.

"댁들은 누구세요? 날 어떡하려고 여기까지 데려오신 거예요? 네?"

그때 먼저 도착한 명곤과 용기가 그녀 쪽으로 다가서며 한마디씩 했다.

"우리? 우린 좋은 사람들이야. 그렇게 겁낼 것 없어."

"아가씨를 사랑해 주려고 그러는 건데 뭘 그래. 아가씨가 오늘 우리한테 선택된 거라구."

그제야 그녀는 자기가 그곳까지 끌려온 이유를 거의 깨달은 모양이었다. 얼굴이 일순 헬쑥해지면서 그녀는 별안간 상철과 영일의 두 팔을 뿌리치려 했다. 그리고 그것이 불가능함을 알자 겁에 질린 가련한 목소리로 애원하듯 부르짖었다.

"아, 안 돼요. 안 돼요. 난 안 돼요. 난 안 돼요."

용기가 빙글빙글 웃었다.

"뭐가 안 된다는 거지? 응? 뭐가? 이 아가씨 이제 보니 순 엄살쟁이 아냐? 아까 보니까 성경책을 끼고 있는 것 같던데, 교회 다녀?"

그 말에서 일루의 희망이라도 발견하듯 그녀는 별안간 생기를 되찾아 대답했다.

"네, 교회에서 예배 보고 돌아오는 길이었어요. 절 제발 어떻게 하지 말아 주세요."

"가만, 오늘이 수요일이었나. 그렇지. 오늘이 수요일이었지. 이봐, 아가씨. 교회 다니는 아가씨가 뭐가 그렇게 겁이 많아? 하나님이 다 지켜 주실 텐데."

"네, 제발 절 어떻게 하지만 말아 주세요."

"글쎄, 하나님이 지켜 주실 텐데 뭘 그래."

그때 영일이 짜증을 부리듯 말했다.

"야, 시시껄렁한 수작 집어치우고 비켜. 빨리 데리고 들어가게."

그리고 그는 상철 쪽으로 힐끗 눈신호를 보내고는 그녀를 난폭하게 별장 현관 쪽으로 잡아끌기 시작했다. 상철도 영일의 눈신호에 호응하여 그녀의 다른 쪽 팔을 힘껏 잡아끌었다. 그러자 그녀는 필사적으로 몸을 뒤로 버티며, 두려움에 억눌려 제대로 큰 소리로 되어 나오지 못하는, 절망적인 목소리를 짜냈다.

"아, 안 돼요. 제발 용서해 주세요. 용서해 주세요."

그러나 영일과 상철은 사정없이 그녀를 잡아끌었다. 그녀는 한껏 뒤로 버틴 채, 그러나 완력에 부쳐 질질 끌리다시피 현관 쪽으로 끌려갔다. 끌려가면서 계속 가련한 애원의 소리를 짜냈다.

"용, 용서해 주세요. 용서해 주세요."

용서를 빌어야 할 쪽은 그들이었다. 그러나 아무도 자신들이 하는 짓을 후회하고 있지 않았다. 그들은 자신들이 하는 것에 후회나 의심을 가져 본 적이 없었다. 다만 광배는 한순간 이 일에서 왠지 빠지고 싶은 생각이 강하게 들었으나 곧 그것은 사내답지 못한 약해 빠진 생각이라고 스스로를 꾸짖었다. 또 그것은 여럿이 하는 일에 대한 반동(反動)이 될 터이었다. 금방 비웃음과 지탄의 대상이 될.

그때 상철이 소리쳤다.

"야, 명곤아, 저기 현관 밑에 납작한 돌 하나 있지? 그걸 들춰 봐. 열쇠가 있을 거야."

명곤이 현관 쪽으로 먼저 달려갔다. 그리고 잠시 허리를 굽혔다가 펴더니 말했다.

"응, 있다. 그런데 녹이 좀 슨 것 같은데."

"괜찮아. 열어 봐. 내가 감춰 둔 거야."

명곤은 곧 열쇠 구멍에 열쇠를 꽂는 동작을 보였다. 그리고 현관문이 열렸다. 상철이 영일과 함께 여자애를 잡아끄는 동작을 멈추지 않은 채 다시 소리쳤다.

"들어가서 성냥불 좀 켜 봐. 어디 석유램프가 있을 거야."

명곤이 컴컴한 현관 안으로 들어서고 곧 용기도 뒤따라 들어갔다. 성냥불이 켜졌다가 꺼지고 다시 켜지는 모습이 보였다. 그리고 잠시 후 좀 더 밝은 불빛이 현관과 창문으로 비쳐 나왔다. 영일과 상철이, 계속 필사적으로 버티는 여자애를 끌고 마침내 현관 안으로 들어섰고 광배도 곧 뒤따라 들어섰다.

거실 탁자 위에 석유램프를 켜 놓은 채 용기와 명곤이 기다리고 서 있었고 영일과 상철은 곧 여자애를 끌어다 소파 위에 내동댕이치듯 주저앉혔다.

"찍소리 말고 가만있어. 죽이진 않을 테니까."

하고 으름장을 놓은 건 영일이었다.

"기도나 해 보지 그래. 하나님더러 지켜 달라구."

하며 빈정거리듯, 그녀 얼굴 가까이 자신의 얼굴을 바짝 들이댄 건 용기였다. 그런데 순간 놀라운 일이 일어났다. 여지껏 두려움과 절망의 표정으로 질려 있던 그녀의 얼굴에 어떤 고요한 위엄 같은 것이 떠올랐던 것이다. 그리고 그녀는 자세마저 똑바로 고쳐 앉으며 조용히 말했다.

"댁들을 위해 기도하고 싶군요. 댁들은 정말 불쌍한 분들 같아요."

모두 그녀의 그 갑작스런 변화에 잠시 놀라움을 금치 못했으나 곧 그것이 그녀 나름의 한 자위책이리라는 생각을 했다. 막다른 지경에 이르러서 어떻게든 곤경을 면해 보려는, 가엾고도 교활한 수단의.

용기가 기가 막힌다는 표정을 지으며 말했다.

"야, 우리더러 불쌍하댄다. 어떡하지, 이거?"

명곤이 웃으며 받았다.

"이 아가씨가 지금 기도해 주고 싶댔잖아. 기도나 잘 부탁하지 뭐."

그때 그녀가 다시 조용한 표정으로 말했다.

"댁들은 지금 무서운 죄를 지으려 하고 있어요. 하나님은 결코 용서하지 않으실 거예요. 제발 그만두세요."

"야, 이거 은근히 겁주는데. 하지만 하나님은 아가씨의 하나님이지 우리 하나님이 아니란 말야. 우린 부처님을 믿거든."

용기가 다시 빈정거리듯 말했고 그러자 그녀는 용기를 똑바로 쏘아보며 말했다.

"댁들은 사람이 아닌가요? 사람이면 어떻게 이런 무서운 짓을 할 수 있어요."

"아가씨, 그래 봐야 소용없어. 제법 똑똑한 척하는데 그래 봐야 소용 없다구. 우리한테 선택된 이상 아가씬 이제 우리 밥이야."

"제발 절 그냥 집에 보내 주세요. 아무한테도 말하지 않겠어요. 댁들을 위해 기도하겠어요."

"기도 좋지. 하지만 그건 내일 아침에 돌아가서 하라구. 오늘 밤은 여기서 우리하고 사이좋게 지내고 말야."

"안 돼요. 그건 안 돼요. 난 집에 돌아가야만 해요."

"댁에 누가 있는데?"

"엄마랑 동생들이 기다리고 있어요."

"내일 아침에 보내 줄게. 친구 집에서 잤다고 하면 되잖아. 우리도 친구라고 할 수 있으니까."

"안 돼요. 그건 안 돼요."

"어느 학교 다녀?"

"나, 학생 아녜요. 직장에 다니고 있어요. 엄마랑 동생들은 내가 없으면 안 돼요."

"알고 보니 아주 갸륵한 아가씨로군. 하지만 하룻밤쯤 어때. 자, 오늘밤은 우리하고 여기서 사이좋게 지내자구. 우린 잡은 물고기를 놓아주는 그런 훌륭한 사람들은 못 되니까."

"나쁜 사람. 나쁜 사람들!"

그때였다. 영일이 느닷없이 그녀의 한쪽 뺨을 세차게 후려쳤다. 그녀는 흑, 하고 숨 삼키는 소리를 내며 힘없이 소파 위에 나뒹굴어졌다.

"이 싸가지 없는 게 어디서!"

하고, 영일이 다시 그녀를 잡아 일으켰다. 그리고 이번에는 다시 그녀의 뺨을 주먹으로 쥐어질렀다. 그녀는 다시 힘없이 퉁기듯 소파 위에 쓰러졌다. 그리고는 기절해 버린 듯 움직이지 않았다. 그녀가 움직이지 못하는 모습을 확인하고 나서야 영일은 씩씩거리며 용기를 향해 말했다.

"야, 인마, 넌 뭘 그렇게 노닥거리고 있니? 해치울 건 빨리 해치우고 봐야지."

"자식, 성미도 급하긴."

"그래, 인마, 난 좀 급해. 빨리빨리 해치웠으면 좋겠어."

"좋아 그럼 빨리 해치우자."

하고 용기는 결단을 내리듯 말하고 모두를 둘러보았다.

"그런데 순서는 어떻게 하는 게 좋지?"

"그건 가위바위보로 정하는 게 무난하겠지."

하고 광배가 대꾸했다. 모두 이의가 없었다. 그때 잠시 정신을 잃은 듯했던 그녀가 다시 몸을 움직이기 시작했다. 그리고 쓰러진 자세에서 가까스로 상체를 다시 일으켜 앉으며 영일을 향해 준열한 표정으로 말했다.

"댁은 사람도 아니군요! 어떻게 사람을······."

그러나 그녀가 미처 말을 맺을 사이도 없이 영일의 넓적한 손바닥이 다시 세차게 그녀의 얼굴을 밀어붙였다. 그리고 그녀가 다시 튕기듯 소파 위에 나뒹구는 모습을 굽어보며 영일은 내뱉었다.

"까불고 있어, 계집애가! 죽고 싶어?"

"······." 그녀는 쓰러진 채로 잠시 움직임이 없더니 다시 안간힘을 쓰듯 상체를 일으켜 앉았다. 두 눈이 준열한 표정을 넘어 저주를 담고 있었다.

"사람도 아닌······."

다시 영일의 손바닥이 정면으로 그녀의 얼굴을 향해 밀어닥쳤다. 그녀는 튕기듯 나둥그러졌다가 다시 일어나 앉았다. 이번에는 사이가 좀 빨랐다.

"사람도…….'

영일의 손바닥은 다시 그녀의 얼굴을 밀어붙였다. 이번에는 편 채가 아니라 손가락의 두 번째 마디까지를 그러쥔 모양으로. 손바닥의 아래쪽 두터운 부분으로.

퍽, 하는 둔탁한 울림이 영일의 손바닥과 그녀의 얼굴 사이에서 났다. 그리고 그녀는 다시 힘없이 나둥그러졌다. 그녀는 다시 움직이지 않았다.

"야, 인마, 좀 살살 다뤄." 하고 상철이 걱정스런 듯 말했고

"까불잖니, 계집애가." 하고 영일은 다소 퉁명스런 어조로, 대수롭지 않다는 듯 대꾸했다. 잠시, 얼굴을 약간 찡그리고 있던 용기가 짐짓 쾌활한 표정으로 다시 얼굴을 펴며 말했다.

"자, 그럼 순서나 빨리 정하자."

가위바위보가 시작되었다. 다섯 명이 동시에 가위바위보로 순서를 정하는 일은 그렇게 간단하게 끝나지가 않았다. 그러나 결국은 이긴 자와 진 자가 나왔고 이긴 자들 중에서 다시 이긴 자가 그리고 진 자들 중에서 다시 진 자가 나왔다. 그렇게 해서 순서가 정해졌다.

상철이 1번이었고 영일이 2번, 광배가 3번, 명곤이 4번, 용기가 맨 마지막 차례였다. 용기는 자신의 불운을 투덜댔으나 광배는 그때 은근히 용기의 불운을 내심 부러워했다. 무어라고 할까. 그는 이 일에선 어쩐지 뒤로 처지고 싶은 생각이, 자신도 모르는 사이에 자꾸 들었기 때문이라고 할까. 어쨌든 순서가 정해지고 나자, 곧 그들이 사

냥해 온 먹이를 요리하는 일은 시작되었다. 그것은 잔인하고 저열한 방법으로 진행되었다. 광배로서는 두고두고 잊을 수 없는 방법으로.

그러나 결국은 그도 참가하고 말았었다. 모두의 순서가 끝나고 났을 때 그녀의 얼굴 위에 떠올라 있던 표정을 그는 잊을 수가 없다. 그것을 표정이라고 부를 수 있을까. 전혀 움직임이 없는 표정도 표정이라고 할 수 있을까. 분명 뜨고 있긴 했지만 아무런 감정도 아무런 움직임도 나타내지 않는 두 눈을 가진 얼굴을 표정을 가진 얼굴이라고 할 수 있을까. 그것은 표정이라기보다 차라리 하나의 정물(靜物)이었다. 의지나 감정이라곤 없는. 그리고 그녀의 두 눈은 그렇게 아무런 감정도 의지도 담지 않은 채 허공을 향해 고정되어 있었다.

만일 그녀가 가느다란 호흡마저 멈추어 버렸더라면 그대로 그것은 죽은 사람의 모습이었다. 아니, 그것은 죽은 사람보다도 어떤 의미에서는 더 죽은 사람의 표정에 가까웠다. 그러나 그때까지도 그들은 그들이 저지른 일의 결과를 미처 예측하지 못했었다. 도대체 그들은 결과 따위를 의심하거나 예측하려 한 적이 없었던 것이다. 그들은 여지껏 그들이 지내 온 것과 마찬가지로 이 일에 대해서도 낙관적인 기분을 잃지 않고 있었던 것이다.

그녀가 자살한 시체로 발견된 것은 이튿날 아침이었다. 꼭 잠들을 잘 생각은 아니었는데도 그럭저럭 눈들을 붙였던 듯 깨어 보니 아침이었다. 보다 정확히 말한다면 맨 처음 잠을 깬 건 명곤이었던 모양이다. 그가 나머지 친구들을 깨웠다고 하는 것이 보다 정확하다. 명곤은 부스스 눈들을 비비며 깨어나는 친구들을 향해 말했다.

"야, 이 계집애 어디 갔니? 보이질 않는데."

"뭐라구?" 모두들 거의 반사적으로 그녀가 누워 있던 소파 쪽을 바라보았다. 그러나 그곳에 그녀의 모습은 보이지 않았다. 모두의 시선은 다시 거실의 다른 쪽으로 두리번거려졌다. 그러나 그들의 시선이 미치는 어디에도 그녀의 모습은 보이지 않았다.

"어디 갔지?"

하고 긴장한 표정으로 모두를 둘러본 건 용기였고,

"도망친 거 아냐? 창피하니까."

하고 그럴싸한 표정을 지은 건 상철이었다. 명곤이 말했다.

"오줌이 마려워서 깨 보니까 안 보이잖아. 변소에도 없고 집 안 아무 데도 없어."

"상철이 말이 맞을 거야. 창피하니까 아침 일찌감치 도망쳐 버린 거지 뭐."

영일이 비웃음 어린 표정으로 더 생각해 볼 것도 없다는 듯 말했고,

"글쎄, 그럴지도 모르지. 하지만……." 하고 용기는 무언가 마음이 안 놓이는 구석이 있는 듯한 표정을 지었다. 그때 광배는 무심코 창 쪽을 내다보았다. 무심코라고는 했으나 무언가 창 쪽으로 마음이 끌렸기 때문인지도 몰랐다. 아니면 용기의 표정에서 어떤 암시 같은 것을 느껴서 인지도 몰랐다. 어쨌든 그때 광배는 보았다. 창밖으로 멀리 굽어 보이는 호숫가 한 귀퉁이에 몇 명의 시골 사람들이 둘러서 있는 모습을. 그리고 그들의 발치에 누워 있는 물체를. 멀어서 분명친 않지만 그리고 그것이 사람임을, 아니 여자임을.

입고 있는 옷의 빛깔로 보아 그것은 틀림없는 그 여자애였다. 그리고 누워 있는 자세로 보아 그것은 살아 있는 사람의 모습이 아니었다. 방금 물에서 건져 올려진 듯한 모습이었다. 모든 것은 명약관화했다. 호수에 뛰어들어 그녀는 스스로의 목숨을 버렸음에 틀림없었다. 광배가 손짓을 하자 모두들 창 쪽으로 다가왔다.

그리고 창밖을 내다본 그들은 잠시 아무도 입을 열지 못했다.

나중에 그들은 상철이네 별장지기의 인도를 받은 순경 한 사람의 방문을 받았다. 그들이 차로 올라오는 모습을 본 사람이 있었다는 것이었다. 순경은 혹시 그녀가 그들과 동행이 아니었느냐고 물었다. 근처에서는 못 보던 처녀라는 것이었다. 그들은, 동행이 아니었을 뿐만 아니라 전혀 모르는 여자라고 대답했다. 애초에 여자 따위를 데리고 온 일도 없다고 말했다.

순경은 고개를 약간 갸우뚱했으나 그곳이 누구의 별장인지를 익히 알고 있는 탓인지, 그리고 그곳에 와 있는 그들은 대체로 어떤 사람들의 자제들인지도 짐작을 하고 있었던 탓인지 더 이상 추궁을 하진 않았다. 상철이네 별장지기는 계속 송구스런 자세로, 순경이 혹시 다소라도 예의 잃은 언동을 하지 않을까 조바심을 하는 표정이었고 그러한 별장지기의 태도는 은연중 순경에게도 감염이 된 듯했다. 게다가 호수 건너편에서 새벽부터 낚시질을 하고 있던 사람의 목격담(여자 혼자서 호수로 뛰어드는 모습을 보았다는 것이다)도 있어 자살이 분명한 이상 더 추궁할 필요도 없다고 판단한 모양이었다.

그들은 한 번 더 자신들이 그녀와는 아무런 상관도 없음을 강조했다. 여자라곤 데려온 일도 없을 뿐 아니라 자신들은 매우 중요하고 비밀을 요하는 회의 때문에 온 것인데 그런 중요한 모임에 여자를 데려올 이유가 있겠느냐고. 그리고 동행이었거나 아는 사람이면 안다고 하지 모른다고 할 이유가 하나도 없지 않으냐고. 순경은 잘 알겠다고 다소 송구한 태도로 말하고 혹시 동행이었다면 참고가 될까 해서 올라와 봤을 뿐이라고 변명 비슷이 말하면서 사고자가 다행히 신분증을 지니고 있어 신원 확인이나 가족에게 알리는 문제 따위에는 별 지장이 없다는 말까지 덧붙였다.

"서울에 사는 아가씬데, 무슨 이윤진 모르지만 좀 멀찌감치 떨어진 장소에서 자살을 하고 싶었던 모양입니다."

그리고 순경은 잠시나마 방해가 되어서 죄송하다는 사과의 말을 남긴 다음 순순히 물러갔다.

순경이 물러간 뒤 그들은 다소 긴장된 기분으로, 차후에 생김 직한 문제점들에 대해 의견을 교환했으나 그들이 성가신 문제에 휘말리게 될 가능성은 거의 없다는 결론을 얻었다. 우선 시골 경찰이 더 이상 문제를 확대할 조짐은 보이지 않는다는 점이 첫째 이유였고 그녀의 가족이 어머니와 동생들뿐이라는 점이, 따라서 사고를 캐고 들 능력은 없으리라는 점이 두 번째 이유였다. 그리고 그들의 판단은 크게 빗나가지 않았다. 적어도 그 후 8년 동안 그들에겐 아무 일도 없었으니까.

또 하나의 죽음

최명곤의 의식불명 상태는 사흘 동안이나 계속되었다. 그리고 나흘째 되는 날부터 조금씩 회복의 낌새를 보이기 시작하여 닷새째 되는 날에야 겨우 사람을 알아보는 정도의 의식이 회복되었다. 그러나 아직 분명한 의사표시를 하거나 입을 열어 말을 할 수 있는 상태에는 이르지 못했다. 따라서 그로부터 직접 사고의 경위를 들으려면 좀 더 기다려 보는 도리밖에 없었다. 그와 동승했던 박수아 쪽이라도 회복의 속도가 좀 빠르다면 기대를 해 볼 만 하겠으나 그녀 쪽은 오히려 더 중태여서 아직도 의식불명의 상태를 계속 헤매고 있었다.

그러나 어쨌든 최명곤 그의 용태가 호전되어 가고 있다는 사실은 다행이라고 할 수 있었다. 근무처를 아예 병원으로 옮기다시피한 박 형사로부터 매일 보고를 받으면서 처음 이삼일간 우울한 기분에서 벗어날 수 없었던 경식은 다소 안도감 비슷한 기분을 느낄 수 있었다.

물론 아직 완전히 마음을 놓을 수 있는 상태는 못 되지만.

박 형사의 보고에 의하면 최명곤은 오늘 몇 마디의 헛소리까지 했다고 한다. 그런데 그 내용이 도무지 종잡을 수 없는 두어 마디의 단어에 지나지 않아서 아직 무슨 단서를 삼을 만한 것은 못 되는 것 같다고 했다. 간호사가 귀띔해 준 것이라는데. 최명곤이 잠깐씩 의식을 회복하는 사이의 혼수상태에서 내뱉은 헛소리는 '장님'이라는 말과 '사냥'이라는 말, 두 마디뿐이었다는 것이다. 그 두 마디 단어를, 사이를 두고 두 번쯤 반복했을 뿐이라는 것이다. 적어도 간호사, 자기가 알아들을 수 있었던 것은 그 두 마디 단어뿐이라고 하더라는 것이다.

경식으로서도 일단은 최명곤이 헛소리를 했다는 사실 자체만을 고무적인 것으로 받아들이는 수밖에 없었다. 왜냐하면 어제까지만 해도 그는 겨우 의식을 회복할 낌새만 약간 보였을 뿐 거의 가사(假死) 상태를 벗어나지 못하고 있었기 때문이다. 따라서 헛소리를 했다는 사실은 그의 용태가 일단 상당히 호전되어 가는 증거의 하나라고 생각할 수 있었다. 그러나 그가 했다는 헛소리의 내용이 전혀 마음에 걸리지 않는 것은 아니었다. 비록 종잡을 수 없는 두 마디의 단어에 지나지 않았다곤 하지만, 그리고 그 두 개의 단어 사이에 무슨 연관된 의미 같은 것은 보이지 않지만 그 두 개의 단어가 각기 조금씩 색다른 느낌을 주는 단어들이었기 때문이다. 약간 엉뚱하다는 느낌이었다고나 할까. 의식이 회복되어 가는 과정에서 처음으로 내뱉은 헛소리가 '장님'이라는 말과 '사냥'이라는 말이었다니 그것은 좀 엉뚱하다고 하지 않을 수 없었다. 그것은 적어도 일상에서 흔히 쓰이는 말들은 아니잖은가.

그렇다면 그것들이 의미하는 것은 무엇일까. 헛소리는 흔히 의식의 심층을 지배하는 억눌렸던 잠재의식이, 의식의 통제가 느슨해지는 순간에 튀어나오는 것이라지 않는가. 그렇다면 그 비일상적 말들로 표현된 그의 의식의 심층에는 무엇이 있는 걸까. '장님'이나 '사냥'과 관계된 무슨 남다른 억눌린 경험이 있는 걸까. 그러나 현재로서는 어쨌든, 그 두 마디 단어만 가지곤 아무것도 알 수가 없다. 역시 그가 의식을 완전히 회복하기까지 기다리는 도리밖에.

경식은 계장에게 대충 병원 쪽의 사정을 보고한 뒤 수사본부를 나섰다. 김광배를 다시 만나 보기 위해서였다. 그가 부산에서 상경한 후 한 번 만나서 박용기의 피살사건에 대해 그가 어떤 반응을 보이고 있는지 일차 살펴보긴 했으나, 그는 시종 쉽사리 속을 드러내 뵈지 않는 태도로 일관하고 있어서 그로부터 경식은 아무것도 얻어 낸 것이 없었다. 그는 부산에서 텔레비전을 보고 알았다면서 오직 놀랍고 믿을 수 없는 일이라고만 의례적인 반응을 보였을 뿐이며 사건에 관해서는 전혀 도움 될 만한 것을 알지 못한다고 딱 잘라 대답했을 뿐이었다. 따라서 경식은 오늘, 어떻게든 그를 좀 집요하게 물고 늘어져 볼 결심이었다.

그들에겐 분명 무엇인가가 있다. 그렇지 않다면 그들 중의 세 명이 연쇄적인 살해를 당하고, 그들 중의 한 명은 그 세 명 중의 한 명이 살해를 당한 것과 똑같은 날 의문의 교통사고를 일으켰다는 사실을 어떻게 설명해야 한단 말인가. 게다가 그들 중 세 명의 피살사건에는,

눈에 띄는 분명한 동일성이 있다. 바로 세 명 모두 동일범에 의해 살해되었다는 사실이다. 그것은 이제 거의 움직일 수 없는 사실이다. 범인이 보내오거나 남긴 편지가 그것을 말해 주고 있다. 무엇인가가 틀림없이 그들에겐 있다. 그것이 무엇인지를 알아내지 않으면 안 된다. 그리고 그것은 그들 중 유일하게 아직 무사한 김광배로부터 알아내는 도리밖에 없다. 현재로서는, 최명곤이 아직 완전히 의식을 회복하지 못한 현재로서는.

오전에 전화를 걸어, 오후쯤 방문하고 싶다고 했을 때 김광배는 다소 기피하는 듯한 눈치를 보였었다. 그러나 경식이 꼭 만나 뵈어야 할 일이 있다고 하자 그는 마지못한 듯 동의했다. 단, 너무 오랜 시간 방해를 받아서는 곤란하다는 단서를 붙이면서. 수사본부를 나선 경식은 곧장 김광배가 있는 R건설 빌딩으로 향했다. 차를 탈 만한 거리는 아니었다. 해서 그는 도시의 매연 때문에 희뿌연 오후의 햇빛을 등에 받으며 행인들 사이에 끼어 부지런히 걸었다.

오늘따라 햇빛은 유난히 불투명해 보였다. 사람들의 얼굴빛도 결코 건강해 보이진 않았다. 그러나 자신들이 맑고 투명한 햇빛을 쐴 권리가 있다는 사실에는 별반 신경을 쓰지 않는 얼굴들이었다. 그런 햇빛이 있었다는 사실조차 잊어 먹은 얼굴들 같았다고 할까. 사건이 해결되면 동희를 데리고 어디 시골 여행이라도 좀 다녀와야겠다는 생각이 문득 들었다. 다만 한두 시간 고속버스를 타고 갈 수 있는 곳이라도. 가서 투명한 햇빛만 좀 쐬고 올 수 있는 곳이라도. 그러나 그는 곧 그것이 몹시 한가한 생각이라는 반성을 했다. 지금 그가 걷고 있는 걸음은 산책이 아니었기 때문이다.

그런데 그때 뒤미처 그의 머리에 떠오른 생각이 있었다. 그것은 거의 아무 맥락도 없이, 그리고 느닷없이 떠오른 생각이었는데, 최명곤이 헛소리로 내뱉었다는 '장님'이나 '사냥'이라는 말이 혹시 어떤 이중적(二重的) 의미를 내포한 말은 아니었을까 하는 생각이었다. '장님'이라는 말에는 얼른 짚이는 게 없어도 '사냥'이라는 말에는 무언가 짚이는 것이 있는 듯싶었다. '사냥'은 물론 짐승이나 새를 잡는 일을 말한다. 그러나…… 짐승이나 새가 아닌 경우에도 무엇을 포획할 때 '사냥'이란 말은 쓸 수 있지 않겠는가. 이를테면 사람의 경우에도. 그것이 여자인 경우에는 더욱 있을 법한 일이다. 더욱이 그 주제가 '오인방'이라고 가정할 경우에는. 그들로서는 족히 있을 법한 일이 아닌가. 방금 동희 생각을 했기 때문에 그런 생각이 떠올랐는지 모른다. 어쨌든 여자를 소유한다는 관념은 남자들 세계에서는 상당히 일반적인 것이라고 할 수 있지 않은가. 그리고 '사냥'은 그 소유의 가장 폭력적 방식이라고 할 수 있지 않은가. 어쩌면 '오인방'은 그것을 스포츠로 여겼을 수도 있다. 물론 생각의 지나친 비약이거나 억측에 지나지 않을지도 모르지만.

그러나 어쨌든 그러한 가정이 전혀 터무니없는 것만은 아닐 수도 있다. 어쩌면 사건 해결의 중요한 열쇠가 되어 줄는지도 모른다. 그 '사냥'이라는 말이 사건의 핵심 부근에 닿아 있는지도 모른다. '오인방' 연쇄 피살사건의 원인이 그 '사냥'이라는 말 부근에 놓여 있는지도 모른다. 경식은 야릇한 흥분 비슷한 감정을 맛보기 시작했다. 무언가 조그만 통로가 보이기 시작한 듯한 느낌이었기 때문이다.

그들은 과거에 한 여자를 '사냥'했다. 그리고 '사냥꾼'들답게 그 여자를 처리했다. 폭력과 위협이 가해졌을 것이다. 폭력과 위협 속에 그 여자는 '사냥꾼'들의 먹이가 될 수밖에 없었을 것이다. 그것은 인간이 견뎌 낼 수 있는 한계를 훨씬 넘는 모욕이었을 것이다. 여자 자신이거나 여자의 가족 중 누가 보복의 계획을 품는다. 그리고 마침내 계획을 실천에 옮긴다……. 충분히 개연성 있는 가정이라고 할 수가 있다. 이따금 들려오던 '오인방'의 행적으로 미루어 보면. 그리고 지금까지의 사건의 진행을 눈여겨보면.

물론 그것은 아직 하나의 가정에 지나지 않는다. 최명곤이 헛소리로 내뱉었다는 '사냥'이란 단어는 아무런 다른 의미도 없는 그냥 본래 의미 그대로의 단순한 '사냥'이라는 단어에 지나지 않는지도 모른다. 그러나 경식은 무언가 조그만 통로가 보이기 시작한 듯한 느낌을 떨쳐 버릴 수가 없었다. 그 언저리에 반드시 무엇인가가 있을 것만 같은 기분이었다. 그는 걸음을 더욱 부지런히 했다. 김광배를 만나서는 그 언저리부터 추궁해 보리라는 생각이 그의 머릿속을 가득 채웠다.

R건설 빌딩에 도착하여 3층에 있는 김광배의 집무실로 들어서자 미리 지시가 있었던 듯 여비서가 경식을 인도해 주었다. 김광배는 안락의자에 몸을 파묻듯이 하고 앉아 있다가, 경식이 들어서자 상체를 조금 일으키듯 하며 다소 피곤한 표정으로 말했다.

"아, 어서 오시오."

무언가 골똘한 상념에서 깨어나는 듯한 표정이었다.

"쉬고 계신데 제가 방해가 됐나 보군요."

하고 경식은 그의 맞은편 의자에 허리를 내려놓으며 말했다.

"아, 괜찮아요. 기다리고 있었소. 차 한잔 드시겠소?"

하고 김광배는, 다소는 양보할 의사가 있다는 듯한 표정으로 말했다. 경식은 사양했다.

"아, 괜찮습니다. 차는 조금 전에 마셨습니다."

"아니오, 한잔 드시오. 나도 마시고 싶으니까."

하고, 그는 인터폰으로 여비서를 불렀다. 그리고 차를 두 잔 가져오라고 이른 다음 경식을 향해 물었다.

"그런데 오늘 날 꼭 만나야 할 일이 있다는 건 무슨 일이오?"

경식은 약간 부끄럽다는 표정을 지었다.

"실은 사과의 말씀을 좀 드리려구요."

"사과라니?"

"용서해 주시리라 믿고 말씀드리겠습니다. 실은 이번 부산에 가 계시는 동안 김 상무님을 저희가 미행을 좀 했었습니다."

그는 적잖이 놀란 표정을 지었다.

"미행을? 날 말이오?"

"죄송합니다. 저희로선 김 상무님을 보호해 드린다는 뜻이었습니다만."

"호오, 그랬소? 난 감쪽같이 모르고 있었는데."

"그러셨겠죠. 죄송합니다. 저희로선 보호해 드린다는 뜻이었습니다만 사전에 말씀을 드린 것도 아니고 해서 역시 사과를 드려야 옳을 것 같다는 생각이 들었습니다."

그러자 그는 빙그레 웃었다.

"알겠소. 목적은 날 보호하려는 데 있었지만 뜻밖에 내 사생활의 일부를 알게 되었다, 그런 얘기 아니오?"

"……네. 본의는 아니었습니다만 그런 결례도 저지른 결과가 됐고 해서 아무튼 여러 가지로 죄송하게 되었습니다."

"하하, 뭘 그렇게 말을 돌리시오? 나하고 채나영이하고의 관계를 알고 있다, 그러니 숨길 생각은 아예 하지 마라. 그런 얘기 아니오?"

"원, 별말씀을 다 하십니다."

"하하, 왜 이러시오. 무슨 뜻으로 하는 얘긴지 대강 알고 있소. 하지만 우린 함께 여행을 했을 뿐이오. 경찰이 관심을 가질 만한 아무 일도 없었소. 나나 채나영이도 경찰에선 일단 용의선상에 올려놓고 있다는 건 대강 짐작하고 있소. 하지만 우린 그저 함께 여행을 했을 뿐이오."

그때 여비서가 차를 날라 왔다. 그는 잠시 말을 멈추고, 여비서가 찻잔을 내려놓고 물러가기를 기다렸다가 다시 입을 열었다.

"자, 드시오. 그리고 솔직히 털어놓고 얘기하시오. 방문 목적을. 나하고 채나영이하고 사이에 뭐가 있었지 않나 의심을 하는 모양인데 방금 얘기한 것처럼 경찰이 관심을 가질 만한 일은 아무 일도 없었소."

경식은 찻잔을 저으며 말했다.

"너무 모두 꿰뚫어 알고 계시니까 드릴 말씀이 없군요. 다만 저희로서 관심을 안 가질 수 없는 점은 채나영 씨가 벌써 세 분 째나 가까운 친구분들하고 보통이 넘는 관계를 맺고 있다는 점이죠. 다른 뜻에서가 아니라, 그 가운데 두 분은 이미 살해를 당하셨다는 점에서."

그러자 김광배는 미간을 약간 찌푸렸다.

"그런 얘기가 나올 줄 알았소. 경찰에서 의당 관심을 안 가질 도리가 없는 문제겠죠. 하지만 나는 아직 이렇게 건재하지 않소? 경찰에서 신경을 써 준 덕분인지 모르지만."

경식은 조금 웃어 보였다.

"아, 그렇다고 저희가 꼭 채나영 씨를 의심한다거나 하는 얘긴 아닙니다. 단지 상식으로 판단하기엔 좀 이해하기 어려운 행동으로 보인다는 게 솔직한 심정이고, 그런 행동과 반드시 관계가 있는지 어떤지는 아직 알 수 없습니다만 채나영 씨의 그런 행동이 일으켜진 상태에서 어쨌든 친구 두 분이 살해를 당했다는 점이 아무래도 조금 마음에 걸린다고 할까요."

그는 잠시 경식의 얘기를 귀담아듣는 시늉을 하고 나서 대꾸했다.

"글쎄……. 하지만 난 어쨌든 아직 이렇게 건재하고 또 이번에 용기는 채나영이하곤 아무런 무슨 관계도 없이 살해를 당하지 않았소?"

경식은 시인하는 표정으로 말했다.

"하긴 그렇군요. 단순한 우연을 가지고 저희가 공연히 신경을 쓰고 있는지도 모르겠군요. 그런데 한 가지 실례될 질문을 드려도 용서해 주실는지요?"

"무슨 질문이요?"

"이건 참 여쭙기 곤란한 질문입니다만……. 김 상무님의 경우엔, 채나영 씨 쪽에서 먼저 유혹을 했다고 할까 접근을 해 왔는지요. 혹은 김 상무님 쪽에서?"

김광배는 웃었다.

"하하, 무슨 뜻인지 알겠소. 채나영이가 혹시 의도적으로 날 유혹한 게 아닌가 생각하는 모양인데 그건 그렇지가 않았어요. 채나영일 유혹한 건 나였고 부산에 같이 데리고 내려간 것도 나였소."

"아, 그러셨군요."

"내가 바람기가 좀 있다는 걸 혹시 모르시오? 게다가 모험심 비슷한 것도 약간 동했구."

"모험심 비슷한 것이라는 건……?"

"글쎄, 모험심이라기보단 일종의 장난기가 동했다는 표현이 더 적절할 거요. 뭐라고 할까, 상철이나 영일이처럼 나한테도 무슨 일이 혹시 일어나는지 한번 보자는 일종의 짓궂은 기분이 작용했다고나 할까. 여자를 유혹하는 데도 스릴이 있으면 한결 재미가 더하니까. 하하. 그런 기분 이해하실 수 있겠소?"

경식은 머리를 긁는 시늉을 해 보였다.

"글쎄요, 저로선 이해가 가는 것도 같고, 안 가는 것도 같군요. 하지만 어쨌든 좀 위험한 장난을 하신 것 같군요."

"하하, 하지만 난 어쨌든 이렇게 건재하지 않소. 물론 아직 장담을 하기엔 이른 지 모르지만."

그리고 그는 잠시 경식을 마주 보고 나더니 조금 진지한 표정이 되어 말했다.

"실은 나도 처음엔 채나영이를 좀 의심했었소. 그래서 내 쪽에서 한번 일부러 기회를 줘 봤던 거요. 그런데 이번에 그 의심이 완전히 풀렸다고 할 수 있소. 우선 용기의 죽음이 그걸 말해 주고 있지 않소."

경식은 알겠다는 듯 고개를 끄덕여 보이고 나서 말했다.

"그런데 한 가지만 더 여쭤보겠습니다. 전에 친구분들하고 혹시 사냥해 보신 적 있으십니까?"

"사냥?" 하고 그는 다소 움찔 놀라는 표정이 되었다. 그러나 곧 천연스런 표정으로 되돌아가서 반문했다.

"사냥이라니?"

경식은 순간, 그의 표정의 움직임을 놓치지 않고 보았다. 무언가 틀림없이 있다는 직감이 왔다.

"네, 사냥 말입니다. 노루나 꿩 같은 걸 잡는. 혹시 전에 친구분들하고 같이해 보신 적이 있으신지요?"

"아니, 사냥 같은 걸 해 본 적은 없소. 그런데 갑자기 그런 건 왜 물으시오?"

"아. 그저 혹시나 해서 여쭤보는 겁니다. 사냥을 안 해 보셨다면 혹시 그 비슷한 게임 같은 것도 안 해 보셨나요?"

"그 비슷한 게임이라니?"

"글쎄요, 뭐라고 할까, 이를테면 사냥 비슷한 모험심이나 스릴을 만끽할 수 있는 어떤……."

그러며 경식은 김광배의 표정을 살폈다. 그는 천연스런 표정을 꾸미고 있었으나 내심 긴장하고 있다는 걸 느낄 수 있었다.

"글쎄, 무슨 얘긴지 난 잘 모르겠소. 그런 게임이 뭐가 있는지도."

경식은 정면으로 치고 들어가 볼 기회는 이때라고 생각했다.

"이건 좀 실례의 말씀이 되겠습니다만, 노루나 꿩 대신 이를테면 사람을 상대로 하는 비슷한 게임도 있을 수 있지 않겠습니까?"

"뭐요? 사람을 상대로 하는 게임?"

"네, 가령 여자라든지."

"……지금 무슨 소릴 하고 있는 거요?"

입으로는 그렇게 묻고 있었으나 그는 완연히 당황한 빛을 감추지 못하고 있었다. 경식은 그의 얼굴에서 시선을 떼지 않은 채 말했다.

"죄송합니다. 거듭 실례의 말씀이 되겠습니다만, 여자를 상대로 하는 그런 사냥 비슷한 게임을 해 보신 적 없으십니까? 친구분들하고 같이."

그는 순간 알릴락 말락 표정이 약간 일그러졌으나 곧 성난 표정을 지으며 말했다.

"고분고분 응해 주니까 좀 심하게 나오시는구려. 도대체 무슨 얘기를 하자는 거요?"

경식은 부드러운 표정으로 말했다.

"기분이 언짢으셨다면 용서하십시오. 하지만 조금 전에 여자를 유혹하는 데도 스릴이 있으면 한결 재미가 더하다고 하지 않으셨습니까. 채나영 씨 얘기를 하시면서 말입니다. 전 그런 의미에서 말하자면 스릴이나 모험심을 좀 더 적극적으로 추구하는 방법의 하나로서 그런 방법도 있지 않겠는가 하고 여쭤본 겁니다."

"그런데 당신 질문하는 태도는 그런 게 아니었소. 마치 과거에 그런 일이 있지 않았느냐고 추궁하는 듯한 태도 아니었소?"

"그럴 리가 있겠습니까. 추궁을 하다니요. 혹시나 하고 여쭤본 것뿐이죠. 혹시 그런 일이 있었다면……."

"그런 일이 있었다면 어떻다는 거요?"

"아, 만일에 그런 일이 있었다면 최근 일련의 사건에 대한 설명이 혹시 가능하지 않을까 하는 생각을 해 본 것뿐이죠."

"뭐요?"

경식은 그때 어조를 바꾸어 말했다.

"저희를 좀 도와주십시오."

김광배는 무슨 딴 얘기냐는 듯한 표정으로 경식을 쳐다보았다. 경식은 덧붙였다.

"저희를 도와주셔야만 사건이 하루라도 빨리 해결되지 않겠습니까. 실은 오늘 최명곤 씨가 헛소리를 했다는 보고를 받았습니다."

"헛소리?"

"네, 의식불명 상태에서 내는 소리 말입니다."

"그게 어쨌다는 거요?"

"최명곤 씨가 한 헛소리 중에 '사냥'이란 말이 들어 있었습니다."

"!"

그는 순간 얼굴빛이 변했다. 그리고 이번에는 얼른 그것을 감추지 못했다. 그러나 그는 곧 애써 태연한 표정을 지으려고 했다.

"……명곤이가 헛소리를 하는 중에 '사냥'이라는 말을 했다……. 그런데 그게 어쨌다는 거요?"

"헛소리란 흔히 의식의 심층을 지배하던 어떤 억눌렸던 관념이 무의식중에 튀어나오는 거라고 하지 않습니까?"

"그래서?"

"그러니까 '사냥'이라는 말이 최명곤 씨에겐 매우 중요한 어떤 경험을 반영한다고도 볼 수 있지 않겠습니까."

"글쎄……. 그렇게 볼 수 있다고 치고. 그런데?"

"제가 생각해 본 건 거기까집니다."

"무슨 얘기요, 지금?"

"좀 도와주십사 하는 얘깁니다. 그 '사냥'이라는 말을 어떻게 해석하는 것이 좋을까요? 조금 전 김 상무님께서 대답해 주신 대로라면 짐작건대 최명곤 씨도 직접 사냥 같은 걸 해 본 경험은 없을 것 같은데요."

"난 명곤이가 사냥을 해 본 경험이 없다곤 하지 않았소. 우리가 같이 해 본 적이 없다고 했을 뿐이오. 명곤이가 사냥을 혼자서 해 봤는지 안 해 봤는진 난 잘 모르겠소."

"다섯 분이 모두 B고 동기동창이셨다는 걸 알고 있습니다. 그중에서도 아주 가까운. 그런데 만일 최명곤 씨가 사냥을 하셨다면 그걸 김 상무님께서 모르시겠습니까."

"혼자서 했다면 그걸 내가 어떻게 알겠소."

"물론 모르실 수도 있겠죠. 하지만 알게 될 가능성이 많지 않겠습니까. 가령 혼자서 사냥을 하고 왔더라도 자랑을 한다든지……. 사냥을 한다는 게 친구분들한테 비밀이 될 것도 없을 테고 말입니다."

"……."

"결국 김 상무님께서 모르고 계셨다는 건 최명곤 씨도 사냥을 해본 적은 없다는 얘기나 다름없지 않겠습니까."

"그래서, 그 얘기의 골자는 뭐요?"

"사냥을 해 본 경험이 없는 사람의 입에서 나온 '사냥'이라는 헛소리의 의미를 어떻게 해석하는 것이 좋겠느냐는 겁니다. 저희로서는 사소한 말 하나라도 주의를 기울이지 않으면 안 될 입장이거든요."

"그래, 날더러 명곤이가 했다는 그 헛소리의 의미를 해석해 달란 말이오?"

"도와주십사 하는 겁니다. 친구분이시니까 저희보다는 잘 아시지 않겠습니까."

"모르겠소, 난."

"여자를 '사냥'했다면 얘기는 순조롭게 풀려 나가는데……."

경식은 혼잣소리 비슷이 중얼거렸다.

그러며 재빨리 김광배의 표정을 살폈다. 김광배는 순간 무엇엔가 분명 찔린 듯한 표정을 감추지 못했다. 그러나 그는 곧 성난 목소리로 말했다.

"뭐요? 당신 아까부터 자주 엉뚱한 소릴 하고 있는데 도대체 하고 싶은 얘기가 뭐요?"

"아, 노하셨다면 용서하십시오. 전 다만……."

"다만, 뭐요?"

"빈곤한 상상력으로 한 가정을 세워 봤을 뿐입니다."

"가정?"

"네, 만일 그 '사냥'이라는 말이 본래 쓰이는 의미와는 다른 뜻으로, 이를테면 여자를 '사냥'한다는 뜻으로 쓰였다든지 할 경우엔 최근 일련의 사건에 대한 설명이 뜻밖에 아주 순조로울 수도 있지 않을까 하는 가정을 잠깐 세워 봤죠. 전혀 터무니없는 가정일까요?"

그는 잠시 경식의 두 눈을 잠자코 노려보았다. 그리고 나서 천천히 말했다.

"제발 그만 좀 해 두시오. 무슨 억측을 하고 있는 모양인데 당신이 생각하고 있는 그런 일은 없었소. 알겠소?"

"그러면 최명곤 씨의 그 '사냥'이라는 헛소리는 무슨 뜻일까요?"

"그야 난들 어떻게 알겠소."

"전혀 짐작 가는 구석도 없으십니까?"

"없소."

경식은 잠시 고개를 숙였다가 쳐들며 말했다.

"한 번 더 부탁드리겠습니다. 저희를 좀 도와주십시오."

"이 이상 뭘 더 어떻게 도와 달라는 거요?"

"사실대로 말씀해 주십시오."

"뭐라구?"

"사실대로 말씀해 주셔야만 더 이상의 희생을 막을 수가 있습니다. 그리고 공무 중인 경찰관에게는 사실대로 말씀해 주실 의무가 있으십니다."

"내가 지금까지 그럼 거짓말을 했단 말이오?"

"용서하십시오. 제겐 뭔지 숨기는 게 있으신 것같이 생각됩니다."

"뭐라구?"

"하지만 그걸 추궁하는 게 아닙니다. 다만 더 이상의 희생을 막기 위해선, 그리고 사건을 하루라도 빨리 해결하기 위해선 사실대로 말씀해 주시는 일이 필요하다는 걸 말씀드리고 싶은 것뿐입니다. 제겐 사실대로 말씀해 주실 것을 요구할 권리가 있습니다."

"당신 정말? 날 화나게 하겠소?"

"화가 나시게 할 의도는 전혀 없습니다. 하지만 분명히 말씀드릴 수 있는 건 화를 내실 일이 아니라 더 이상의 희생을 막기 위해서도 저희한테 모든 걸 사실대로 말씀해 주셔야 한다는 점입니다. 그리고 그건 빠르면 빠를수록 좋습니다. 작은 사실을 감추려다가 더 큰 불행을 자초할 수도 있습니다."

"가만, 당신 지금 내가 누군지 알고 하는 소리요?"

"무슨 말씀이십니까?"

"내가 누군지 알고 하는 소리냐구. 난 필요하다면 당신 같은 무례한 사람이 다시는 내 앞에 나타나서 엉터리없는 수작을 하지 못하도록 얼마든지 손을 쓸 수도 있는 사람이야. 알겠어?"

"아, 그러실 수도 있겠죠. 하지만 그런다고 해서 사실을 끝내 숨기실 수 있다고 생각하신다면 그건 오해십니다."

경식은 똑바로 그를 쳐다보며 말했다. 그는 잠시 경식을 노려보고 나서 무슨 생각을 했는지 표정을 누그러뜨리며 말했다.

"……미안하오. 내가 좀 지나친 말을 한 것 같소. 하지만 날더러 자꾸 사실대로 얘길 하라니 도대체 뭘 사실대로 얘기하라는 거요? 난 모두 솔직히 대답을 했는데, 그런 식으로 자꾸 내가 뭘 숨기고나 있는 것처럼 나오니 나도 화가 나는 게 무리는 아니잖소."

"죄송합니다. 제가 좀 무리한 말씀을 드렸는지도 모르겠습니다. 하지만 제 충정을 이해해 주십시오. 더 이상의 희생을 막고 하루라도 빨리 사건을 해결하기 위해선 김 상무님의 협조가 절대적으로 필요하다는 생각에서 이러는 겁니다."

"뜻은 알겠소. 하지만 나로선 더 이상 도울 게 없으니 어쩌겠소."

"알겠습니다. 안타깝군요. 전 오늘 무언가 도움 될 말씀을 들을 수 있으리라고 생각했습니다만."

"미안하오. 난들 왜 돕고 싶지 않겠소. 하지만 도우려 해도 더 이상 도울 게 없으니 어쩌겠소."

"'사냥'이라는 말에 대해서 정말 생각나시는 게 전혀 없으십니까?"

"글쎄, 그런 게 있었으면 좋겠소. 그런데 불행히도 생각나는 게 전혀 없소."

"할 수 없군요. 그 문제는 최명곤 씨가 의식을 완전히 회복할 때까지 기다리는 도리밖에."

"그럴 수밖에 없겠소."

"실례를 무릅쓰고 그럼 한 가지만 더 여쭙겠습니다. 친구분들의 연쇄 피살사건에 대해 무언가 짚이는 사실도 전혀 없으십니까?"

"그런 게 있다면 묻기 전에 내가 자진해서 말했을 거요. 반 형사라고 하셨지, 반 형사라면 안 그랬겠소?"

"글쎄요. 저라면 만일 저나 제 친구들의 어떤 과오와 관계가 있는 경운 얘기하길 주저하게 될 것 같은데요."

"뭐요?"

"저라면 말입니다. 하지만 저라면 또 끝내 주저하고 있진 않을 겁니다. 물론 가정이죠."

"그 양반 참 끈질기군. 끝까지 정말 이러기요?"

"언짢으셨다면 용서하십시오. 아무튼 오늘은 여러 가지로 많은 실례를 저질렀습니다."

그리고 경식은 의자에서 일어섰다. 만족할 만하다고는 할 수 없었으나 그만하면 적지 않은 소득이 있었다고 할 수 있었다. 김광배는 무어라고 항의를 하려는 듯한 표정이었으나 경식이 일어서는 모습을 보자 그것을 슬며시 누르는 표정이 되었다.

"가시겠소?"

"네, 오늘은 이만 물러가겠습니다. 다시 찾아뵙거나 연락드리겠습니다만 그 사이라도 혹 생각이 바뀌시면 저희한테 연락을 해 주십시오."

"끝까지 미련을 버리지 못하시는구만. 아무튼 알겠소. 그럼 잘 가시오."

"네, 안녕히 계십시오." 경식은 정중히 인사한 뒤 그의 방에서 물러나왔다. 그리고 R건설 빌딩을 빠져나오면서 그는 생각했다. 최명곤이 혼수상태에서 내뱉었다는 '사냥'이라는 헛소리는 분명히 사건의 핵심 부근에 닿아 있다. 그리고 거기에는 여자가 개재되어 있음이 거의 틀림없다. 그것은 김광배의 반응으로 미루어 보아 거의 확실한 심증을 가질 수 있다. 문제는 그 구체적인 실상(實相)에 있다. 그러나 그것은 조급히 군다고 밝혀질 일은 아니다. 결코 한가하다곤 할 수 없지만 그것을 밝혀내기 위해선 인내심이 필요할 것이다. 우선 최명곤의 조속한 회복을 기대해 볼 일이다. 그리고 김광배는 내일쯤 다시한번 찾아와 볼 일이다.

경식은 발걸음을 A병원 쪽으로 향했다. 최명곤의 용태를 직접 한번 보아 두고 싶었기 때문이다. 경식이 병원에 도착하자 간호사실에서 간호사들과 무언지 농담을 주고받던 박 형사가 다소 겸연쩍은 표정을 지으며 그를 맞이했다.

"아, 웬일이십니까?"

경식은 빙그레 웃으며 말했다.

"그렇게 어색해할 것 없어, 이 사람아. 지나가는 길에 잠깐 들러 봤을 뿐이야. 그건 그렇고 환자는 어때?"

"그저 그 모양인데요. 조금씩 의식을 회복했다가 다시 혼수상태로 들어가구."

"또 무슨 헛소리 같은 건 한 거 없구?"

"아까 그 두 마디 외엔 없는데요."

"의사는 뭐래? 회복할 가망이 보인데?"

"네, 이제 한 고빈 넘겼다구. 상당히 희망적이라고 하더군요."

"의식이 완전히 회복되려면 얼마나 걸릴지도 혹시 물어봤어?"

"네, 그건 아직 장담할 수는 없지만 이 상태로 나가면 이삼일 앞으로 의사표시 정도는 할 수 있게 될 거라는데요."

"음……. 병실에 지금 누가 있나?"

"부인이 지키고 있을 겁니다."

"한번 가 볼까?"

"그러시죠."

경식은 곧 박 형사와 함께 최명곤이 입원하고 있는 특실 쪽으로 향했다. 최명곤은 눈과 입술을 제외한 얼굴 전체를 붕대로 싸 감은 채, 침대 위에 누워 혼수상태에 빠져 있는 듯했고 침대 옆 의자에 앉아 있던 그의 부인이 경식들을 보자 목례를 보내며 조용히 일어섰다. 경식은 위로의 말과 함께 환자가 하루속히 회복기를 바란다는 말을 한 뒤, 문득 지나가는 얘기처럼 물었다.

"저 부군께서 혹시 사냥 같은 걸 평소에 좋아하셨나요?"

최명곤의 부인은 고개를 저었다.

"아뇨. 사냥을 간 적은 없어요."

"아, 네……. 혹시 결혼 전에는 그런 취미가 없으셨을까요?"

"그런 취미 있었다는 얘기 못 들었어요. 왜 그러시죠?"

"아, 아닙니다. 평소에 스포츠를 좋아하시는 것 같아서 혹시 사냥도 좋아하셨나 하고 그냥 여쭤본 것뿐입니다."

"스포츠는 좋아했어요. 하지만 사냥을 간 적은 없어요."

"네, 알겠습니다. 별다른 뜻이 있는 건 아니고 그저 혹시나 해서 여쭤본 것뿐입니다."

경식은 자신의 생각에 이제 확신을 가져도 좋다고 생각했다. 역시 최명곤은 사냥 경험이 전혀 없음에 분명하구나. 그는 비교적 만족한 기분으로 병원을 나설 수 있었다. 그런데 그가 다시 수사본부로 돌아왔을 때 그곳에는 뜻밖의 인물이 그를 기다리고 있었다. 그가 마악 정문을 지나 현관 쪽으로 들어설 즈음이었다. 수부에서 무언가 묻고 있던 자세의 뒷모습이 어딘가 낯익어 보이는 여자 하나가 문득 이쪽으로 고개를 돌렸다.

"어머, 반 형사님." 채나영이었다.

"아, 웬일이십니까."

하고 경식은 다소 놀란 표정으로 그녀 앞에 멈춰 섰다. 그녀가 그곳에 와 있다는 것은 실로 뜻밖의 일이 아닐 수 없었다. 그녀는 생글생글 웃으며 말했다.

"반 형사님 좀 뵈러 왔죠, 뭐. 지금 마악 여쭤보던 중인데 마침 오시네요."

"아, 그럼 절 만나러 오신 겁니까?"

"왜, 전 반 형사님 좀 뵈러 오면 못 쓰나요?"

"천만에, 그럴 리가 있습니까. 아무튼 그럼 어서 오십시오. 혹시 제게 무슨 하실 말씀이라도?"

"아뇨, 그냥 한번 만나 뵙고 싶어서요. 저 차 한잔 사 주시겠어요?"

"아, 네, 좋습니다. 그럼 나가시죠."

그녀는 경식을 따라 현관을 나서며 물었다.

"놀라셨죠?"

"네, 뭐 놀랐다기보다 약간 뜻밖이라고 할까요."

"재미있어라."

"재미있다뇨?"

"형사님을 놀라게 해 드렸으니 얼마나 재미있어요."

"하하, 그렇습니까?"

"궁금하시죠?"

"네?"

"이 여자가 뭐 때문에 나를 찾아왔을까, 하고."

"하하, 글쎄요."

"하지만 기대는 하지 마세요. 전 그냥 차 한잔 얻어 마시고 싶어서 온 것뿐이니까요."

"아무튼 영광입니다. 저한테 차를 다 얻어 마시고 싶으셨다니."

"언제든 차 한잔 꼭 얻어 마셔야지 하고 생각했었어요."

"아, 그러셨습니까? 전 이거 뭐가 뭔지 어리둥절하기만 합니다."

"반 형사님은, 여자가 차 한잔 얻어 마시고 싶은 생각이 드는 분이세요."

"어이구, 이런."

"그래도 속으론 여전히 궁금하시죠? 이 여자가 무슨 꿍꿍이속으로 이러는 걸까 하고."

"하하, 글쎄요."

"뭔가 할 얘기를 가지고 왔으면서 이러지 싶으시죠?"

"방금 차 한잔 얻어 마시고 싶으셔서 오신 것뿐이라고 하셨지 않습니까."

"네, 그래요. 그뿐예요. 그러니까 다른 기대는 하지 마세요."

"자꾸 그러시니까 오히려 은근히 기대가 되는데요."

"그럼 실망하실 거예요."

"하하, 그럴까요."

그때 그들은 다방 근처에 이르러 있었다. 그들은 다방으로 들어가 테이블 하나를 사이하고 마주 앉았다. 경식이 레지를 불러 차를 주문했다. 그리고 그녀에게 물었다.

"이 근처를 지나가시던 길인가 보죠?"

그녀는 생글생글 웃으며 고개를 저었다.

"아뇨. 집에서부터 일부러 왔어요. 반 형사님 차 한잔 얻어 마시기 위해서요."

경식은 짐짓 고개를 숙여 보이며 말했다.

"아무튼 감사합니다. 경찰관이라면 대개 기피하는 경향이 있는데 이렇게 일부러 찾아와 주기까지 하셔서."

채나영은 여전히 생글생글 웃었다.

"제가 중학교 다닐 때 소원이 무엇이었는지 아세요? 이다음에 커서 형사한테 시집가게 해 달라는 거였어요."

"네? 그건 좀 엉뚱한 소원이었는데요."

"그때로선 조금도 엉뚱한 소원이 아니었어요. 그때 우리 옆집 아저씨가 형사였거든요. 너무너무 멋지게 생긴 미남이었어요. 지금 생각해 보면 어린 계집애로서 조금 엉뚱한 생각이긴 했지만."

"아, 그러니까 남몰래 그 옆집 아저씨를 흠모하셨군요."

"그런데 그 옆집 아저씨가 얼마 안 있다 결혼했지 뭐예요. 얼마나 약이 오르던지. 두고 봐라. 난 나중에 더 멋진 형사하고 꼭 결혼을 하고 말 테다, 하고 결심했었죠."

"하하, 그러셨군요."

"그런데 그 옆집 아저씨가 꼭 지금 반 형사님 비슷하게 생겼었어요."

"어이구, 이런, 그럼 절 미워하시겠군요."

"그 반대죠. 어렸을 때 그 약 올랐던 감정이, 지금 생각해 보면 미움은 아니었거든요. 처음 반 형사님을 봤을 때 속으로 전 깜짝 놀랐어요. 그때 그 옆집 아저씨가 나타난 줄 알구요. 금방 착각이라는 걸 알았지만 전 실은 그때부터 반 형사님한테 차 한잔 사 달라고 조를 기회만 기다렸던 거예요."

"하하, 이거 몸 둘 바를 모르겠습니다."

그때 차가 날라져 왔다. 경식은 그녀에게 차를 권하고 자신도 설탕을 조금 넣어 찻잔을 저으며 물었다.

"그런데 오늘은 비교적 한가하신 날인가 보죠?"

그녀는 순간 무언가 딴생각을 하고 있었던 듯 아둔한 표정을 잠깐 짓고 나서 대답했다.

"네? 아, 네. 오늘은 다행히 아무 스케줄도 없는 날이었어요. 그래서 벼르던 일을 실행에 옮기기로 했죠."

"벼르던 일이라는 건……."

"반 형사님한테 차 사 달라고 조르는 일 말예요."

"아, 네……."

그녀는 다시 생글생글 웃기 시작했다.

"왜 실망하셨나요? 혹시 무슨 딴 얘기라도 나올까 기대하셨다가."

"글쎄요, 여지껏 말씀하신 건 모두 농담이실 테고 절 만나러 오신 뜻이 있으시겠죠."

"어머, 절 순 거짓말쟁이로 아시나 보죠?"

"그럴 리야 있겠습니까만."

"하긴 차 한잔 얻어 마시려고 온 것만은 아녜요. 정말은……."

"?"

"이왕이면 술도 한잔 사 달라고 조를 생각이었어요."

"하하, 절 놀리시는군요."

"그렇게 생각하세요? 그럼 그만두죠, 뭐."

그녀는 짐짓 새침한 표정을 짓고 나서 홀리는 말처럼 덧붙였다.

"너무 노랑이시다. 차 한잔 달랑 사 주고 나서 귀중한 정보를 들으려고 하시는 건."

경식은 내심 긴장을 느끼며, 그러나 짐짓 머리를 긁적이는 시늉을 하며 말했다.

"아, 이거 제가 너무 고지식해 놔서. 그럼 자리를 옮기실까요?"

그리고 의향을 묻듯 부드러운 시선으로 그녀의 표정을 살폈다. 그녀는 다시 생글생글 웃기 시작했다.

"정보라고 하니까 귀가 번쩍하시나 보죠? 하지만 술집으로 자릴 옮기기엔 시간이 아직 이르잖아요."

"글쎄요. 약간 이르긴 하지만 그렇다고 못 옮길 건 없겠죠."

"그런데 술집으로 옮겨서 저 술까지 사 주신 뒤에 제 정보가 만일 대단치 않다는 게 드러났을 땐 어떡하시죠?"

"하하, 그땐 술값 물어내시라고 하면 되겠죠."

"어머, 역시 노랑이시다. 저 그럼 술 안 얻어먹을래요."

"정보도 안 주시구요?"

"물론이죠."

"하하, 좋습니다. 제가 그냥 아무 조건 없이 한잔 사 드리죠."

"정말이세요?"

"아, 물론이죠."

"전 그런데 비싼 술 아님 안 마시는데 어떡하죠? 비싼 술 사 주실 돈 있으세요?"

"어이구 그럼 야단났는데요. 전 겨우 맥주 두어 병 값밖에 없어서."

"그러실 줄 알았어요. 역시 제가 과분한 욕심을 부렸나 보군요."

"이거, 부끄럽기 짝이 없습니다."

"아녜요, 그 솔직한 점이 또 반 형사님의 매력이기도 하세요. 형사님들의 월급이 그렇게 넉넉하지 못하다는 건 저도 아는데요. 뭐, 좋아요. 그럼 맥주로 한 잔만 사 주세요."

"괜찮으시겠습니까?"

"네, 괜찮아요. 반 형사님하고 함께이기만 하면, 그리고 봐서 이차는 제가 사면 되죠, 뭐."

"그럴 수야 있나요."

"왜요, 전 반 형사님한테 술 한잔 사 드리면 안 되나요. 자, 아무튼 나가세요."

그들은 일어서서 다방을 나왔다. 그리고 자리를 맥줏집으로 옮겨, 맥주 한 잔씩을 서로 비우고 났을 때, 그녀가 꺼낸 소리는 실로 엉뚱한 소리였다.

"반 형사님 애인 있으세요?"

"네? 아, 네, 있습니다."

"어마, 정말이세요?"

"하하, 형사라고 애인도 없으란 법 있습니까."

"어마, 실망이 크네요."

"저런, 어째서죠?"

"애인이 없으시다면 유혹을 좀 해 보려고 했는데."

"하하, 농담이시겠죠."

"농담 같으세요?"

"하하, 농담이 아니고 그럼 뭐겠습니까."

"난 농담이 아니었는데. 하지만 하는 수 없죠, 뭐. 애인이 있으시다니까. 그 대신 귀한 정보 하나를 가르쳐 드리죠."

경식은 내심의 긴장을 감추며 물었다.

"하하, 무슨 정본데 그러십니까?"

"이건 정말 농담이 아녜요. 반 형사님을 유혹하려다 못한 여자가 드리는 선물이라고 생각하세요. 그 대신 비밀은 절대 지켜 주셔야 해요."

경식은 진지한 표정으로 고개를 끄덕였다.

"아, 그야 물론이죠."

그녀는 잠시 경식의 얼굴을 말끄러미 쳐다보고 나서 말했다.

"반 형사님을 믿고 말씀드리겠어요. 제가 얘기했다는 거 절대 비밀로 해 주신다는 보장 아래서요."

"네, 약속하겠습니다. 안심하고 말씀하십시오."

"……저, 이번 사건의 동기가 어디 있다고 생각하세요? 상철 씨랑 영일 씨랑 용기 씨가 연달아 피살당한 사건 말예요."

"글쎄요, 그걸 아직……."

"모르시죠?"

"네, 솔직히 말씀드려서 아직 갈팡질팡하고 있습니다. 저희가 워낙 무능한 탓이겠지만."

"……절대 비밀을 지켜 주셔야 해요?"

"아, 그건 방금 약속드리지 않았습니까."

"……광배 씨가 모든 걸 잘 알고 있어요."

"네? 김광배 씨가?"

"네, 틀림없어요."

"네……. 그런데 그걸 어떻게 아시죠?"

"제가 이번에 광배 씨랑 부산 여행하고 온 거 알고 계시죠? 미행까지 시키셨으니까."

"아, 알고 계셨군요. 죄송하게 됐습니다."

"광배 씨가 귀띔해 줘서 알았어요."

"그러셨군요."

"광배 씬 모든 걸 알고 있는 태도였어요. 특히 용기 씨가 피살됐다는 뉴스를 보고 난 뒤의 태도는 모든 걸 다 알고 있는 태도였어요. 범인이 누군지까지 알고 있는진 잘 모르지만, 상철 씨랑 영일 씨랑 용기 씨가 왜 살해를 당했는지는 알고 있는 태도임에 틀림없었어요. 심지어 이런 말까지 했으니까요. 광배 씨 자기 차례가 가까워 오고 있다구요."

"네……. 분명히 그런 말까지 했습니까?"

"네, 농담 비슷이 그랬지만 분명히 농담만은 아니었어요."

"네……."

"이런 말도 했구요. 오늘 밤은 경찰이 지켜 주고 있으니까 안심이라는."

"음……, 그렇다면 분명 무언가 알고 있는 사실이 있음에 틀림없군요."

"마치 무슨 죄를 짓고 나서 그 죄에 대한 벌을 두려워하고 있는 것 같았어요. 떳떳이 죽음을 거부할 입장이 못 된다고 하던가, 뭐 그 비슷한 말도 했구요."

그녀의 이야기는, 경식이 '사냥'이란 최명곤의 헛소리에 대해서 추리해 본 내용과 비슷하게 맞아떨어지고 있었다. 아니, 그것을 오히려 보충해 주고 있는 느낌이라고 할까. 무언가 보다 확실한 윤곽이 잡히는 것 같았다. 그러나 알 수 없는 노릇은, 그녀가 무엇 때문에 일부러 찾아와서 그런 얘기를 들려주는가 하는 그 이유였다. 분명 어떤 속셈이 있을 터이었다. 경식은 진지한 표정으로 말했다.

"대단히 중요한 말씀을 해 주셨습니다. 정말 무어라고 감사의 말씀을 드려야 할지 모르겠습니다. 대접도 이렇게 변변치 못했는데."

그러자 그녀는 조심스레 물었다.

"제가 이런 얘기 했다고 해서 광배 씨한테 무슨 피해가 가는 건 아니겠죠? 전 순전히 반 형사님을 도와드리고 싶고. 광배 씨도 결과적으론 돕는 뜻에서 얘기한 건데."

경식은 그제야 어렴풋이 그녀의 속셈을 알아차릴 것 같았다. 겉으로 그녀는 김광배를 걱정하는 눈치를 보이고 있지만 속셈은 그 반대가 아닐까 하는 생각이 스쳐 갔던 것이다. 무언가 그를 궁지에 빠뜨릴 필요가 생겼는지 모른다. 그것이 무엇인지는 분명치 않지만. 그렇지 않다면 그녀가 일부러 찾아와서 그런 얘기를 들려주는 이유를 발견하기 어렵다. 경식 자신을 돕고 싶다는 얘기나 김광배를 결과적으론 돕는 뜻에서라는 얘기는 사건을 하루빨리 해결하게 하여 김광배 그만은 불행에서 모면하게 해 주고 싶다는 뜻이겠지만 그것은 자신의 속셈을 감추기 위한 위장 내지는 분식일 수 있다. 그녀의 교활성으로 미루어 충분히 가능한 일이다. 그렇다면 무엇 때문에? 무엇이 그녀로 하여금 김광배를 궁지에 빠뜨릴 필요성을 느끼게 한 것일까? 그녀는 분명 김광배 그가 어떤 죄를 짓고 그 죄에 대한 벌을 두려워하고 있는 것 같았다고 하지 않는가. 그것은 경식으로 하여금 김광배의 그 죄에 대해 추궁해 보게 하려는 은밀한 암시로도 받아들일 수 있다.

그러나 물론 아직 단정은 이르다. 그녀가, 아직 알 수 없는 어떤 이유로 김광배를 배신할 가능성은 있고, 똑같은 이유로 그를 궁지에 빠뜨리게 하기 위한 위계(僞計)를 사용할 가능성은 배제할 수 없으나 그것은 어디까지나 아직 추측의 범위를 벗어나지 못한다. 일단 그러한 의심을 가져 볼 수 있을 뿐이다. 경식은 짐짓 너그러운 표정으로 말했다.

"말씀하시는 뜻 충분히 알겠습니다. 그 점은 염려 마십시오. 가능한 한 김광배 씨에게는 직접 괴로움을 끼쳐 드리지 않는 방법으로 조사를 해 보겠습니다."

그러며 그는 재빨리 그녀의 표정을 살폈다. 그녀의 얼굴에는 순간 알릴락 말락 실망의 빛이 스쳐 가는 듯했으나 너무나 순간적이고 미미한 움직임에 지나지 않았으므로 확실한 표정을 읽었다고는 할 수 없었다. 게다가 그녀는 곧 맑은 표정으로 대꾸했다.

"네, 그렇게 좀 해 주세요. 광배 씰 돕는다는 뜻이 광배 씰 괴롭히는 결과가 되면 곤란하니까요. 사실 전 상당한 용기를 낸 셈예요. 자칫하면 이건 광배 씨를 배신하는 것으로 오해받을 수도 있으니까요."

"아, 네, 잘 알겠습니다. 아무튼 오늘 정말 뭐라고 감사의 말씀을 드려야 할지 모르겠습니다."

경식은, 그 문제는 일단 그 정도로 덮어 두는 수밖에 없다고 생각했다. 무언가 속셈이 따로 있어 보이긴 하지만 현재로서 그것은 작은 문제라고 할 수 있었다. 보다 중요한 것은, 그녀의 증언으로 말미암아 그가 최명곤의 '사냥'이란 헛소리에 대해 추리해 본 내용이 한결 그 개연성을 보장받게 되었다는 사실이었다. 그것만으로 그녀가 찾아와 준 일은 고맙기 짝이 없는 일이었다.

맥줏집에서 나와, 그녀와 헤어져 수사본부로 돌아오면서 경식은 사건을 둘러싸고 있는 안개가 한 꺼풀씩 착실히 벗겨져 나가는 느낌을 맛보았다. 무언가 거의 손에 잡힐 듯한 느낌이었다. 적어도, 사건의 윤곽만은.

그런데 바로 그날 밤, 실로 예기치 못한 사건이 또 일어났다. 밤 10시 반쯤이었다. 수사본부로 박 형사의 전화가 걸려 왔다. 경식이 전화를 받았을 때 박 형사는 다급한 목소리로 외쳐 댔다.

"큰일 났습니다. 최명곤 씨가 살해를 당했습니다."

"뭐라구?"

"어떻게 된 건진 저도 잘 모르겠습니다. 부인이 화장실에 다녀와 보니 남편이 이상하더라는 겁니다. 자세는 그대론데 눈을 부릅뜨고 있고, 숨을 쉬는 것 같지가 않아서 가까이 귀를 대 보니 숨소리가 들리지 않더랍니다. 연락을 받고 당직의사가 뛰어가고 저도 뛰어갔습니다만 최명곤 씬 이미 죽어 있었습니다. 당직의사의 얘기가 질식사인 것 같다는 거였습니다."

"그럼 누가 병실로 잠입해서 질식사시켰다는 얘기야?"

"그런 것 같습니다."

"그런 것 같다는 얘기가 무슨 얘기야? 자넨 그럼 어디 있었어?"

"전 간호사실에 잠깐……."

"뭐라구?"

"죄송합니다."

"누구 수상한 사람을 본 목격자는 없고?"

"그건 아직 확인하지 못했습니다."

"알았어, 금방 나갈 테니까 현장 아무도 건드리지 못하게 하라구."

"네, 알겠습니다."

경식은 곧, 아직 퇴근하지 못하고 있는 계장에게 보고를 한 뒤 감식반에 연락을 취했다. 그리고 마악 A병원을 향해 출발하려는 즈음이었다. 박 형사로부터 다시 전화가 걸려 왔다.

"저 아간, 엉겁결에 발견하지 못했는데 피살자의 침대 밑에서 쪽지 하나가 발견됐습니다. 범인이 남긴 것 같습니다."

"뭐라구? 어디 한번 읽어 봐."

"네, 이런 내용입니다. '반경식 형사 귀하. 이것으로 나의 네 번째 일이 수행되었음을 알려 드립니다. 실은 이번 일에 한해서는 나의 수고가 필요치 않게 될 가능성도 있었으나 그리고, 그렇게 되기를 나도 바랐으나 기대가 깨어져 버려 부득이 수고를 하지 않으면 안 되었습니다. 역시 나의 일을 하늘이 대신해 주진 않는다는 걸 다시 한번 확인한 셈입니다. 이제 막 회복되어 가는 환자를 해친다는 건 다소 잔인한 느낌도 없지 않았습니다만 나의 일을 하루빨리 마무리 짓기 위해서는 어쩔 도리가 없었습니다. 이제 나의 일은 얼마 남지 않았습니다. 귀하와 내가 만날 날도 따라서 더욱 가까워졌다고 할 수 있겠지요. 그때까지 서로 건강하기를 빕시다. 정직한 시민.'"

"음, 역시 왼손 글씨야?"

"네, 왼손 글씨 같습니다."

"알았어. 금방 갈 테니까 현장 잘 지키고 있으라구."

송수화기를 내려놓고 경식은 어금니를 깨물었다. 도대체 어떤 자식이란 말인가. 도대체 어떤 자식이 이런 대담무쌍한 짓을 계속하고 있단 말인가. 그러나 한가한 생각을 하고 있을 겨를은 없었다. 한시 바삐 현장으로 달려가 봐야 한다. 교활한 범인이 쪽지 이외의 다른 단서를 남겼을 린 없지만 어쨌든 현장을 확인해야 한다. 어쩌면 이번엔 장소가 장소이니만치 범인을 목격한 사람이 있을지도 모른다. 병원이란 결코 사람이 적은 장소가 아니잖은가.

경식들은 서둘러 현장을 향해 출발했다. 그러나 그들은 현장에 도착해서도 더 이상의 아무런 단서도 발견하지 못했다. 범인이 남긴 유일한 단서는 문제의 그 쪽지 한 장뿐이었다. 그 밖에 범인이 남긴 흔적이라고 인정할 만한 것은 지문을 포함하여 아무것도 없었다. 그리고 경식이 기대했던 목격자도 나와 주지 않았다. 피살자의 병실 부근이나 복도 등에서 거동이 수상해 보이는 자를 목격한 사람이 있는지 찾아보았으나 그런 사람은 나타나 주지 않았다. 병원이란 그러고 보면 일정하게 낯익은 사람들만 오는 곳이 아니었다. 환자나 환자를 면회 오는 사람들 대부분이 서로 생면부지의 사람들이라 할 수 있었고,

따라서 그곳에서 처음 보는 사람이라 할지라도 수상쩍게 볼 이유는 없었다. 그것은 간호사나 의사, 기타 병원 종사자들의 입장에서도 마찬가지일 터이었다. 게다가 교활한 범인이, 타인의 눈에 수상쩍게 보일 거동을 취했을 리도 없었다.

다만 사건 발생시간 전후에 병원을 빠져나간 사람에 대한 확인이 가능하다면 얼마간 희망을 가져 볼 수도 있겠으나 엘리베이터걸이나 병원 수위의 증언에 의하면 그것도 불가능하다는 대답이었다. 왜냐하면 정해진 면회시간이 반드시 준수된다고 할 수 없기 때문에 사건 발생시간 전후에도 병원을 드나든 사람의 수가 결코 적지 않았기 때문이라는 것이었다. 그리고 특별히 눈여겨볼 만한 거동을 보인 사람은 없었다는 것이었다.

피살자의 사망원인은 역시 질식사임이 확인되었고, 의사들의 증언으로는 범인이 피살자의 코와 입을 손바닥이나 섬유 따위로 치사시간만큼 틀어막았음에 분명하다는 것이었다. 그것은 피살자의 코와 입 주변에 압박 흔적이 남아 있는 것으로 입증된다는 것이었다. 그리고 피살자는 그 경우에도 아무런 저항을 할 수 없는 상태에 있었을 뿐만 아니라 지극히 쇠약한 상태에 빠져 있었기 때문에 치사시간도 매우 짧았을 것이라는 의견이었다. 그러니까 범인은 피살자의 부인이 화장실에 간 사이에 병실로 침입하여 지극히 간단한 방법으로 범행을 저지른 뒤 도주했다는 결론이었다. 계장이 경식에게 말했다.

"그럼 범인은 이 병실 근처 어디에서 피살자의 부인이 밖으로 나오길 기다리고 있었다는 얘기가 되는군. 병실에 피살자 이외엔 부인 한 사람밖에 없다는 사실도 알고 있었다는 얘기가 되는 거구."

"그렇죠."

"도대체 어디 숨어서 지켜보고 있었을까. 별로 몸을 숨길 만한 장소도 없는 것 같은데. 복도 같은 데서 어슬렁거리고 있었다면 사람들 눈에 쉽사리 띄었을 테구."

"글쎄요. 알 수 없는 일이군요."

"부인한테 한번 물어보지. 병실에서 나올 때 혹시 누구 본 사람 없는지."

"네."

경식은 곧 복도 쪽으로 나왔다. 연락을 받고 달려온 최명곤의 다른 가족들과 함께 그의 부인은 복도 쪽으로 물러 나가 있었던 것이다. 물론 경식들의 요청에 의해서였다. 경식은 거의 사색이 되다시피한 부인에게 정중히 물었다.

"저, 부인, 아까 화장실에 가시기 위해 병실을 나오실 때, 혹시 누구 엇갈리거나 본 사람 없으십니까?"

혼자의 힘으론 거의 서 있기조차 힘에 겨운 듯, 다른 가족들의 부축을 받고 서 있던 부인은 얼른 말귀를 알아듣지 못한 사람처럼 멍하니 경식의 얼굴만 쳐다보았다. 경식은 재차 물었다.

"저, 저흴 좀 도와주셔야겠습니다. 아까 화장실에 가시기 위해 병실에서 나오실 때 혹시 누구 엇갈리거나 본 사람 없으신지요?"

그제야 그녀는 시선에 초점이 약간 모아지며 힘없는 목소리로 대답했다.

"잘…… 모르겠어요. 엇갈린 사람이 있었던 것도 같고 없었던 것도 같고……."

"잘 좀 기억해 봐 주십시오. 지금 마음의 여유가 없으시겠지만 경우에 따라선 아주 중대한 문제가 될 수도 있으니까요. 혹시 부인께서 범인하고 직접 엇갈리셨는지도 모르니까요."

그러자 그녀는 무서움에 떠는 표정이 되었다.

"네? 제가 범인하고?"

"아, 반드시 그렇다는 말씀은 아니구요, 혹시 그랬을 가능성도 없지 않다는 말씀입니다. 그러니 누구 혹시 엇갈리거나 본 사람이 없는지 잘 좀 기억해 봐 주십사 하는 말씀입니다."

"글쎄…… 난 지금 제정신이 아니어서……. 엇갈린 사람이 있었는지 없었는지……."

"찬찬히 기억을 좀 더듬어 봐 주십시오. 이거 아주 무리한 부탁입니다만."

그러자 그녀는 무엇을 곰곰 더듬어 보는 표정이 되었다. 그리고 곧 고개를 조금 갸우뚱해 보이며 말했다.

"네, 확실친 않지만 그러고 보니 누구 엇갈린 사람이 있었던 것 같아요. 앞을 똑바로 쳐다보고 있지 않아서—무슨 딴생각을 하고 있었을 거예요—똑똑히 보진 못했지만 누군가 옆을 스쳐 가는 것 같았어요."

"그 지점이 어디쯤 되는지 기억하실 수 있겠습니까?"

"글쎄요……. 아마 화장실 거진 다 가서였던 것 같아요."

"네……. 그리고 혹시 어떤 복장을 하고 있었는지는?"

"환자복을 입은 환자였던 것 같아요."

"얼굴은 전혀 기억 못 하시겠습니까?"

"얼굴 쪽은 봤다는 느낌이 안 들어요. 그냥 막연히 남자 환자라는 느낌만 있었던 것 같아요."

경식은 실망을 느끼지 않을 수 없었다. 환자라면 사건과는 아무런 상관도 없는 인물이 아니겠는가. 그리고 엇갈렸다는 지점도 애매하지 않은가. 더욱이 얼굴을 기억하지 못하고 있다면 다른 모든 얘기가 아무 소용도 없지 않은가.

그러나 그때 경식의 머리를 때리고 지나간 한 생각이 있었다. 그가 방금 생각한, 환자라면 사건과는 아무런 상관도 없는 인물일 것이라는 생각의 맹점이었다. 범인은 바로 그 맹점을 이용했을 가능성이 있다. 환자복을 입고 환자로 변장했다면 누구도 그를 수상쩍게 볼 사람은 없었을 것이 아닌가. 그렇다면 환자복은? 그는 빠른 걸음으로 간호사실을 향해 달려갔다. 그리고 한 간호사에게 물었다.

"저, 환자복을 따로 넣어 두는 창고나 방 같은 게 있나요?"

"네, 저기 복도 오른쪽 화장실 맞은편에 있어요."

"여길 아무나 들어갈 수 있습니까?"

"네. 원래 담당자가 있어서 환자들에게 가져다주게 돼 있지만 환자나 보호자들이 기다리지 않고 마음대로 들어가서 새것을 꺼내 가는 경우도 종종 있어요."

"아, 그럼 평소에 문이 잠겨 있지 않은 모양이군요?"

"네. 굳이 잠굴 필욘 없으니까요."

"여길 한번 볼 수 있겠습니까?"

"네, 보세요. 이리 오세요."

간호사는 앞장서 간호사실을 나와 복도를 걸어갔다. 그리고 화장실 맞은편의 한 도어 앞에 섰다. '피복실'이라는 자그마한 팻말이 달린 여느 병실이나 똑같은 모양의 도어였다. 간호사는 손잡이를 돌려 도어를 열었다. 그리고 경식을 돌아보며 말했다.

"자, 보세요. 이렇게 돼 있어요."

경식은 도어 안을 들여다보았다. 자그마한 창고 모양의 밀실 같은 곳이었는데 피복 따위를 쌓아 두기 위한 선반이 삼면 벽에 설치되어 있었고 그 선반들 위에는 세탁된 환자복, 침대 시트 따위가 가득가득 쌓여 있었다. 경식은 안으로 들어가 보았다. 어른 두세 명은 충분히 들어와서 움직일 수 있는 공간이었다. 그는 생각했다. '음, 여기서 환자복으로 바꿔 입었을 가능성은 충분하군.'

그러면서 그의 시선은 부지런히 선반의 구석구석으로 움직였다. 찾는 것이 있었기 때문이다. 만약 그의 추측이 옳다면 그래서 범인이 그곳에 들어와 환자복으로 바꿔 입은 것이 사실이라면 범행 후에도 범인은 다시 그곳으로 돌아와 환자복을 벗어 놓았을 가능성이 크기 때문이다. 마침내 그의 시선은 선반의 한쪽 구석에 쌓인 환자복 무더기 중의 하나에 머물렀다. 모두가 깨끗이 세탁되어 차곡차곡 개어져서 쌓여 있는 환자복 무더기의 윗부분에 눈에 띄게 거친 솜씨로 개어진 환자복 하나가 덧놓여져 있는 모습이 발견되었던 것이다. 그것은 분명 누군가가 입었다가 벗어서 아무렇게나 개어 놓은 모양이었다. 경식은 가슴에 동계(動悸)를 느끼며 다가가 그것을 집어 들었다. 그리고 도어 밖에서 궁금한 표정으로 그의 움직임을 바라보고서 있는 간호사를 향해 물었다.

"환자들이 여기 와서 환자복을 갈아입고 가는 경우도 있나요?"

간호사는 영문을 모르겠다는 표정으로 고개를 저었다.'

"아뇨, 그런 경운 없었어요."

"게다가 이건 별로 더러워지지도 않았는데. 한 번 정도 입었다가 벗어 놓은 것 같은데."

"글쎄요, 그런 게 왜 있죠?"

"이상한 겁니까?"

"이상하지 않구요. 여긴 새것 아니면 세탁된 것만 넣어 두는 곳인 걸요."

사정은 이제 분명해진 셈이었다. 경식의 추측대로 범인은 그곳에 들어와 환자복으로 바꿔 입고 피살자의 부인이 병실에서 나오는 순간을 기다려 범행을 저지른 뒤, 다시 그곳에 돌아와 환자복을 벗어 놓고 도주했음이 거의 분명하다고 할 수 있었다. 그리고 그것이 거친 대로나마 개어져서 환자복 무더기 위에 올려놓아져 있음은, 가능한 한 원상태로 해 놓으려는 범인의 의지를 나타내는 것일 터이었다. 경식은 그것을 펴서 대충 크기를 눈어림해 보았다. 조금 큰 치수로 느껴지는 것이었다. 그러나 그는 곧 그것이 소용없는 짓임을 깨달았다. 환자복이란 반드시 그렇게 꼭 맞는 치수로만 입게 되어 있지도 않을 뿐 아니라 범인이 체구에 맞는 치수로 골라 입을 경황까지는 없으리라는 생각이 뒤따랐기 때문이다. 남은 기대는 이제 최명곤의 부인이 좀 더 기억력을 발휘해서 자신과 엇갈렸다는 그 사내 환자의 얼굴을 조금이라도 기억해 줄 수 있느냐 하는 데 달려 있다고 할 수 있었다. 경식은 다시 최명곤의 가족들이 있는 곳으로 왔다. 그리고 최명곤의 부인에게 물었다.

"저, 아까 엇갈리셨다는 그 환자 말입니다. 얼굴을 어떻게 조 금이라도 기억해 내실 수 없으시겠습니까?"

그러나 부인의 대답은 조금 전과 다름이 없었다.

"글쎄, 얼굴 쪽은 쳐다본 것 같지가 않은걸요."

"다시 한번 잘 좀 기억해 봐 주십시오. 어쩌면 그 환자가 범인일 가능성도 있어서 이러는 겁니다."

"네? 그 사람이?"

"아, 물론 확실한 건 아직 아닙니다만 그럴 가능성도 있다는 얘기죠. 어떻게 다시 한번 잘 좀 기억해 봐 주십시오."

그녀는 무서움에 떠는 표정으로 그러나 사고력을 집중해 보려는 노력을 역력히 보인 뒤 다시 힘없이 고개를 저었다.

"……아무리 생각해 봐도 모르겠어요. 얼굴 쪽은 쳐다본 것 같지가 않아요."

"네……. 그럼 체격 같은 것도 혹시 기억이 안 나십니까?"

"모르겠어요. 그냥 막연히 남자 환자라는 느낌만 있었던 것 같아요."

"체격이 좀 뚱뚱한 편이라든지 마른 편이라든지, 혹은 키가 큰 편으로 느껴지셨다든지 하는 정도도 기억 안 나십니까?"

"네, 모르겠어요. 그냥 남자 환자 한 사람하고 엇갈렸다는 생각만 어렴풋이 날 뿐예요."

"네……."

경식은 실망하지 않을 수 없었다. 그렇다면 모든 상황은 다시 원점으로 돌아간 것과 마찬가지였기 때문이다. 범인이 환자로 변장했으리란 점에는 일단 상당한 확신을 가질 수 있었으나 그 얼굴이나 체격을 조금도 기억하지 못하는 한, 결과는 아무것도 얻을 것이 없는 것과 다를 바 없었던 것이다. 경식은 일단 그 사실을 계장에게 보고했다. 보고를 다 듣고 난 계장은 씁쓸한 표정을 지으며 말했다.

"음, 이번에도 우리가 그럼 꼼짝 없이 당한 셈이로군. 도대체 어떤 자식이지?"

"……아무튼 남은 열여섯 명 중의 하나겠죠."

"열여섯 명?"

"스물두 명 가운데서 피살된 남자 다섯 명과 중태에 빠진 여자 한 명을 제외하고 남은 열여섯 명 말입니다. 이상철 씨가 피살되던 날 밤, 피살 시각에 호텔 나이트클럽 플로어에 춤추러 나갔던 스물두 명 가운데서 말입니다."

"참, 그 박수아란 여가수는 어떻게 됐지?"

"여전히 중태인 모양입니다."

"음, 아무튼 그럼 그 열여섯 명 가운데서 여자들을 제외하면 몇 명이 남는 셈인가?”

“여섯 명이죠. 하지만 여자들을 완전히 제외할 수 있을까요?”

경식은 얼핏 채나영을 머릿속에 떠올렸다. 그러나 계장은 대답했다.

“일단 제외해도 좋겠지.”

“네……”

경식은 일단 계장의 말에 반대하지 않았다. 채나영. 다소 마음에 걸리긴 하지만 박용기가 피살되던 날 그녀는 부산에 있었다는 사실이 상기되었기 때문이다. 그러나 그녀에 관해서는 무언가 찜찜한 느낌이 계속 지워지지 않는다. 계장이 다시 혼잣소리 비슷이 말했다.

“여섯 명이라, 여섯 명……. 그중에서 또 두 명은 제외해도 되겠지.”

경식은 물었다.

“누구 말입니까? 김광배 씨와 배수빈 씨 말입니까?”

“음, 이 사건이 만일 우리가 생각하고 있는 대로 동일범의 짓이라면 말야. 그 두 사람은 박용기 씨가 살해되던 날 부산에 있었으니까.”

“그렇군요.”

“그럼 남는 사람은 네 명뿐이라고 할 수 있는데…….”

“거기서 한 명을 더 제외시킬 수 있겠죠.”

“누구 말인가.”

“윤두식이 말입니다. 이상철 씨 피살 당시 관할서에서 용의자로 체포했던.”

“아, 그 친구가 있었지. 그 친구도 일단 제외할 수 있겠군. 그럼 남는 건 누구누구지?"

"용한식이라고 왜 그 권투 선수 있지 않습니까. '오인방'의 후원을 받는. 그 친구하고 박시영이라는 K무역의 경리과장, 김진형이라는 J병원 피부과 의사, 이렇게 세 사람이 남는 거죠."

"음, 그 셋 중의 하나가 결국 범인이라는 결론이 나오는군."

"글쎄요……."

"그 용한식이라는 친구는 어때?"

"글쎄요, 저번 박용기 씨 사건 때 일도 있고 해서 문제가 있긴 합니다만. 확실치 않습니다."

"무슨 애매한 소리야? 좀 더 철저히 조사를 한번 해 봐. 내가 보기엔 그 친구 상당히 가능성이 높아. 오늘 사건만 해도 그 친구라면 능히 병실 사정이랑 알고 있었을 거고 말야. 면회도 한 번쯤 와 봤을 테니까 말야."

"하지만 그 친구라면 아무리 환자복으로 바꿔 입었다고 해도 최명곤 씨 부인이 몰라볼 리가 있겠습니까."

"범인이 꼭 환자복을 입었는지 어쨌는지는 아직 확실한 게 아니잖아. 게다가 부인은 상대방을 숫제 쳐다보지도 않았다잖아. 그리고 얼굴까지 적당히 변장을 했을 수도 있고 말야. 그 정도의 상상력도 없나?"

"네, 알겠습니다."

"나 이거야, 그리고 그 박시영이라는 친구하고 김진형이라는 친구는 어때? 전혀 혐의점이 나타난 게 없어?"

"글쎄요, 한 번씩 만나 보긴 했습니다만 이렇다 할 혐의점은 발견하지 못했습니다."

"그 두 친구도 다시 한번 철저히 조사를 해 봐. 범인은 생각잖은 곳에 있을지도 모르니까."

"네, 알겠습니다."

"용한식이란 친구부터 우선 철저히 캐 보구."

"네."

용한식? 어쩌면 그 친구일지도 모른다. 그러나 무언가 선명한 느낌으로 와닿는 것은 없다. 그것이 수사 경찰로서의 그의 감각이다. 그러나 감각 따위를 믿고 있을 순 없다. 어쨌든 다시 한번 그를 철저히 신문해 볼 일이다. 오늘 밤의 알리바이부터.

경식은 우선 병원의 전화를 빌려 일단 용의선상에 올라 있는 16명 전원에게 전화를 걸었다. 일단 그들 모두의 알리바이를 들어 볼 필요가 있었기 때문이다. 큰 기대를 갖진 않았으나 16명 모두가 제각기 그럴듯한 알리바이를 대고 있었다. 적어도 사건 발생시간 전후에 병원 근처에 있었다는 사람은 한 사람도 없었다. 최명곤이 살해되었다는 이야기에는, 김광배와 채나영 그리고 배수빈과 용한식이 특히 경악하는 반응을 나타냈으나 그것은 그들이 최명곤과 맺고 있는 남다른 관계 때문이라고 할 수 있었다. 그 가운데서도 김광배의 놀란 반응은 충분히 이해할 수 있는 것이었다. 그는 이제 '오인방' 가운데서 남은 단 한 사람이 아닌가. 더욱이 그가 채나영의 말대로, 그들 '오인방' 멤버에게 차례차례 가해져 온 폭력의 정체가 무엇인지를 알고 있다면, 최명곤의 죽음은 바로 자기 자신의 죽음에 대한 예고로서 받아들여질 수도 있지 않겠는가. 채나영의 말에 따르면 그는, 자기 차례가 가까워 오고 있다고도 말했다지 않는가.

어쨌든 16명 전원이 알리바이를 주장하고 있어 (물론 용한식까지도) 그중 어느 하나를 꺼뜨릴 수 있게 되기까지는, 범인의 꼬리는 일단 다시 쉽사리 잡히지 않을 곳으로 숨어 버렸다고 할 수 있었다. 경식은 특히 용한식의 대답을 잔뜩 신경을 곤두세워 들었으나 그의 대답에서도 이렇다 할 어색한 점은 발견되지 않았다. 사건 발생시간 전후까지 그는 트레이너와 함께 체육관에서 운동을 하고 있었다는 것이었다. 늦은 시간까지 운동을 하고 있었던 이유는 시합 교섭이 거의 타결 단계에 이르러서 하드트레이닝으로 들어갔기 때문이라고 했다. 결코 군색한 대답이라곤 할 수 없었다. 그리고 그것이 거짓 대답이 아니었음은 경식이 다음 날 아침 체육관으로 그를 찾아갔을 때 다시 확인되었다. 그의 트레이너와 체육관의 경비책임자가 그것을 증언해 주었던 것이다. 용한식은 다음과 같이 말하며 우울한 표정을 짓기까지 했다.

"명곤이 형님마저 당하다니……. 이거……정말 귀신이 곡할 노릇이지. 뭐가 어떻게 돼 가는 건지 모르겠는데요. 난 타이틀 시합이 거진 교섭이 다 끝나서 모처럼 꿈에 부풀어 있지만 형님들이 저렇게 자꾸 일을 당하니 마치 무슨 죄라도 지은 기분이구……."

경식은 일단 그로부터 물러설 수밖에 없었다. 알리바이가 틀림없는 바에야 더 이상 무엇을 캐 보겠는가. 용한식의 체육관에서 물러나온 경식은 그 길로 박시영과 김진형을, 각각 그들의 직장으로 찾아가 만나 보았으나 그들로부터도 그는 아무런 혐의점을 발견하지 못했다. 그들에게서는 어떤 범죄의 냄새조차 맡을 수가 없었다. 모든 것은 이제 다시 원점으로 되돌아간 셈이었다. 그렇다면 계장과 경식 자신의 사고(思考) 가운데 어딘가 허점이 있었음에 틀림없었다. 그들 세 명을 최종적인 용의자로 축소하는 과정에 무엇인가 허술한 점이 있었다고 봐야 한다. 그렇다면 어디에서? 무엇을 빠뜨렸는가?

경식은 처음부터 다시 16명 용의자들 전원의 얼굴을 하나하나 떠올려 보기 시작했다.

빼앗긴 동화

소년은 열일곱 살이었고 소녀는 열여섯 살이었다. 소년은 가난했고 소녀는 가난하지 않았다. 그래도 둘은 서로 친했다. 소년은 부모가 없는 고아였고 소녀는 고아가 아니었다. 그래도 둘은 서로 친했다.

소년이 얹혀사는 친척 집 이웃에 소녀는 살았다. 강이 내려다보이는 동네였다. 같은 동네지만 소년이 얹혀사는 친척 집은 작았고 소녀의 집은 멋진 2층 양옥이었다. 그래도 둘은 각자 자기가 사는 집을 의식하지 않았다. 그리고 하나는 고아, 하나는 고아가 아니라는 사실도 의식하지 않았다. 둘은 그저 서로 만나면 마음이 기뻐지는 친구였다.

소년의 친척 집은 가난했지만 소년을 학교에 보내 주었다. 소녀도 학교에 다니고 있었다. 소년은 고등학교 2학년이었고, 소녀는 1학년이었다. 소년은 친척 집의 만류에도 불구하고 가난한 친척 집의 부담을 생각하여 자진해서 신문 배달을 하였다. 게으름 피우는 법 없이 새벽에 일어나 소년은 집집마다 아침신문을 배달하였다.

소년이 소녀의 집에 신문을 넣을 때 소녀는 깨어 있다가는 꼭 직접 신문을 받았다. 그리고 준비했던 우유 한 병을 꼭 소년에게 주었다. 여름에는 찬 것, 겨울에는 따뜻한 것이었다. 소년은 기쁜 마음으로 그 우유를 마시고 다음 집을 향해 달려갔다. 소녀를 만나기 위해서도, 소년은 한 번도 신문 배달을 거른 일이 없었다. 소녀도 소년의 신문을 직접 받는 걸 빠뜨린 일이 없었다.

소년이 소녀를 처음 만난 것도 어느 겨울날 새벽, 신문을 배달하던 도중이었다. 소년이 2학년으로 올라가기 조금 전이었다. 소년이 소녀의 집에 마악 신문을 넣으려고 했을 때 대문이 열리면서 소녀가 나타났다. 맑은 눈과 맑은 얼굴, 그리고 가냘픈 몸매를 한 소녀였다.

"신문 이리 주세요." 소녀가 말했다. 소년은 소녀에게 말없이 신문을 건네주었다. 소녀는 신문을 받아 쥐고 나서 말했다.

"잠깐만 기다려요."

소년은 영문을 알 수 없어 멀뚱히 소녀의 얼굴만 쳐다보았다. 소녀는 집 안으로 들어갔다가 다시 나왔다. 신문을 받아 쥐었던 손에 신문 대신 우유 한 병이 들려 있었다.

"이거……." 하고 소녀가 우유병을 소년에게 내밀었다. 소년은 순간 기분이 나빴다. 소녀가 자신을 깔본다고 생각했다. 그러나 소녀는 맑은 표정으로 소년에게 재촉했다.

"따뜻해요, 이거. 어서 마셔요."

그제야 소년은 소녀의 표정에 자신을 깔보는 빛이 조금도 없음을 알았다. 소년은 우유병을 받아 쥐면서 물었다.

"왜 이런 걸……."

우유병은 아주 따뜻했다. 소녀는 맑은 시선으로 소년에게 대답했다.

"추울 것 같아서요. 어제 새벽에 시험공부 하느라고 깨어 있다가 신문 집어넣는 걸 봤어요. 내 방이 저기거든요."

그러며 소녀가 가리키는 2층 쪽을 쳐다보니 불이 켜진 창문 하나가 보였다.

"저쪽에서 뛰어오는 모습부터 봤는데 추울 거라는 생각이 들었어요."

하고 소녀는 결코 뽐내는 표정 없이 덧붙였다. 소년은 이런 일을 기분 나빠 해서는 안 된다고 생각했다. 그리고 소녀가 준 그 따뜻한 우유를 마셨다. 몸속이 훈훈해져 왔다. 다 마신 우유병을 소녀에게 건네주며 소년은 고맙다는 뜻의 목례를 했다. 적당한 인사말을 찾기가 어려웠기 때문이었다. 소녀는 빈 우유병을 받아 쥐면서 기쁜 듯이 말했다.

"어제 새벽에 깨어 있길 참 잘했어요. 그렇잖았음 이렇게 만나 보지도 못했을 텐데. 새벽에 우리 집에 신문 넣어 주는 사람이 누군지도 몰랐을 거구."

소년은 뭐라고 대답을 해야 한다고 생각했으나 적당한 대답할 말이 떠오르지 않았다. 그래서 머뭇거리고 있을 때 소녀가 다시 말했다.

"바쁘죠? 그럼 우리 내일 또 만나요."

그리고 가만히 미소를 보냈다. 소년은 다시 무어라고 대답을 해야 한다고 생각했으나 역시 적당한 말이 떠오르지 않았다. 그러나 더 이상 머뭇거리고 있을 수도 없었다. 머뭇거린다는 게 떳떳하지 못하게 생각되었을 뿐만 아니라 다음 집에 신문을 배달해야 하기 때문이었다. 소년은 다시 한번 고맙다는 뜻의 목례만 보낸 다음 소녀로부터 돌아서서 다음 집을 향해 뛰어갔다. 뜀박질이 다른 날보다 유난히 빨라졌다.

그런데 다음 날 새벽에도 소녀는 기다렸다가 따뜻한 우유를 가지고 나왔다. 그리고 이번엔 좀 엉뚱한 제안을 했다.

"우리, 친구 됐음 좋겠어요. 서로 좋은 친구가 될 수 있을 거예요. 안 그래요?"

소녀의 눈길은 맑고 부드러웠다. 그러나 조금 걱정이 담긴 눈빛이었다. 소년이 싫다고 하면 어쩌나 하는 조금 불안이 담긴 눈빛이었다. 뜻밖의 제안에 소년이 머뭇거리고 있자 소녀는 더욱 불안한 표정이 되었다.

"왜 그래요? 나 나쁜 애 같아요?"

"아니……. 너무 갑자기라서……." 소년은 머뭇머뭇 대답했다.

"그럼 반대는 아니죠? 아이, 좋아."

소녀는 손뼉이라도 칠 듯이 활짝 미소를 지었다. 소년도 처음으로 소녀를 향해 미소를 지어 보였다. 소녀는 기쁜 듯이 말했다.

"난 사실 친구가 없었거든요. 오늘 너무너무 기뻐요."

소년은 물었다.

"왜 친구가 없었어요?"

"사귀고 싶은 사람이 없었어요."

"그럼 난 왜……."

"나도 잘 몰라요. 그냥 사귀고 싶어요. 우린 비슷한 것 같아요."

"어디가?"

"그냥이요."

그냥…… 하고 소년은 마음속에서 되뇌었다. 소녀의 말뜻을 알아들을 것 같았다. 그래, 우린 그냥 서로 비슷한 것 같다. 그때 소녀가 말했다.

"나 신애라고 해요. 민신애."

그러며 손을 앞으로 조금 내밀었다. 악수를 하자는 동작이 분명했다. 소년은 소녀가 내민 손을 머뭇머뭇 잡았다. 그리고 말했다.

"난 창배, 윤창배라고 해요."

소녀의 손은 가냘프고 따스했다.

창배와 신애는 그날 오후, 각기 학교가 파한 후에, 동네 어귀에 있는 조그만 제과점에서 만났다. 신애가 제의한 일이었다. 마주 앉아서 과자를 시켜 놓고 났을 때 신애가 물었다.

"창배는 세상에서 무얼 제일 좋아해?"

둘이는 서로 반말을 쓰기로 했었다. 창배는 대답했다.

"세상에 있는 건 다 좋아해."

"어마, 그런 애매한 대답이 어딨어. 세상엔 나쁜 것도 많은데."

"나쁜 것?"

"그래. 도둑질 거짓말, 싸움……."

"아, 그런 건 빼구."

"나쁜 걸 빼곤 다 좋아한단 말이지?"

"응."

"그래도 제일 좋아하는 게 있을 거 아냐. 그걸 말해 봐. 꼭 하나만."

"꼭 하나만?"

"응."

"정의."

"정의?"

"응, 정의(正義)."

"그럼 나중에 법률가가 되겠구나?"

"그럴 생각이야."

"알았어. 그럼 이제 내 차례야. 나한테도 물어 봐."

"그래. 신앤 세상에서 뭘 제일 좋아해?"

"응, 난 사랑. 예수님 같은 사랑."

그렇게 말하는 신애의 눈빛은 새벽에 볼 때보다 더 한층 맑아 보였다. 창배는 고개를 끄덕이고 나서 물었다.

"교회에 다니니?"

"응, 우리 식구 모두 다녀. 하지만 교회에 다니는 사람이라고 다 좋은 사람은 아냐. 거짓말하는 사람도 있어. 우리 아빠도 조금은 거짓말쟁이야. 그렇게 나쁜 사람은 아니지만 창배 아빤 어떤 분이셔?"

"몰라."

"응? 모르다니?"

"없거든. 나 고아야. 친척 집에서 살고 있어."

"어마, 그렇구나. 미안해."

신애는 분명 놀랐으나 그렇다고 태도가 달라지진 않았다. 미안해하는 표정만 역력할 뿐이었다. 창배는 웃으며 말했다.

"미안해할 것 없어. 괜찮아. 부모가 좀 일찍 죽었을 뿐인걸. 누구나 부모가 자식보단 일찍 죽는 거잖아. 그리고 친척 집에서 아주 잘해 줘."

"좋은 분들인가 보구나."

"응, 아저씨가 우리 아버지의 6촌 형님이신데 자기 자식들이랑 똑같이 해 줘셔. 신문 배달도 말리시는 걸 내가 우겨서 하는 거야. 좀 가난하시거든. 난 또 새벽에 신문을 끼고 집집마다 뛰어가는 게 좋고. 내가 정의 다음에 좋아하는 건 새벽이야."

"응, 나도 새벽이 참 좋다는 걸 알았어. 어저께랑 오늘 대문 바깥에 나와 보구."

"새벽에 달리는 기분은 더 좋아."

"그럴 거야. 나도 달려 봤음. 나도 내일부터 신문 배달 같이할까?"

"뭐라구? 그건 좀 우스울 거야."

"어째서?"

"생각해 봐. 여학생이 신문 배달하는 것도 우습지만 둘이서 뛰어다니면 얼마나 우습겠나."

그러나 신애의 대꾸는 엉뚱했다.

"뭐가 우스워? 누가 보면 남매 신문 배달인 줄 알겠지, 뭐. 그리고 여학생은 뭐 신문 배달하면 못 쓰나."

"남매 신문 배달?" 창배는 웃었다.

"그건 말도 안 돼."

"어째서?"

"우선 우린 남매가 아니잖아. 그리고 신문 한 가지를 돌리는데 두 사람이 같이 다니는 것도 우습구."

"그럴까."

"게다가 신앤 몸도 약해 보이는데 배달 구역을 뛰어서 한 바퀴 돌려면 얼마나 힘든지 알아? 그것도 매일."

"그렇겠구나. 힘들겠구나."

신애의 표정은 조용해졌다. 창배가 매일 힘든 일을 하고 있다는 생각 때문인 것 같았다. 창배는 얼른 말을 이었다.

"아, 물론 난 괜찮지만 말야. 나한텐 아무것도 아냐. 하지만 신애한텐 힘들 거라는 거지."

신애는 말없이 고개만 끄덕였다. 아무래도 창배가 힘든 일을 하고 있다는 생각이 쉽게 가시지 않는 표정이었다. 창배는 얼른 다른 얘기로 바꿔야겠다고 생각했다.

"그러니까 그 얘긴 이제 그만하고 이번엔 내가 신애한테 물어볼 게 있어. 뭔지 알아?"

"뭔데?"

"신앤 나한테 세상에서 제일 좋아하는 게 뭐냐고 물었지? 세상에서 제일 싫어하는 게 신앤 뭐야? 꼭 하나만 말해 봐."

"응······. 미움, 사람끼리 미워하는 거."

"좋아하는 건 사랑이라더니 꼭 그 반대군, 난 그럼 뭘 것 같아?"

"정의(正義)의 반대 불의(不義)?"

"응······. 그것도 물론 싫어하는 것 중의 하나지만 더 싫어하는 게 있어. 뭔지 알아?"

"뭐야?"

"비굴."

"비굴?"

"응, 비굴. 힘없는 사람이나 가난한 사람들이 잘못하면 빠지기 쉬운. 그리고 비슷한 게 또 있어. 업신여김. 이건 힘센 사람이나 부자들이 잘못하면 빠지기 쉬운 거야. 둘 다 떳떳지 못한 건데 난 그 두 가질 아주 많이 봤어."

"응, 그런 사람들 있는 것 같아. 교회에서도 더러 보곤 해. 옆에서 보면 부끄러운 생각이 들어."

"그렇지? 우린 서로 업신여기거나 비굴하지 말기로 해."

"어마, 그게 무슨 얘기야?"

"신애, 나 신문 배달하는 거 힘들까 봐 걱정하는 것도 어떻게 보면 일종의 업신여기는 거라고 할 수가 있어."

"어마, 그게 어째서 업신여기는 거야?"

"잘 알지도 못하면서 남한테 동정심 갖는 버릇, 그것도 업신여김의 일종이라구."

"어마, 난 그런 거 아냐. 동정심 아냐."

"아니지? 그럼 됐어. 나 신문 배달하는 거 하나도 힘들지 않아. 그러니까 쓸데없는 걱정은 하지 마. 내일부턴 우유 같은 것도 갖고 나오지 말구."

"어마, 그건 싫어." 신애는 별안간 고집스러운 표정이 되며 고개를 흔들었다. 창배는 너무나 단호한 태도에 멀뚱히 신애의 얼굴만 쳐다보았다. 신애는 또박또박 말했다.

"창밴 신문 배달하는 게 힘들지 않다고 했지? 나도 우유 한 병 마련하는 거 힘들지 않아."

창배는 웃었다.

"그건 고집이야. 매일 새벽 깨어 있다가 우유 한 병씩 갖고 나오는 게 어째서 힘이 안 들어. 게다가 따뜻하게 데우기까지 해서."

"창밴 그럼 매일 새벽 신문 배달하면서 뛰어다니는 게 어째서 힘이 안 들어."

"그건 내 일이잖아. 애기가 달라. 또 힘들기는커녕 내가 좋아서 하는 일이고."

"나도 힘들기는커녕 내가 좋아서 하는 일야."

"그건 고집이야."

"글쎄, 내가 힘 안 든다는데 왜 그래. 그리고 데우는 것도 아주 간단해. 뜨거운 물에 잠깐 담갔다 꺼내면 되니까."

"그게 힘이 안 든다는 거야?"

"글쎄, 안 들어." 신애는 조금도 고집을 꺾으려 들지 않았다. 창배는 마음속의 애기를 털어놓아야겠다고 생각했다.

"솔직히 말할게. 정말은 나 신애가 준 우유를 기쁜 마음으로 마셨어."

"정말? 그럼 됐지 뭐야."

"그런데 솔직이 말해서 부담이 되는 것도 사실이야."

"어마, 뭐라구? 부담?"

"응, 게다가 앞으로 매일 계속된다면 더 그럴 거야."

"어마, 창밴 나쁜 사람이다."

신애의 두 눈엔 순간 놀랍게도 투명한 이슬방울 두 개가 나란히 떠올랐다. 그리고 그것은 곧 두 눈에 가득 괴었다. 창배는 당황했다.

"왜 그래, 신애? 내가 뭘 잘못했어? 내가 잘못한 게 있으면 용서해."

"몰라서 그래? 그걸 그럼 말이라고 하는 거야? 부담이 된다구?"

"글쎄, 내가 표현을 잘못했는진 모르지만 그런 기분이 드는 걸 어떡해."

"왜 그런 기분이 들어? 왜 남의 깨끗한 감정을 그런 식으로 생각해? 내가 뭐 선행(善行)을 하는 건 줄 알아?"

"그런 뜻이 아니라……."

"그럼 뭐야?"

"……미안해. 내가 잘못 생각했던 것 같아."

"그런 뜻이 아니라 뭐냐구."

"응, 신애가 너무 지나치게 마음을 써 주는 것 같아서……."

"그게 뭐가 지나쳐?"

"아무튼 미안해. 내가 잘못 생각한 것 같아."

그제야 신애는 손등으로 두 눈을 닦았다.

"……다신 그런 말함, 나 창배 친구 안 할 거야."

"안 할게, 다신."

"약속해?"

"그래, 약속할게."

신애는 그제야 아직 물기가 덜 닦인 눈을 한 채, 부끄러운 듯 미소 지었다.

"미안해. 이런 모습 보여서……."

창배는 순간 신애의 그 미소처럼 예쁜 미소를, 세상에 태어나서 본 적이 없다고 생각했다. 그리고 말했다.

"아냐, 지금 신애 얼굴은 세상에서 내가 본 얼굴 중에 제일 예쁜 얼굴이야."

"아이, 놀림 싫어."

하고, 신애는 두 손으로 얼굴을 가렸다. 창배는 웃지 않고 말했다.

"아냐, 놀리는 게 아냐. 정말이야."

신애는 조심조심, 얼굴을 가렸던 두 손을 떼었다.

"……정말?"

"응, 정말."

"……나 정말 예뻐?"

"응, 세상에서 내가 본 얼굴 중에 제일."

"……어린애같이 굴었는데두?"

"응, 그래서 더."

"……거짓말."

"아냐, 정말야."

"……놀리는 거지, 뭐."

"글쎄, 아니라니까."

"정말?"

"글쎄, 몇 번을 더 말해야 알아들어. 정말이야."

"어마. 나 그럼 오늘 아주 신나는 날이게?"

"어째서. 신애가 신나는 날이 아니라 내가 신나는 날이지."

"어마? 그건 왜?"

"세상에서 제일 예쁜 얼굴을 봤으니까."

"어마, 또……."

신애는 두 뺨을 빨갛게 물들이며, 싫지 않은 표정으로 곱게 눈총을 보내왔고, 창배도 그 눈총을 마주 받으며 꾸밈없는 미소를 보냈다.

"정말이라니까. 정말이라구."

그리고 그날 이후 창배와 신애는 아주 오래 사귄 친구처럼 되었다. 만나면 서로 꾸밈없는 감정을 느꼈고 말하지 않아도 서로의 마음을 이해할 수 있게 되었으며 항상 박하사탕을 먹은 것처럼 마음속이 환했다. 매일 새벽 만나는 것 이외에도 그들은 일요일 같은 날, 동네에서 멀지 않은 국립묘지에도 함께 갔으며 함께 강가를 걷기도 했다. 그때만 해도 사람들은 강가를 걸을 수가 있었다.

그리고 신애의 초대로 창배는 신애네 집엘 가 보기도 했다. 신애네 집은 바깥에서 볼 때보다 더 훌륭해 보였고 신애네 가족들은 모두 좋은 사람들 같았다. 신애의 어머니는 마음씨가 아주 인자해 보이는 부인이었고 신애의 아버지는 점잖으면서도 부드러운 인상을 풍기는 신사였으며 신애의 동생들도 모두 영리하고 착해 보였다. 신애의 방은 2층, 정원과 바로 그 정원 밖의 골목길이 한눈에 내려다보이는 위치에 있었는데 창배는 그처럼 단정하게 꾸며진 방을 전에는 본 적이 없었다. 책상 하나와 의자 하나, 그리고 책들이 꽂힌 책꽂이 이외에는 별다른 장식품이라곤 없는 방이었으나 그것들은 각기 방 주인의 마음씨를 나타내듯 단정하게 정돈되어 있었고 바람벽에 걸려 있는 '모딜리아니'의 인물화 한 폭이 유난히 방 안 전체에 밝고 따뜻한 인상을 심어 주고 있었다. '모딜리아니'의 인물화는 어딘가 신애를 닮은 데가 있는 소녀상이었다. 그 그림을 쳐다보며 창배가,

"어, 이건 신애 닮았는데." 하자, 신애는 곱게 웃으며,

"아냐, 그건 전에 우리 집에서 일하던 언니 닮았어. 참 좋은 언니였는데 재작년에 시집갔어. 그래서 걸어 둔 거야."

하고 친절하게 설명해 주었다.

그때 창배는 다시 한번 신애의 고운 마음씨를 느낄 수 있었다.

창배와 신애는 날이 갈수록 더욱 친해졌다. 창배는 이제 신문 배달을 하기 위해 새벽 일찍 일어나는 것인지 신애를 만나기 위해 그러는 것인지 잘 분간할 수가 없었다. 아니, 신문 배달보다는 신애를 만나는 일이 더 중요해졌다고 할 수 있었다. 저만큼 신애의 방에 불이 켜져 있는 모습을 올려다보며 달려가는 창배의 마음은 새벽 공기 속에서 항상 신애의 방 창문에서 흘러나오는 불빛처럼 환했다. 그리고 신

애의 방에 불이 켜져 있지 않은 적은 한 번도 없었다. 신애는 고운 미소와 함께 매일 새벽 우유 한 병씩을 갖고 나와 창배가 내미는 신문을 받았으며 창배가 우유를 마시고 다음 집을 향해 달려가면서 뒤돌아볼 땐 제자리에 선 채 꼭 손을 흔들어 다시 한번 창배를 배웅해 주었다. 창배가 감기에 걸렸을 때도 그리고 신애가 감기에 걸렸을 때도 둘의 그 일은 빠뜨려지지 않았다. 둘에겐 이제 서로가 세상에서 가장 중요한 사람이 되었다.

하루는 신애가 이런 말을 했다. 함께 국립묘지에 갔을 때였고 잔디싹이 파릇파릇 돋기 시작한 이른 봄이었다.

"나 지난밤에 아주 슬픈 꿈을 꿨어. 창배가 올 시간이 됐는데도 안 오는 꿈. 아무리 기다려도 안 오길래 대문 밖에 나가서 기다렸는데도 안 오잖아. 발짝 소리라도 들려오나 하고 귀를 기울이고 있어도, 아무 소리도 들려오지 않구. 날이 아주 환해질 때까지 기다렸는데도 창배는 끝내 오지 않았어. 난 막 엉엉 울었어."

"뭐? 그런 꿈을 다 꿨어? 그런데 아까 새벽엔 왜 아무 얘기 안 했지?"

"아깐 얘기하면 창배가 금방 다시 없어져 버릴 것 같았어."

"이제 보니 신애 순 어린애구나. 그런 생각을 다 하구. 오라, 그래서 아까 표정이 좀 이상했었구나."

"정말이야. 아깐 그 얘길 하면 왠지 창배가 금방 다시 없어져 버릴 것만 같았어."

"지금은? 지금은 없어져 버릴 것 같지 않구?"

"아이, 싫어. 그런 소리 함. 정말은 지금도 조금 무섭단 말야."

"이런 어린애. 교회에 다니면서 그런 미신 같은 생각을 해?"

"나도 몰라."

"이상하다. 그런데 왜 그런 꿈을 꿨지?"

"몰라, 나도."

"평소에 내가 혹시 안 올까 봐 걱정을 한 적이 있나 보지?"

"아니, 그런 걱정은 한 적 없어."

"그럼 왜 그런 꿈을 꿨을까?"

그때 신애는 창배의 얼굴빛을 살피듯 하며 물었다.

"……창배 어디 아픈 데 없어?"

"아니."

"아무 데도?"

"응, 아픈 덴 아무 데도 없어."

"정말?"

"그럼 정말이지. 그런 걸 뭐 하러 숨겨."

"그럼 안심이야. ……난 창배가 나 모르게 어디 아픈 데가 있어서 앞으로 신문 배달 못 하게 되는 거나 아닌가 하는 생각을 했어."

"바보 같은 소리."

"……정말 아픈 덴 없지?"

창배는 웃었다.

"글쎄, 없다니까 그래. 정 못 믿겠으면 자, 이 팔뚝 좀 만져 봐. 어디가 아프게 생겼나."

그러며 창배는 팔뚝에 힘을 주어 신애에게 만져 보게 했다. 신애는 가만히 창배의 팔뚝을 만져 보고 나서 말했다.

"하지만 자기가 모르고 있을 수도 있어 뭐. 자기가 모르는 병도 얼마든지 있다던데……."

팔뚝을 만져 본 것만으론 여전히 안심이 안 된다는 표정이었다. 창배는 답답하다는 표정으로 말했다.

"글쎄, 나한텐 그런 거 없어. 걱정 마. 그리고 신애 몸이나 걱정해. 내가 보기엔 신애가 오히려 걱정이야."

"내가 어때서?"

"바람이라도 좀 세게 불면 휙 날려 갈 것 같잖아."

"피이. 이래 봬도 내가 얼마나 튼튼하다구. 초등학교 때부터 아직 결석 한 번 안 했어."

"그래? 그건 제법인데. 하긴 그건 나도 마찬가지지만."

"창배도 그랬다고?"

"그러엄. 나도 초등학교 때부터 아직 결석 한 번 안 했어."

"하지만 그런 소리 하는 거 아니래. 그런 소리 하면 결석할 일이 생긴대."

"어라? 그런 소리 먼저 한 게 누군데."

"난, 나보고 바람이 불면 날려 갈 것 같다니 어쩌니 그러니까 그랬지 뭐."

"나도 마찬가지야. 나보고 자꾸 어디 아픈 데 없냐니 뭐니 하니까 그런 거 아냐, 자, 이젠 우리 둘 다 튼튼하다는 걸 알았으니까 쓸데없는 걱정은 말기로 해. 그리고 우리 이다음의 얘기나 해."

"이다음의 얘기?"

"응, 신앤 전도사가 되고 싶다고 했지?"

"응, 사람을 설득하는 법을 잘 배워서 사람들한테 사랑이 소중하다는 걸 알리고 싶어."

"그런데 사람들끼리 서로 사랑하게 되려면 먼저 정의로운 사회가 되어야 할걸."

"그건 그렇지 않아. 사람들끼리 서로 사랑하게 되면 자연히 정의로운 사회가 될 거야."

"그건 막연한 얘기야. 생각해 봐. 억울한 일을 당한 사람이 있거나 또 누구한테 억울한 일을 당하게 하는 사람이 있다면 그 사람들끼리 어떻게 서로 사랑할 수가 있겠어."

"사람들끼리 서로 사랑하고 있다면 그런 일은 일어날 수가 없어."

"그야 물론이지. 하지만 그렇게 되려면 최소한 억울한 일을 당한 사람은 없어야지. 억울한 일을 당하고 어떻게 그 상대방을 사랑할 수가 있어."

"결국 그럼 우리 얘기도 닭이 먼저냐 달걀이 먼저냐 하는 얘기하고 똑같게?"

"그렇지 않아. 달라. 먼저 정의로운 사회가 되고 나서야 사람들끼리 서로 사랑할 수가 있어. 왠지 알아? 세상에는 현재 억울한 일을 당하고 있는 사람들이 아주 많아. 그 사람들이 억울한 상태에서 벗어나게 돼야 남을 사랑할 수 있는 여유를 갖게 돼."

"하지만 사랑은 꼭 여유가 있어야만 할 수 있는 건 아냐."

"글쎄, ……추상적인 얘기라니까. 우선 억울한 일을 당하는 사람이 없어야 돼."

신애는 잠시, 가만히 생각에 잠긴 표정이 되었다가 말했다.

"무슨 얘긴지 알겠어. 하지만 사람들이 사랑이 필요하고 소중하다는 걸 알게 되면 그런 일도 조금씩 없어질 거야."

"그야. 그렇겠지. 그러니까 신앤 정의로운 사회를 만들기 위한 방법으로도 사랑이 필요하다는 얘기지?"

"응. 내 생각은 그래."

"신애 생각에 반대는 안 할게. 반대가 아니라 어느 정도는 나도 신애 생각이 맞다고 생각해. 하지만 내 생각에는 사랑만으론 힘들 것 같아. 싸움도 필요하고 힘도 필요하다고 생각해. 정의로운 사회를 방해하는 사람들한테는 말야."

"그럼 사람들 사이에 자꾸 미움이 생겨."

"미워할 사람은 미워해야지."

"아냐, 미워할 사람도 사랑으로 대하면 좋은 사람이 될 수 있어."

"미운 사람을 어떻게 사랑해."

"아냐, 미운 사람도 사랑을 할 수 있어야 정말 사랑이래."

"그건 성자나 그럴 수 있지."

"그러니까 노력을 해야지."

"그래, 알았어. 신애 생각에 반대를 하는 건 아냐. 모든 사람들이 신애 같은 생각을 갖게 되기가 힘들 거라는 거지. 나를 포함해서 말야.

난 미운 사람은 미워하지 않곤 못 배겨."

"정말은 나도 그래. 나도 미운 사람을 사랑하긴 힘들어. 그러니까 노력이 필요하지."

"알았어. 그 얘긴 그럼 그만하자."

그때 어디선가 노랑나비 한 마리가 날아와 그들이 나란히 앉은 잔디밭 발치에 앉았다. 여리고 섬세한 날개를 가진 작은 나비였다.

"어마, 예뻐!"

하고 신애가 나직이 탄성을 질렀다. 창배도 가만히 나비를 바라보았다. 나비는 잠시 쉬고 있는 듯 꼼짝도 하지 않았다. 햇빛도 노란색 나비의 날개 위에서 고요히 쉬고 있는 듯했다. 신애가 말했다.

"세상은 참 좋지? 저런 예쁜 나비도 있고 꽃도 있고 풀밭과 햇빛도 있고."

"응, 그런데 그런 좋은 것들이 자꾸 줄어들고 있어. 사람들이 자꾸 못살게 구니까."

"왜 그럴까, 사람들은."

"나도 몰라. 아마 세상 사람들이 모두 신애 같은 생각을 안 갖고 있기 때문일 거야. 잘못 생각하고 있거나."

"잘못 생각?"

"응, 무엇이 더 좋은 건지를 사람들이 착각하고 있는 것 같아."

"그게 무슨 얘기야?"

"이런 것 같아. 잘살기 위해서 더 나쁘게 사는 길을 사람들이 택하고 있는 것 같아. 공장은 더 잘살기 위해서 세우는 거지만 사람들한테 필요한 공기나 물, 햇빛 같은 것들을 더럽히고 있잖아. 게다가 사람들의 마음도 더럽히구."

"응, 그런 얘기구나. 나도 막연히 그런 생각은 했어. 하지만 창배 얘길 듣고 나니까 더 똑똑히 알게 된 것 같아."

"나중엔 우리 저런 나비도 못 보게 될지 몰라."

그때 나비는 두 날개를 수직으로 모으는가 싶더니 곧 가볍게 날개를 팔락이며 저쪽으로 날아가기 시작했다. 신애가 말했다.

"어마, 우리가 자기 얘기하는 줄 알았나 보다."

그리고 신애는 나비가 날아가는 방향을 따라 시선을 옮겨 갔다. 창배도 웃으며 말했다.

"그런 모양인데, 우리 얘길 들은 모양이야. 기분 나빴던 모양인데."

"기분 나쁘지, 그럼. 자기 종족의 앞날에 대해서 나쁜 얘기를 했는데."

"그야 걱정이었지 어디 그렇게 되라는 얘기였나."

"그래두."

"아무튼 그럼 사과를 할까. 나비야, 미안하다. 오해하지 마라."

창배는 두 손으로 나팔 모양을 만들어 입에다 갖다 대고, 저만큼 날아가고 있는 나비를 향해 소리쳤다. 나비는 그러나 아랑곳 없이 저쪽 현충탑 있는 곳으로 날아가 버렸다. 신애가 부러 장난기 어린 표정으로 말했다.

"어마, 정말 단단히 오해를 했나 봐."

"정말 그런 모양인데." 하고, 창배도 신애를 돌아보며 웃었다. 둘은 잠시 서로의 눈동자를 들여다보았다. 신뢰와 즐거움이 가득 담긴 눈길로. 그리고 둘은 각기 서로의 눈동자 속에서 그곳에 비친 자신들의 조그만 영상을 보았다. 각기 그 속에 들어 있는 것을 기뻐하고 있는 듯한 조그만 영상을.

봄이 가고 여름이 가고 또 가을이 갔다. 그리고 창배와 신애의 우정은 더욱 깊어져만 갔다.

그해 크리스마스에 신애는 창배에게 책 한 권을 선물했다. 생텍쥐페리의 『어린 왕자』라는 책이었다. 창배는 그렇게 아름다운 책을, 전에는 읽어 본 적이 없었다. 순결하고 맑은 영혼을 가진 한 왕자가 자기의 별을 떠나 지구를 다녀가는 이야기가 씌어 있는 책이었다. 책속에 씌어 있는 많은 아름다운 이야기 중에서도 '어린 왕자'가 여우를 만나 '길들임'에 관해서 듣는 대목이 창배에게는 가장 아름답고 경이로웠다. 창배도 신애에게 책 한 권을 선물했다. 에리히 캐스트너의 『날아가는 교실』이라는 책이었다. 『어린 왕자』를 읽기 전까지는 그것이 창배가 읽은 가장 아름다운 책이었다. 창배는 특히 그 책에서 '정의(正義) 선생'이 나오는 부분을 좋아했다. 『어린 왕자』만큼 슬프고 아름다운 책이라곤 할 수 없었으나 진정한 용기가 무엇인지를 가르쳐 주는 책이라고 할 수 있었다. 창배로서는 막상 두 책 중에서 꼭 한 권만 가지라고 한다면 어느 것을 골라야 할지 망설여야 할 만큼 그 책도 아름다운 책이라고 할 수 있었다. 신애도 『날아가는 교실』을 받고 몹시 기뻐했다. 특히 서로가 준 선물을 읽고 나서 만났을 때 신애는 창배가 아니었으면 자긴 그런 아름답고 훌륭한 책이 있는 줄도 모를 뻔했다고 말했다. 창배도 『어린 왕자』에 대해서 신애에게 비슷한 말을 했다.

곧 새해가 되고, 얼마 안 있어 창배는 3학년, 신애는 2학년이 되었다. 창배는 대학에 진학하기 위한 입시 공부에 더욱 힘을 기울여야 했으나 물론 신문 배달을 중단하진 않았다. 그것은 이제 창배에겐 빼놓을 수 없는 일이 되었기 때문이다. 대학 진학은 물론 창배 스스로의 힘으로 할 생각이었다. 법과대학에 진학하는 것이 일차적인 창배의 목표였다. 그리고 대학에 진학한 후엔 가정교사를 한다든지 해서 더 이상 친척 집의 신세를 지지 않을 수 있다고 창배는 생각하고 있었다.

그런데 새 학기가 시작되고 나서 한 달쯤 지난 어느 날, 신애는 몹시 망설이는 표정으로 창배에게 물었다. 일요일 오후였고 동네 어귀의 제과점에서였다.

"……창배, 대학에 진학할 거지?"

"가능한 한. 그런데 별안간 그건 왜 묻지?"

창배는 의아한 표정으로 신애의 얼굴을 쳐다보았다. 신애는 다시 무언가 몹시 망설이는 표정을 짓고 나서 말했다.

"우리 아빠가……. 아냐, 그만둘 테야……."

창배는 영문을 알 수가 없었다.

"무슨 얘긴데 그래? 신애 아빠가 뭐라고 하셨길래?"

"응, 아무것도 아냐……."

"아무것도 아니긴. 무슨 얘긴지 해 봐. 나한테 뭐가 꺼릴 게 있다고 그래?"

"꺼리는 거 아냐."

"그럼 왜 무슨 말을 꺼내려다가 말아?"

"응, 그냥……."

"그냥은 뭐가 그냥이야. 분명히 무슨 말을 하려다가 그만두구서. 무슨 얘기야? 신애 아빠가 나한테 대해서 뭐라고 하셨어?"

그러자 신애는 조심스런 표정으로 잠시 창배의 얼굴을 바라보고 나서 머뭇머뭇 말했다.

"……화 안 내지? 내가 무슨 말을 해두."

창배는 웃었다.

"도대체 무슨 얘긴데 그래? 신애답지 않게. 신애가 무슨 얘길 해도 화 안 낼 테니까 어서 얘기나 해 봐."

"정말 화 안 내지?"

"글쎄, 염려 말고 얘기나 해 봐."

"우리 아빠가……. 아냐, 아무래도 창배가 화낼 것만 같아."

"어라?"

"그럼 정말 화 안 내지?"

"그래, 안심 푹 하고 얘기해 봐, 어서."

"우리 아빠가, 창배 대학에 진학하면 학비를 도와주고 싶으시대."

"뭐라고?"

"거봐, 벌써 화내려고 하면서."

"화내는 게 아냐. 무슨 소린질 몰라서 그러는 거지."

"아빠가 물으시잖아. 창배네 가정형편이 어떠냐구. 그리고 대학에 진학할 생각을 갖고 있는 것 같더냐구."

"그래서?"

"내가 아는 대로 다 얘기해 드렸지, 뭐."

"그랬더니?"

"걱정스런 표정을 지으시면서 고개를 끄덕끄덕하시더니, 대학에 진학하게 되면 학비는 아빠가 도와주셔도 좋다고 하셨어."

"……."

"화내는 거야?"

"신애가 아빠한테 그렇게 조른 거지?"

"아냐, 난 아빠가 물으시는 대로 대답해 드린 것뿐야. 아빠가 자진해서 그렇게 말씀하셨어. 똑똑해 보이는 학생이던데 도와주고 싶으시다구."

"아빠한테 말씀드려. 그런 일은 걱정 안 해 주셔도 괜찮다구."

"어머, 화 안 낸다더니 내는 거야?"

"화내는 거 아냐. 신애 아빠가 도와주시지 않아도 나 혼자서 얼마든지 해 나갈 수 있다는 걸 알려 드리고 싶은 거지. 신애 아빠가 날 똑똑해 보이는 학생이라고 하셨다지만 잘못 보신 것 같아. 난 혼자서 할 수 있는 일을 남의 도움을 받아서 하고 싶진 않아."

"그렇게 화낼 줄 알았어. 하지만 아빠는 창배를 좋게 보시고 그냥 순수한 뜻으로 도와주고 싶다고 하신 거야."

"감사하다고 말씀드려. 하지만 제 일은 제가 알아서 처리할 수 있는 놈이라고 말씀드려 줘."

"어마, 그렇게 끝까지 화냄 싫어."

"화내는 게 아냐. 사실을 말한 것뿐이지. 그 얘긴 이제 그만해."

"알았어. 하지만 창배도 너무 옹졸한 것 같다."

신애는 조금 실망했다는 표정으로 그렇게 말했다. 창배는 잠시 신애를 물끄러미 쳐다보고 나서 물었다.

"내가 옹졸하다구?"

"그렇지 뭐야. 얼마든지 순수하게 받아들일 수도 있는 일을 그런 식으로 꼭 자기 고집만 피우는 게 그럼 옹졸한 게 아니고 뭐야."

"그럴지도 몰라. 하지만 그 문제만은 양보하기가 곤란해. 신앤 날 잘 알면서 그래."

"그래, 알아. 창배가 자기 자신한테 아주 깍쟁이라는 거. 이번 일도 말하자면 창밴 자기 자신한테 옹졸하게 구는 거라고도 할 수 있어."

"내가 나한테 옹졸하게 구는 건 할 수 없잖아."

"어쨌든 옹졸한 거야."

"……."

"그렇지? 할 말 없지?"

그러며 신애는 배시시 웃었다. 창배도 약간 겸연쩍게 웃었다.

"그래, 그건 할 말 없는데……."

"거봐. 자기가 옹졸한 거 시인하지?"

"그래, 시인해. 하지만 이건 할 수가 없어."

"알았어. 아빠한테 말씀드릴게. 창밴 자기 자신한테 아주 옹졸한 사람이라구."

"뭐라구?"

"왜, 싫어?"

"아니, 뭐 좋아……."

창배는 짐짓 버티듯 웃어 보였다. 신애도 밝게 따라 웃었다.

"피이, 그건 칭찬도 될 수 있으니까."

"뭐?"

"아냐, 그럼?"

"그렇게 생각해?"

"어마?"

"신애가 그렇게 생각한다면 나야 좋지."

"어마, 순……." 신애는 곱게 눈총을 보내왔으나 그것은 곧 밝은 웃음으로 이어졌다. 창배도 신애의 눈총을 짐짓 방어하는 표정을 지었다가 곧 쾌활하게 웃었다. 둘의 웃음은 서로에 대한 거짓 없는 신뢰와 우정의 표현이었다.

그날 창배와 신애는 제과점에서 나와 가까운 강가로 내려갔다. 해 질 녘의 강물 빛은 황금빛이었다. 무수한 황금빛의 잎사귀들이 강물 위에 떠 있는 것 같았다. 창배는 납작한 돌을 주워 물수제비를 띄웠다. 강물을 향해 날아간 돌은 황금빛 수면 위를 몇 차례나 미끄러지며 되튀어 올랐다가 가라앉았다. 신애도 창배의 흉내를 냈다. 그러나 신애가 던진 돌은 한 번도 되튀어 오르지 못하고 그냥 가라앉기만 했다. 창배는 신애에게 던지는 요령을 가르쳐 주었다. 그러나 번번이 실패였다. 그러나 마침내 신애가 던진 돌이 꼭 한 번 되튀어 올랐을 때, 신애는 손뼉을 치며 기뻐했다.

"어마, 됐다. 됐어!"

"잘했어, 아주." 창배도 신애의 성공을 격려해 주었다.

둘은 강물에서 황금빛이 거둬질 때까지 강가를 걸었다. 그리고 마악 동네로 돌아오려고 할 무렵이었다. 누군가 뒤에서 둘을 야유하는 소리가 들려왔다.

"야, 경치 좋고. 삼삼한데?"

분명 창배와 신애의 등 뒤를 향해 던지는 소리였다. 그리고 곧 다른 목소리가 뒤를 이었다.

"어이, 야. 이왕이면 둘이 팔짱이라도 좀 끼지 그래?"

순간 창배는 걸음을 멈추었다. 그리고 뒤를 돌아보려고 할 때였다.

"그냥 가."

하고 신애가 가만히 창배의 팔을 잡았다. 창배는 조금 망설이고 나서 다시 걷기 시작했다.

그때 또 다른 목소리가 날아왔다.

"야, 혼자만 재미 보기냐? 그 까이, 우리 좀 빌려줄 수 없니?"

창배는 더 이상 참을 수 없다고 생각했다. 걸음을 멈추고 뒤로 돌아섰다. 창배 또래로 보이는 세 명의 소년이 몇 발짝 떨어진 지점에 서 있었다. 불량한 복장들이었고 야비한 표정들을 하고 있었다. 신애가 걱정스런 표정으로 다시 창배의 팔을 잡았다.

"그냥 가. 나쁜 애들이야."

창배는 그러나 이번엔 신애의 말을 듣지 않았다. 그리고 세 명의 소년을 향해 말했다.

"사과해라. 너희들."

그러자 세 명의 소년은 재미있다는 듯 서로 서로의 얼굴을 쳐다보았다. 그리고 곧 그중 하나가 창배를 향해 야비한 표정을 지으며 말했다.

"뭐? 사과? 응, 까이 앞에서 가오 좀 잡고 싶다 이거지?"

창배는 소년들 앞으로 걸어갔다.

"너희들 정말 사과 안 할래?"

"어쭈? 애 좀 봐? 애가 뭘 믿고 이러지?"

하고 소년들은 가소롭다는 표정으로 창배의 아래위를 훑어보았다. 별것도 아닌 게라는 표정이 소년들의 얼굴에는 금방 떠올랐다. 그리고 그중 하나가 창배 앞으로 바싹 다가서며 말했다.

"그래. 사과 못 하겠다. 어쩔래?"

창배는 굳은 표정으로 말했다.

"난 사과를 받아야 간다."

"뭐? 웃기는데, 얘? 얠 이거 어떻게 해 줄까?"

"만져 줘, 좀." 다른 소년이 말했다.

"만질 데나 어디 있어야지."

"그러니까 살살 만져 주면 되잖아."

"그럴까."

순간 창배는 자기 앞에 선 소년이 몸을 약간 움직인다고 생각했다. 그리고 다음 순간 복부에 강한 통증을 느꼈다. 창배는 이를 악물어 참았다. 그리고 소년을 향해 덤벼들었다. 그러나 창배는 싸움을 해 본 경험이 많지 않았다. 올바로 때리는 것보다 맞는 것이 더 많았다. 게다가 상대방 소년들은 곧 세 명이 합세하여 창배에게 덤벼들었다. 신애가 무어라고 울부짖는 소리를 들으면서, 창배는 그러나 물러서지 않고 세 명의 소년과 싸웠다. 싸운다기보다 거의 일방적으로 얻어 맞는 형편이긴 했으나.

결국 창배는 입과 코에서 피를 흘리며 모래밭에 쓰러졌다. 그리고 소년들은 만족한 표정으로 유유히 달아나 버렸다. 신애가 쓰러진 창배의 머리맡에 앉아서 울먹이며 말했다.

"거봐, 내가 그냥 가자고 했잖아."

그리고 손수건으로 창배의 입과 코를 닦아 주었다. 창배는 그러나 곧 모래밭에 일어나 앉으며 말했다.

"아냐, 저 자식들한테 꼭 사과를 받아 내고야 말 테야."

신애는 안타까운 표정으로 창배를 나무라듯 말했다.

"말도 안 돼. 그 애들은 깡패들이야. 그런 애들하고 무슨 상대를 한다고 그래."

"아냐, 깡패들한테도 사과하는 법을 가르쳐 줘야 해. 난 꼭 사과를 받아 내고야 말 테야."

그것은 일종의 자기 자신과의 약속이라고도 할 수 있었다. 그리고 창배는 스스로와의 그 약속을 끝내 지켰다.

이튿날부터 창배는 동네를 샅샅이 뒤져 그 세 명의 깡패 애들을 찾기 시작했다. 학교에서 돌아오는 대로 창배는 책가방을 집에 던져 두고는 동네를 뒤지고 돌아다녔다. 사흘째 되는 날 그중 하나의 집을 찾아냈다. 골목을 뒤지고 다니며 그만한 또래들을 눈여겨 살피기도 하고 골목의 조무래기들에게 그 애들의 생김새를 말하며 묻고 다니기도 한 결과였다. 창배의 집에서 꽤 떨어진 곳이었다. 골목의 조무래기들이 가르쳐 준 집 앞에서 두 시간쯤 기다렸을 때 창배가 찾던 세 명 중의 하나가 돌아오는 모습이 보였다.

가까이 오기를 기다려 창배는 가로막고 나서서, 상대방이 이쪽을 알아보고 약간 놀란 눈치를 보였을 때 사흘 전 일에 대한 사과를 요구했다. 상대방은 잠시 어이가 없는 표정을 지었다. 창배는 엄격한 표정으로 다시 사과를 요구했다. 그러자 상대방은 짜증스런 표정을 짓고 나서 위협하는 몸짓을 취했다.

"까불지 말고 꺼져, 인마. 또 코피 나기 전에."

"사과를 받기 전엔 난 안 가. 오늘 못 받으면 내일 또 올 거야. 내일도 못 받으면 모레 또 올 거고."

창배는 분명한 어조로 말했다. 그것도 말하자면 자기 자신과의 약속이라고 할 수 있었다. 그리고 창배는 그 약속도 끝내 지켰다. 그날 창배는 다시 심하게 얻어맞았으나 자신과의 약속대로, 계속 사흘 동안 불리한 싸움을 벌인 끝에 마침내 그 싸움 잘하는 소년으로부터 사과를 받아 내고야 말았던 것이다. 사흘째의 싸움이 끝났을 때, 소년은 지친 표정으로 제발 내일은 오지 말아 달라고 말했던 것이다. 그리고 창배의 요구대로, 마지못한 것이긴 했으나 사과도 하고 나머지 두 명의 집도 가르쳐 주었다. 나머지 두 명에게서도 창배는 비슷한 방식으로 사과를 받아 냈다. 각기 비슷한 시간이 걸렸으나 그동안 싸움의 경험이 생겨, 마지막 사과를 받던 날엔 창배는 싸움에서 제법 우위에 서기조차 했다.

물론 그동안 창배의 얼굴과 몸에 생긴 상처는 이루 말할 수 없을 정도였다. 그러나 창배는 모욕을 씻은 것만이 무엇보다 기뻤다. 자신에 대한 모욕보다도 신애에게 가해진 모욕을 씻어 낸 것이 그지없이 기뻤다. 싸움에 자신이 생긴 것도 부수적으로 얻은 덤이라고 할 수 있었다. 왜냐하면 나쁜 힘을 휘두르는 아이들에겐 그것을 제압할 수 있는 힘도 필요한 것이라고 할 수 있었으므로.

신애의 신상에 커다란 변화가 일어난 것은 그로부터 몇 달 뒤였다. 신애네 집이 별안간 파산지경에 이르렀던 것이다. 이유는 신애 아버지의 회사가, 보다 규모가 큰, 같은 종류의 새로 생긴 딴 회사와의 경쟁에서 졌기 때문이라고 했다.

신애 아버지의 회사는 착실히 바탕을 다져 온 작지 않은 규모의 식품회사였는데 같은 제품들을 만들어 내는 더 큰 규모의 회사가 새로 등장함으로써 불가피하게 경쟁을 하게 되었고 회사로서의 여러 가지 능력에서 뒤진 신애 아버지의 회사가 결국 지고 말았다는 것이다. 게다가 상대방 회사는 정직하지 못한 수단까지 동원하여 신애 아버지의 회사를 파탄 상태에까지 몰아넣었다는 것이다. 동네 어귀의 제과점에서 창배와 만난 신애는 안쓰러운 표정으로 말했다.

"……우리 아빠가 불쌍해 죽겠어. 진지도 안 잡수시고 누워만 계시는데 난 아빠가 그렇게 약해진 모습은 본 적이 없어. 꼭 어린애 같아."

창배는 근심스런 표정으로 조심스레 물었다.

"회사는 그럼 아주 문을 닫은 거야?"

"응, 문만 닫은 게 아니라 저쪽 회사로 아주 넘어가 버렸대. 아빤 그동안 경쟁에 지지 않으려고 빚도 꽤 많이 지셨는데 나중에 알고 보니 그게 거의 모두 저쪽 회사에서 내보낸 돈이었대. 아빤 그것도 모르고 감쪽같이 속으신 거야."

"아주 나쁜 자식들이구나. 그게 도대체 어느 회산데?"

"Y종합식품이라는 회사야."

"아, 그 여러 가지 인스턴트식품을 만드는 회사 말이지? 사장 이름이 선우 뭔가 하는."

"응, 창밴 어떻게 잘 알아?"

"신문 경제면에서 가끔 봤어. 사채(私債) 장사를 해서 막대한 돈을 벌었다더니 결국 그런 비겁한 수법을 써서 경쟁회사를 쓰러뜨렸구나."

"회사뿐이 아냐. 우리 집도 곧 넘겨줘야 한대."

"뭐? 역시 그 자식들한테?"

"그건 잘 몰라. 어쨌든 채권자들한테 넘겨줘야 한대. 아빤 이런 얘기도 잘 안 하셔. 그나마도 내가 졸라서 겨우 들려주신 거야."

"큰일 났구나. 앞으로 그럼 어떻게 하지?"

"난 괜찮아. 사람한텐 생각지 않았던 불행도 있는 법이니까. 하지만 아빠가 걱정이야. 너무 약해져 계셔."

"타격이 크시겠지."

"우리, 가족들한테도 죄를 지으셨다고 생각하시는 모양이야. 내가 아무리 그렇지 않다고 말씀드려도 힘없이 고개만 흔드셔. 난 아빠가 저러시다가 돌아가실까 봐 걱정이야."

"그렇다고 설마 돌아가시기야 하겠어."

"아냐, 난 아빠가 저러시다가 꼭 돌아가실 것만 같아. 평소에 혈압이 높으신 편이거든."

신애의 그 말은 며칠 뒤에 현실이 되어 나타났다. 신애의 아버지는 며칠 뒤 뇌일혈을 일으켜 세상을 떠나고 말았던 것이다. 창배는 신애가 장례식 날 입었던 하얀 상복을 잊지 못한다. 그리고 상복 치맛자락 아래로 드러나 보이던 투박한 짚신도. 울어서 두 눈이 부은 신애의 얼굴은 창배의 가슴을 칼로 도려내는 듯했다. 그것은 나중에 신애 자신이 죽었을 때 몇 배 더 강하게 또 한 번 경험해야 했지만.

신애네는, 신애 아버지의 장례식이 끝난 지 한 달도 채 못 되어 동네를 떠났다. 집을 채권자들에게 내주어야 했기 때문이었다. 신애네가 이사 간 곳은 영등포 역전 부근의 단칸짜리 셋방이었다. 그나마 신애 어머니가 지니고 있던 약간의 패물을 팔아 마련한 것이었다. 형편대로 한다면 신애는 학교를 그만두어야 했다. 신애도 그럴 생각이었다. 그러나 그것은 신애 어머니가 허락하지 않았다. 어떻게든 다니던 학교는 마저 마쳐야 한다는 게 신애 어머니의 생각이었다. 셋방을 마련하기 위해 팔고도 조금 남은 패물로 그때까진 어떻게든 해 볼 테니 학교는 마저 마쳐야 한다는 것이었다. 신애는 어머니의 고집을 이기지 못했다.

궁핍한 생활이었으나 그리고 누구의 도움도 청할 수 없는 입장이었으나 신애는 힘겹게 고등학교를 마칠 수 있었다. 순전히 신애 어머니의 헌신적인 인내와 신애 자신의 꿋꿋한 마음가짐 때문이었다. 고등학교를 마친 신애는 학교 선생님의 알선으로 조그만 개인회사의 경리직원으로 취직할 수 있었다. 많은 월급을 받진 못했으나 신애는 이제 신애네 조그만 가정의 실질적인 가장이 되었다. 신애 어머니는 그때 이미 더 이상 팔 수 있는 것을 갖고 있지 않았을 뿐 아니라 달리 돈을 벌 수 있는 능력도 갖고 있지 못했던 것이다.

그즈음 법과대학의 2학년생이 된 창배는 일주일에 한 번씩 꼭 신애네 집을 방문하였다. 더 자주 신애와 만나고 싶었으나 그러지 못한 것은 학비를 벌기 위한 가정교사 일 때문이었다. 그리고 법관이 되기 위한 공부도 결코 시간이 적게 드는 일이 아니었다. 창배가 신애네 집을 방문하는 것은 대개 일요일이었는데 그때마다 창배는, 신애가 대학에 진학하여 공부를 계속하지 못하는 걸 항상 가슴 아프게 생각했다. 그리고 자신이 신애를 위해 아무런 도움도 되지 못한다는 사실이 늘 안타깝고 미안했다. 그러나 신애는 한 집안의 가장답게 늘 꿋꿋하고 밝은 표정을 잃지 않았다. 가령 창배가, 신애의 희망이었던 전도사가 되는 길을 포기하지 말라고, 그러기 위해선 신학대학의 야간부에라도 다녀야 하며 신애만 그럴 생각이 있다면 어떻게든 창배

자기가 도울 수 있는 방법을 생각해 보겠다고 채근이라도 할라치면 신애는 그 맑은 눈길을 꾸밈없는 밝은 미소와 함께 대답했다.

"아냐, 나 지금 이대로도 좋아. 꼭 전도사가 되어야겠다는 생각은 지금은 없어. 지금처럼 열심히 사는 것도 훌륭한 일이라고 생각해. 전도사가 안 돼도 사람들을 사랑할 순 있을 것 같아."

그럴 때면 창배는 신애가 오히려 자기보다 훨씬 성숙한 생각을 갖고 있다는 느낌이 들었다. 그리고 마음속이 따뜻하고 환해지는 느낌을 받았다. 따뜻하고 환한 슬픔이라는 말이 가능할까?

그런데 바로 그해 겨울, 크리스마스를 이삼일 앞둔 어느 날 저녁, 신애네 집을 방문한 창배는 실로 곧이들리지 않는 소식에 자신의 귀를 의심해야만 했다. 신애가 수원 부근의 한 호수에 뛰어들어 자살을 했다는 것이었다. 그리고 바로 전날 화장까지 마쳤다는 것이었다. 신애 어머니는 창배의 두 손을 붙잡고, 그사이 왜 들러 주지도 않았느냐면서 북받치는 울음을 이기지 못했다. 창배는 어안이 벙벙하여 잠시 이 사실을 어떻게 받아들여야 할지 알지 못했다. 그러나 신애 어머니의 태도로 미루어 그것이 거짓말이 아님은 분명했다. 그렇다면 도대체 왜? 무엇 때문에 수원 부근까지 가서 신애는 호수에 몸을 던져 자살을 했단 말인가? 그토록 꿋꿋해 보이기만 하던 신애가 말이다. 믿을 수 없는 일이었다. 그것은 있을 수 없는 일이었다. 그러나 신애 어머니가 거짓말을 지어낼 까닭도 없는 일이었다.

창배는 좀 더 자세한 이야기가 듣고 싶었다. 신애에게 혹시 무슨 그럴 만한 이유라도 있었느냐고 물었다. 그러나 신애 어머니의 오열

섞인 대답은 그럴 만한 아무런 이유도 없었다는 것이었다. 교회의 수요일 저녁 예배에 나가서 돌아오지 않은 채, 그 이튿날 오전에 연락을 받고 달려 나가 보니 그 지경이 되어 있더라는 것이었다. 그곳에 있던 순경의 얘기로는 새벽에 신애가 호수로 뛰어드는 모습을, 멀리 호수 건너편에서 본 목격자도 있었다고 하더라는 것이었다. 그날 몸이 좀 아파서 교회에 같이 예배 보러 가지 못한 게 딸을 죽인 큰 죄가 되었다면서 신애 어머니는 오열을 그치지 못했다.

창배는 그 믿을 수 없는 사실을 일단 현실로 받아들이는 수밖에 없다고 생각하자 무슨 말로 신애 어머니의 슬픔을 위로해야 할지 알지 못했다. 그리고 가슴속이 찢어져 나가 그 안에 커다란 공동(空洞)이 생기는 듯한 아픔이 밀려왔다.

그러나 창배는 아직도 믿어지지 않는 사실들이 많았다. 신애가 자살했다는 사실과 이제 이 세상에 없다는 사실은 싫어도 믿을 수밖에 없다고 하더라도 그 밖의 사실들은 너무나 믿어지지 않는 것들뿐이었다. 우선 신애가 교회로 예배 보러 가서 돌아오지 않은 체, 집 아닌 다른 곳에서 하룻밤을 지냈다는 사실과 평소에 간 적이 없는 수원 부근의 호수에 몸을 던졌다는 사실이 아무리 생각해도 믿어지지 않았으며 무엇보다도 신애가 자살할 만한 이유가 납득되지 않았다. 그리고 그 납득되지 않는 사실들 속에 무언가 감추어져 있는 사실이 틀림없이 있으리라는 직감이 느껴졌다. 창배는 그것을 자신의 손으로 찾아내야 한다고 생각했다. 지극히 막연한 직감에 지나지 않았지만 그 석연치 않은 사실들 속에 무언가 숨겨진 폭력이나 범죄의 그림자가 어렴풋이 느껴졌기 때문이었다.

　이튿날부터 창배는, 신애가 자살하기 하루 전날부터의 행적을 추적해 보기 시작했다. 신애가 다니던 회사로부터 시작해서 교회까지는 쉽사리 추적이 가능했다. 그러나 그 이후는 캄캄한 절벽이었다. 예배가 끝나서 교회를 떠난 이후의 신애를 보았다는 사람은 아무도 없었기 때문이었다. 그리고 회사나 교회에서의 신애는 평소와 다른 점이라곤 조금도 없었다는 것이었다.

　창배는, 신애가 몸을 던져 자살했다는 수원 부근의 그 호숫가를 찾았다. 신애가 그곳에 몸을 던졌다면 어떤 경로를 거쳐서든 일단 그곳까지 갔다는 이야기가 되기 때문이었다. 더욱이 신애가 호수에 몸을 던진 것은 새벽이라고 하지 않는가. 그렇다면 신애는 적어도 전날 밤부터 그 부근 어디엔가 와 있었다는 이야기가 된다. 자의에 의해서건 또는 어떤 타의에 의해서건.

　호수는 넓고 컸으며 수심이 깊어 보였다. 그리고 아직 얼어붙지 않은 수면 위에 낚싯대를 드리우고 있는 사람도 서너 명 보였다. 창배는 찢어질 듯한 마음으로 그 호수의 수면을 바라보았다. 저 찬물 속에 뛰어든 신애는 어떤 절망적 상황에 놓여 있었을까. 무엇이 신애로 하여금 저 찬물 속으로 뛰어들게 만들었단 말인가. 그러나 호수는 창배에게 아무런 대답도 들려주지 않았다. 수심을 말해 주는 검푸른 물빛만이 겨울 오후의 햇빛을 받아 이따금 알루미늄빛으로 번쩍일 뿐이었다.

　창배가 그 신문기자를 만난 것은 신애가 호수에 뛰어드는 모습을 보았다는 목격자의 주소를 알아보기 위해 그곳 지서를 찾아갔을 때였다. 목격자를 만나 그 순간의 자세한 이야기라도 직접 들어 보고 싶었던 것이다. 지서의 순경은 좀 귀찮은 눈치였으나 사정을 말하자 곧 마지못한 듯 서류철을 뒤쳐 목격자의 주소를 가르쳐 주었다. 그런데 그때 지서장인 듯한 경관과 무언가 이야기를 나누고 있던 사복 차림의 젊은 남자 한 사람이 흥미롭다는 듯 창배 쪽을 힐끗 돌아보며 물었다.

"학생이 죽은 민신애 양의 애인이오?"

창배는 얼굴을 조금 붉히며 대답했다.

"네, 친한 친굽니다. 그런데 신애를 아십니까?"

"아, 그냥 흥미가 좀 있어서. 나하고 얘기 좀 하겠소? 물어볼 것도 좀 있구."

"네, 무슨 말씀입니까?"

"잠깐 나갑시다. 여기선 좀 곤란하니까."

그리고 그는 지서장인 듯한 경관에게 빙긋 웃어 보이고는 창배를 향해 나가자는 눈짓을 했다. 창배는 지서에 온 볼일은 다 보았다고 할 수 있었으므로 곧 잠자코 그를 따라나섰다. 지서 밖으로 나오자 그는 호수가 있는 쪽으로 걸음을 옮기며 말했다.

"걸으면서 얘기합시다. 호수까진 좀 멀긴 하지만. 난 B일보의 수원 지방 주재 기자요."

"아, 그러세요."

"실은 민신애 양 자살사건에 좀 미심쩍은 점이 있어서 나도 뭘 좀 알아보러 왔던 참이오."

창배는 긴장하며 물었다.

"미심쩍은 점이라뇨?"

"천천히 얘기합시다. 그런데 학생은 뭐 때문에 여기까지 찾아왔소?"

"목격자가 있다길래 만나서 자세한 얘기를 좀 들어 보려구요."

"음, 학생도 뭔가 마음이 안 놓이는 구석이 있는 모양이군. 어때요? 신애 양이 자살할 만한 무슨 특별한 이유라도 있었어요."

"제가 아는 범위에선 없습니다."

"신애 양 어머니도 그렇게 말씀하시더군. 그런데 자살을 한 건 틀림없단 말씀이야. 먼 여기까지 내려와서 그것도 새벽에……."

"뭔가 아시는 게 있으면 저한테 얘기해 주십시오."

"아는 건 별로 없어요. 하지만 보여 줄 게 하나 있지."

"네? 뭔데요?"

하고 창배는 긴장을 늦추지 않은 채 물었다. 그는 잠시 창배의 얼굴을 뜻있게 돌아보고 나서 천천히 말했다.

"여기선 보여 줄 수가 없어요. 좀 더 걸읍시다. 좀 더 걸으면 저절로 보일 거요."

"네?"

"글쎄, 좀 있다 봐요."

그들이 호수 부근에 다다른 것은 얼마 후였다. 그는 마른 수초가 물결에 흔들리고 있는 한 지점에 이르자 말했다.

"여기가, 그 낚시꾼이 신애 양의 자살 순간을 목격했다는 지점이오. 그러니까 신애 양이 뛰어든 쪽은 저 건너편이지. 저 건너편에 삐죽 튀어나온 바위가 하나 보이죠? 거기서 뛰어들었답니다."

그러며 그가 가리키는 방향을 따라 창배는 호수의 대안(對岸)을 바라보았다. 호수의 대안은 바로 경사진 산으로 이어져 있었는데 거기 호수 쪽을 향해 삐죽 튀어나와 있는 암회색의 바위 하나가 보였다. 창배는 순간 신애가 그 바위 위에서 뛰어내리는 모습이 눈앞에 잠깐 어른거리는 듯했다. 그때 신문기자가 다시 말했다.

"자, 그 위쪽을 좀 쳐다봐요."

"네?"

"그 위쪽."

창배는 그의 지시에 따라 시선을 바위로부터 산 중턱 쪽으로 옮겼다. 멀리 마른 나뭇가지들이 엉킨 숲 사이로 집 모양 같은 것이 보였다. 첫눈에 누군가의 별장이라는 느낌이 드는 양식 있게 지은 집 모양이었다. 비록 멀고, 숲 사이로 그 윤곽만이 보일 뿐이긴 했지만. 창배는 신문기자를 돌아보며 물었다.

"저한테 보여 줄 게 있다고 하신 게 저건가요?"

그는 천천히 고개를 끄덕였다.

"맞았어요. 내가 보여 줄 게 있다고 한 게 바로 저거요."

"누구의 별장 같은데요?"

"호텔 재벌 이용순 씨의 별장이지."

"그런데 저 별장이 신애의 자살과 무슨 관계가 있나요?"

"그건 모르겠어요."

"그럼……?"

"관계가 있는지 없는진 학생이 알아봐야지. 만일 그럴 생각이 있다면 말이오."

"네?"

"흥미 있는 사실 하나를 가르쳐 주지. 뭔고 하니……."

"혹시 그 낚시꾼이 신애가 저 별장에서 내려오는 걸 봤나요?"

"아니. 그 낚시꾼은 바위에서 뛰어내리는 모습밖에 못 봤어요."

"그럼?"

"저 별장에 그 전날 밤 다섯 명의 대학생이 있었어요. 바로 저 별장의 주인 아들과 그 친구들이었지. 모두 비슷비슷한 집안의 자제들이에요. 두 대의 승용차로 그들이 별장으로 올라가는 걸 본 사람이 있었어요."

"그 두 대의 승용차 중에 그럼 신애도 타고 있었답니까?"

"가까이서 보질 못했기 때문에 그건 잘 모르겠대요. 어떻게 보면 여자가 한 명 타고 있었던 것도 같고 아닌 것도 같고 확실치가 않대요. 하지만 이건 확실해요. 신애 양이 자살하기 전의 모습을 본 사람은 이 동네에 아무도 없어요. 그렇다면 신애 양은 새벽에 어디서 왔을까……."

갈 수 없는 나라

최명곤이 살해당한 다음 날 오전 10시, 경식은 부산시경의 양 형사에게 전화를 걸어 모종의 부탁 한 가지를 했다. 그리고 지그시 눈을 감았다. 밤새 잠 한숨 붙이지 못한 눈을 조금 쉬게 하려는 뜻도 있었지만 그보다는 몸속을 뚫고 흐르는 어떤 흥분을 가라앉히기 위해서였다. 밤새워 자신의 뇌세포를 혹사한 결과가 헛되지 않았다고 할까, 방금 전에 그는 자신의 몸속을 관통하는 한 줄기 빛 같은 것을 낚아챘던 것이다. 그렇다. 그것을 왜 아직 확인해 보지 못했을까. 맹꽁이 자식이다!

안개의 한 귀퉁이가 무너져 버리고 그곳으로 빛이 쏟아져 들어오는 느낌이었다. 그러나 흥분을 해선 안 되었다. 침착하게 결과를 기다려 보아야 한다. 아직 흥분을 하기엔 이른 지도 모른다. 그러나 그는 내심, 결과를 거의 확신하고 있었다. 그게 아니라면 다른 길은 없다.

그것은 그가 찾아낸 마지막 카드라고 할 수 있었다. 그것마저 만일 무위로 돌아간다면, 그는 또다시 맨손으로 시작하지 않으면 안 될 것이었다. 다시 안개 속을 맨손으로 더듬어야 할 것이었다. 마치 지팡이도 없는 장님처럼.

경식은 감았던 눈을 뜨고 의자에서 일어났다. 왠지 커피가 한잔 마시고 싶었기 때문이다. 양 형사로부터 회신이 오려면 적어도 한 시간 이상은 기다려야 할 것이었다. 어쩌면 두세 시간은 좋이 기다려야 할는지도 몰랐다. 되도록 느긋한 기분을 갖는 것이 필요했다. 게다가 딱딱한 의자에 앉아서 밤을 새운 몸이, 온몸으로 갈증을 느끼고 있는 것 같았다.

수사본부를 나서는 그를 계장이 힐끗 쳐다보았으나 아무 말도 하지 않았다. 그는 근처의 다방으로 나갔다. 커피 한 잔을 시켜서 천천히 그러나 입을 떼지 않고 잔을 비웠다. 그리고 다시 한 잔을 더 부탁한 다음 그는 담배 한 대를 피워 물었다. 담배 연기가 몹시 달게 빨아들여졌다. 다시 한 잔의 커피가 더 날라져 왔다. 이번엔 그는 한 모금씩 천천히 아껴서 마시기 시작했다. 이런 때 동희라도 불쑥 나타나 주었으면 하는 생각이 들었으나 그는 곧 쓸쓸하게 웃었다. 그것은 너무 한가로운 생각이었기 때문이다. 그는 두 잔째의 커피를 비우고 나서 담배를 눌러 껐다. 그리고 천천히 의자에서 일어났다. 아무래도 그런 곳에 그렇게 더 이상 한가롭게 앉아 있을 기분이 못 되었기 때문이다.

그가 다시 수사본부로 돌아왔을 때 계장이 기다렸다는 듯 그를 손

짓해 불렀다. 약간 긴장한 표정이었다. 경식이 계장의 책상 앞으로 다가가자, 계장은 완연히 긴장을 감추지 못한 표정으로 말했다.

"방금 박 형사한테서 연락이 왔는데 김광배가 혼자서 차를 몰고 어디론가 떠났대."

"네? 그래서 놓쳤답니까?"

경식은 자신도 모르게 부르짖다시피 했다.

"응, 택시로라도 뒤쫓아 보려 했지만 마침 빈 택시도 없고 해서 그대로 놓쳐 버렸다는 거야."

"야단났는데요. 그럼."

"그 친구 이번에 아주 실수투성이야."

"그러니까 회사에는 일단 출근을 했다가 자동차를 몰고 어디론가 떠났다는 거겠죠?"

"그렇지."

"그 사이 회사로 누군가 찾아온 사람은 없었답니까?"

"그런 사람은 없었대."

"아무튼 예감이 좋지 않은데요. 아무래도 오늘 또 무슨……."

"자네도 그런 생각이 드나?"

"역시 그럼 계장님도?"

"음……." 계장의 얼굴빛은 심각하게 굳어졌다. 경식 역시 굳어진 표정으로 말했다.

"어쨌든 교통과에 협조 의뢰해서 수배를 해 놓고 봐야겠습니다. 차 모양이 특별해서 어쩌면 쉽게 찾아낼지도 모릅니다. 김광배가 타는 차라면 회색 '머스탱'이니까요."

"음, 그렇다면 빨리 수배를 해야겠군."

"네, 어쨌든 그 친굴 우리 시야 밖에 놔두어선 안 되니까요."

그때 계장은 벌써 책상 위의 전화기에서 송수화기를 집어 들고 있었다. 교통과를 부르고, 상대방이 나오기를 기다리는 동안 계장의 표정은 조바심을 감추지 못하고 있었다. 마침내 상대방이 나온 모양이었다. 계장은 흥분 띤 어조로 사정을 설명하고 김광배가 탄 회색 '머스탱'의 긴급 수배를 의뢰했다. 저쪽에서 차의 번호를 묻는 모양이었다. 계장이 경식을 쳐다보며 물었다.

"그 친구 차 넘버가 몇 번이지?"

경식은 재빨리 수첩을 꺼내, 만일을 위해 적어 둔 김광배의 차 번호를 읽어 주었다. 계장은 따라 부르듯 송수화기에 대고 차 번호를 일러 준 다음 다시 한번 긴급을 요한다는 말을 덧붙이고 나서 송수화기를 내려놓았다. 그리고 경식을 향해 말했다.

"이 친구들이 빨리 찾아낼지 걱정이군. 제발 빨리 찾아내 줘야 할 텐데. 이번 사건은 온통 뒤틀리는 것투성이어서 말야."

계장의 우려는 빗나가지 않았다. 그로부터 몇 시간이 지나도록 김광배의 차를 찾았다는 소식은 들려 올 줄을 몰랐던 것이다. 5분이 멀다 하고 이쪽에서 수시로 재촉을 해 보기도 했으나 결과는 마찬가지였다. 경식의 예감은 점점 불길한 방향으로 기울어만 갔다. 게다가 그는 그사이 몇 군데 전화를 걸어서 자신이 체크하고 있는 또 한 사람의 행방이 묘연하다는 사실도 알아냈던 것이다. 어디선가 분명 또 하나의 사건이 은밀히 진행되고 있음에 틀림없다는 생각이 쉴 새 없이 그의 머리를 괴롭혔다. 그러나 그곳이 어디란 말인가.

부산의 양 형사로부터 전화가 걸려 온 것은 그러한 그의 조바심이 거의 절정에 이른, 저녁 무렵이 다 되어서였다. 늦었으나 쾌보였다. 경식이 예상했던 대로였던 것이다. 그리고 김광배가 탄 차의 행방에 관한 소식도 뒤미처 들어왔다.

광배는 액셀러레이터를 밟으며 운전석 옆자리에 앉은 나영에게 말했다.

"나영 씨 상철이네 별장 한 번 가 봤던가. 실은 오늘 상철이 형님한테 부탁해서 거길 하루 빌렸어."

나영은 뜻밖이라는 듯 두 눈을 호동그리며 물었다.

"어마, 그럼 지금 그리 가는 길예요?"

"응, 왜? 싫어?"

"어마, 그럼 거길 가려고 날 이렇게 급하게 끌어낸 거란 말예요?"

"응, 하루쯤 조용한 곳에 가서 나영 씨하고 푹 쉬고 싶어서."

"그런데 하필이면 조용한 곳이 왜 거기뿐이에요? 다른 데도 얼마든지 있을 텐데."

"거기처럼 조용한 곳도 드물어. 나영 씨 한 번 안 가 봤던가?"

"꼭 한 번 가 보긴 했어요. 하지만……."

"하지만?"

"좀 을씨년스런 기분이 드는 곳이에요. 그리고……."

"이상하군. 그리고?"

"왜 하필 거길 간다는 거예요?"

"글쎄, 거기가 어때서?"

"몰라서 물어요?"

"오라, 왜 하필 상철이하고의 추억이 남아 있는 곳으로 가느냐, 이거지?"

"취미치곤 나쁘지 뭐예요."

광배는 빙긋이 웃었다.

"왜 오히려 재밌잖아?"

"뭐라구요?"

"왜, 난 나영 씨도 재밌어할 줄 알았는데."

"기가 막혀."

"이제 보니 나영 씨 아주 섬세한 면이 다 있군 그래."

"정말 이러기에요? 이러려고 날 그렇게 급하게 끝어낸 거예요? 제대로 화장도 할 겨를을 안 주고."

"화장 제대로 안 해도 예쁜데 뭘 그래."

"아무튼 난 거긴 안 가요."

"이거 왜 이래. 나영 씨답지 않게."

"꼭 거길 가야만 하는 이유는 그럼 뭐예요?"

"말했잖아. 나영 씨하고 하루쯤 조용한 곳에 가서 푹 쉬고 싶어서라구. 명곤이도 그렇게 됐구 말야. 내 기분 이해 못 해?"

"광배 씨 기분은 알아요. 하지만 하필이면 왜 거기냐구요."

"내 취미 알잖아. 약간 비정상적인 걸 좋아하는 거."

"그럼 지금 거길 꼭 가야 한단 말예요."

"오늘은 내 기분을 좀 따라 줘."

그러자 나영은 무슨 생각을 하는지 잠시 아무 대꾸도 없었다. 그리고 조용히 차의 앞창만 내다보았다. 광배는 액셀러레이터를 좀 더 깊이 밟았다. 잘 길들여진 그의 '머스탱'은 주인의 기분을 이해하기라도 하듯 기민하고 섬세하게 주인의 의사에 따랐다. 그때 나영이 시선을 가만히 이쪽으로 옮겨 오며 물었다.

"정말 거길 꼭 가야만 하겠어요?"

"부탁해."

"좋아요. 가요, 그럼. 그 대신 내 부탁도 하나 들어줘야 해요."

"무슨 부탁인데?"

"나 외국 좀 보내 주세요."

"외국?" 광배는 두 눈은 크게 뜨고 나영을 돌아보았다.

"……네, 아무 데나요." 하고 나영은, 그녀답지 않게 촉촉이 호소하는 눈길을 보내왔다. 광배는 순간 그녀의 속셈이 얼핏 짐작돼 스스로가 느끼기에도 차게 웃었다. 그리고 물었다.

"외국엔 왜?"

"이유는 묻지 말구요."

"이유는 묻지 마라……. 그러니까 더 궁금해지는데. 패션의 본고장에 가서 본격적인 활동을 한번 해 보려구?"

"그런 과욕은 안 부려요."

"그럼?"

"그냥……. 몇 달만이라도 외국 바람을 좀 쐬고 싶어서요. 그러다 기회가 있으면 외국 쪽 패션계의 냄새라도 좀 맡아 보구요. 사실 너무 우물 안 개구리라는 느낌이 안 드는 것도 아녜요."

광배는 짐짓 이해할 만하다는 듯 고개를 끄덕였다.

"그렇기도 할 거야. 하지만 문제가 좀 있는데."

"무슨 문제요?"

"우선 내가 나영 씨 하고 떨어져선 잠시도 견딜 수 있을 것 같지가 않고 말야."

"설마 그럴라구."

"아냐, 정말야, 이건."

순간 나영의 눈은 반짝 빛났다?

"그럼 같이 가면 되잖아요."

"아, 그런 방법이 있지. 하지만 그것도 곤란한데."

"어째서요."

"같이 가는 것까진 좋지만 그다음에 나영 씨가 날 버리면 어떡하지? 외국에 나가선 내 '조커'도 써먹을 수가 없게 될 테고."

"네? 그게 무슨 뜻이죠? '조커'라뇨?"

"트럼프에서 급할 때 써먹는 거 있잖아?"

"그런데 그게 나하고 무슨 상관이죠?"

"상관이 있지. 그건 나영 씨하고 게임할 때밖엔 써먹을 수가 없는 '조커'니까. 그런데 그게 외국에 나가선 아무짝에도 쓸모없는 게 돼

버리고 만단 말야.”

“난 도대체 무슨 얘길 하고 있는 건지 모르겠어요.”

“나영 씨가 정말 그렇게 머리가 나쁠까?”

“네?”

“권오규라는 사람 생각을 해 보면 금방 알 수 있을 텐데.”

“뭐라구요?”

“하하, 더 이상 설명할 필요는 없겠지. 그리고 내가 나영 씨하고 같이 외국에 나갈 수 없는 사정은 또 있어.”

“우선 나는 나영 씨처럼 도망치고 싶은 생각이 없어. 나영 씨도 그런 생각은 버리는 게 좋을걸.”

“……무슨 얘기를 하고 있는 거예요, 지금?”

“하하, 그렇게 시치미 떼어 봤자 소용없어. 그리고 내가 나영 씨하고 같이 외국에 나갈 수 없는 또 하나의 사정은, 내가 그때까지 살아 있을 수가 없다는 거야.”

그러며 광배는 밟고 있는 액셀러레이터에 더욱 힘을 주었다. 차는 이제까지보다 더욱 빠른 속도로 총알처럼 달려 나갔다. 고속도로의 다른 차들이 놀라서 길을 비켰다. 광배는 말했다.

“아마, 오늘을 넘기기가 어려울걸.”

나영은 겁에 질린 동작이 완연했다.

“무, 무슨 소리죠, 그게?”

광배는 핸들을 꼭 움켜잡은 채 앞쪽만 노려보며 말했다.

“염려 마, 그렇다고 교통사고로 죽으려는 건 아니니까.”

"무서워요. 속도 좀 줄이세요. 그리고 무슨 소린지 말해 보세요. 오늘을 넘기기 어려울 거라는 게 무슨 뜻예요?"

"조금 있으면 알게 될 거야."

"네?"

"잠자코 드라이브나 즐겨. 이만한 속도도 맛보기는 어려울 테니까."

"제발 속도 좀 줄이세요. 그리고 얘기해 줘요. 무서워 죽겠어요. 무슨 일이 있었어요?"

"글쎄, 잠자코 드라이브나 즐기라니까. 그리고 상철이네 별장에 도착하면 우리의 마지막 향연이나 갖자구. 아마 절망의 향연이 되겠지만."

"무슨 소리예요? 자꾸, 왜 자꾸 그런 이상스런 소리만 하는 거예요? 설마……."

"응?"

"설마……. 날 죽이려는 건 아니겠죠?"

"천만에. 그럴 리야 있나. 나영 씬 내 마지막 향연의 파트너만 돼 주면 돼. 그리고 가능하면 나중에 증인이나 돼 달라구."

"증인이라니 무슨?"

"내가 어떻게 죽었나에 대한."

"뭐라구요?"

"하하, 그 정도야 해 줄 수 있겠지. 그동안의 의리를 봐서도."

"……모두 농담이죠? 그렇죠? 광배 씬 부산에서도 그 비슷한 농담을 했어요. 그렇죠?"

"글쎄 나도 농담이었으면 좋겠군. 그런데 불행하게도 이번엔 농담이 아냐."

"네? 그럼 무슨 얘기예요? 똑바로 얘기를 좀 해 주세요. 거기서 누굴 만나기로 했나요? 상철 씨네 별장에서?"

"!"

광배는 그녀의 민감성에 놀랐다. 거기까지 짚어 오리라곤 미처 예상치 못했던 것이다. 나영은 자신을 얻은 듯 다그쳐 물었다.

"그렇군요? 거기서 누굴 만나기로 했군요? 누구죠? 거기서 만나기로 한 사람이 누구죠?"

광배는 천천히 대답했다.

"나영 씬 역시 눈치가 빠르군. 칭찬할 만해."

"글쎄, 누구냐구요? 거기서 만나기로 한 사람이 누구예요?"

광배는 효과를 높이기 위해 다시 천천히 대답했다.

"……범인."

"네?"

"범인. 상철이랑 영일이 그리고 용기, 명곤이를 죽인 범인."

"뭐라구요? 그게 누구죠?"

"그건 얼마 안 있으면 알게 돼."

"그럼, 지금 거기 와 있단 말예요?"

"아니, 아직은 안 왔을 거야. 저녁 5시에 만나기로 했으니까. 그때까지 우린 가서 기다리면 돼. 우리의 마지막 향연이나 가지면서 말야."

"말도 안 돼요. 광배 씬 그럼 자길 죽이러 오는지도 모르는 사람을 지금 만나러 가는 거란 말예요."

"죽이러 오는지도 모르는 사람이 아니라 죽이러 오는 사람이지. 그리고 만나러 가는 게 아니라 기다리러 가는 거야."

"그렇다면, 그렇다면 난 무슨 이유로 같이 데려가는 거죠?"

"얘기했잖아. 나중에 증인이 되어 달라구. 그리고 죽기 전에 꼭 나영 씨하고 한 번 더 향연을 갖고 싶어서야."

"향연이라구요?"

"그렇지, 마지막 향연."

"싫어요. 무서워요. 난 싫어요."

"호오, 나영 씨답지 않게 이러는군. 나영 씨가 세상에서 무서워할 게 뭐가 있어. 안 그래?"

"아무튼 난 싫어요. 무서워요. 차 그만 세워 줘요."

"글쎄, 잠자코 있으라니까."

"안 돼요. 차 좀 세워 줘요. 나 여기서 내릴래요."

"글쎄, 잠자코 있어. 그렇지 않으면 아무 차나 받아 버리고 말테야!"

"제발……."

"……얌전히 있으라구. 어쩌면 오늘 아무 일 없을지도 몰라. 5시에 오기로 돼 있는 친구가 범인이 아닐지도 모르구. 내가 과민하게 생각하고 있는 건지도 몰라. 그저 하루쯤 조용한 곳에 가서 푹 쉬고 온다는 기분으로 가면 돼. 그렇게 미리 겁먹을 필요 없어."

"……그럼 5시에 그리 온다는 사람이 확실한 범인은 아닌가요?"

나영의 목소리는 조금 침착해졌다. 광배는 핸들 앞쪽에서 시선을 떼지 않은 채 천천히 대답했다.

"거의 확실해. 하지만 엄격히 말하면 아직은 내 추측일 뿐인지도 몰라."

"도대체 그게 누군데요?"

"그건 만나 보면 알아."

"나도 알 만한 사람인가요."

"그것도 만나 보면 알아."

"갑갑해 죽겠어요. 도대체 그게 누군지 나한텐 지금 말해 주면 안 되나요?"

"나중에 직접 만나 보는 게 좋을 거야."

"그럼 역시 나도 알 만한 사람인가 보군요?"

"글쎄, 그럴지도 모르지."

"아이, 갑갑해. 그럼 먼저 만나자고 해 온 건 저쪽인가요?"

"음."

"상철 씨네 별장에서요?"

"아니, 장소는 내가 정했어."

"광배 씨가요? 왜 하필이면 거기서……."

"약간의 이유가 있어."

"무슨 이유죠?"

"그것도 차차 알게 돼."

"도무지 난 무슨 수수께낀지 모르겠어요. 정말 너무해요."

"수수께끼일수록 조금 천천히 풀리는 게 재밌잖아."

"광배 씬 지금 그럼 재미로 이러고 있는 거란 말예요?"

"글쎄, 그렇다고야 할 수 없겠지. 어쨌든 목숨이 걸린 일이니까. 하지만 그렇다고 엄숙한 기분을 갖고 싶진 않군."

광배는 조금 쓸쓸히 웃었다. 차가 달려가고 있는 속도만큼 문득 무엇인가가 줄어들고 있다는 느낌이 들었기 때문이다. 그러나 그는 자동차의 속도를 줄이지 않은 채 말했다.

"아무튼 나영 씨는 오늘 얌전히 내 파트너가 돼 줘야겠어. 내가 갖고 있는 '조커'를 잊지 않는다면 말야. 나영 씨한텐 또 값진 경험이 될 수도 있을 거야."

그들이 상철이네 별장에 도착한 것은 오후 1시쯤이었다. 차를 세워 놓고 광배는 별장의 현관 앞으로 다가가 낯익은 돌멩이 하나를 들쳤다. 열쇠가 있었다. 열쇠를 집어 현관을 열고 들어서면서 광배는 말했다.

"자, 들어와. 나영 씨 전 애인의 별장이라구."

나영은 말없이 힐난의 눈초리를 보내고 나서 현관으로 따라 들어섰다. 별장지기가 청소를 해 둔 지 얼마 되지 않은 모양으로 별장 안은 비교적 청결한 상태를 유지하고 있었다. 광배는 거실로 걸어 들어가 호수 쪽을 향한 창문의 커튼을 열어젖힌 다음 소파에 엉덩이를 내려놓았다. 그리고 나영에게 말했다.

"자, 이리 와서 좀 앉지."

나영은 창을 통해 호수 쪽을 잠시 내려다보고 있다가 몸을 돌이켜 광배의 맞은편 소파로 걸어와 앉았다.

"어때?" 광배는 물었다.

"기분이 과히 나쁘지 않지?"

"좋지도 않아요."

하고 나영은 불만이 가시지 않은 표정으로 대꾸했다.

"그럼 좋아지는 수가 있지. 이리 와."

하고 광배는 팔을 뻗어 나영의 한쪽 어깨를 잡아끌었다. 나영은 마지 못한 듯 이끌려 그의 옆자리로 옮겨 앉았다. 광배는 그녀의 상체를 안았다. 그리고 입술을 그녀의 입술로 가져갔다. 그녀는 움직이지 않고 가만히 있었다. 입술이 가 닿아도 움직이지 않았다.

"이거 왜 이래."

광배는 투정 비슷이 말했다.

"화난 거야?"

"화 안 났어요."

"그럼 왜 그래?"

"그냥 기분이 안 내켜요."

"음, 상철이 생각이 나서 그런가."

나영은 말없이 눈만 흘겼다.

"그럼, 내가 금방 죽을까 봐, 그게 마음이 안 놓여서?"

"모르겠어요."

"오, 아무래도 그런 모양인데. 그렇다면 이거 감동적인걸. 세상에서 내 걱정해 주는 사람은 나영 씨밖에 없잖아."

그러며 광배는 짐짓 과장된 동작으로 나영의 상체를 더욱 힘껏 끌어안았다. 그리고 다시 입술을 가져가려는 순간이었다. 저항 없이 내맡겨지기만 했던 그녀의 상체가 한순간 딱딱하게 굳어졌다.

"어마, 뭐죠?"

그러며 그녀는 자신의 가슴을 그의 가슴으로부터 떼어 내려는 동작을 했다.

"아."

광배는 그제야 자신의 실수를 깨달았다. 양복 안쪽에 넣어 둔 것이 그녀의 부드러운 가슴에 딱딱하게 느껴졌음에 틀림없었다.

"장난감이야." 하고 그는 양복 안쪽에 넣어 둔 것을 꺼냈다. 순간 나영의 얼굴은 경악으로 굳어졌다.

"어마, 권총 아녜요?"

"응, 장난감이야. 재작년엔가 어떤 외국 친구한데서 선물로 얻은 거야. 호신용으로 필요할 거라면서 주길래 모양도 예쁘고 해서 받아 뒀던 건데 오늘 심심해서 갖고 나왔지."

순간 나영의 얼굴에 보일락 말락 스쳐 간, 그 장난감이 탐나는 듯한 표정을 광배는 읽지 못했다. 그리고 광배는 그것을 대수롭지 않은 물건 취급하듯 다시 양복 안쪽 주머니에 넣은 다음, 그 양복저고리를 벗어 아무렇게나 맞은편 소파 위에 던져두었다. 그 물건이 필요해질 시간은 몇 시간 뒤였기 때문이다. 광배는 다시 나영의 상체를 안았다.

"자, 이제 방해물도 제거했으니까 괜찮겠지?"

그리고 그는 다시 그녀의 입술을 찾았다. 그녀도 이번에는 망설이듯 조금씩 호응해 왔다. 어차피 이렇게 된 바에는 하는 수 없다는 태도의 표현으로 느껴졌으나 광배는 그때 그녀의 마음속에서 자라고 있는 무서운 음모의 싹(芽)은 조금도 눈치채지 못하고 있었다. 왜냐하면 그때 그가 마음을 기울이고 있었던 것은 딴 사람이었으니까. 5시에 그곳에 나타날 사람, 바로 배수빈이었으니까.

아침에 회사로 전화가 걸려 와서 그가 리사이틀 문제로 의논할 것이 있다고 했을 때, 광배는 직감적으로 올 것이 왔다는 느낌을 받았다. 그것은 거의 육감과도 같은 것이었다. 위험 앞에 놓인 동물이 갖는 어떤 본능적 식별력 같은 것이었다고 할까. 광배가 그 장소(상철이네 별장)를 말하자 그는 잠시 무엇엔가 놀란 듯 침묵을 지키고 나서 곧 좋다고 대답했다. 시간도 광배 쪽에서 정한 것이었다. 나영과의 마지막 향연의 시간을 벌기 위해서였다.

범죄자들끼리의 악취 나는 마지막 향연, 그것은 그의 절망적인 기분에 어울렸다. 그리고 어쩌면 그것은 자신을 보호하는 마지막 수단이 돼 줄지도 몰랐다. 최후의 순간에 그는 증인을 옆에 둔 채 정당방위의 총탄 하나를 상대방의 가슴에 먹일 수도 있을 테니까. 권총은 그래서 넣어 가지고 온 것이었다. 위험하지만 그 방법 이외에는, 자신의 해묵은 범죄를 세상에 노출시키지 않은 채 자신을 보호할 다른 방법은 없다고 생각했다.

나영은 이제 보다 적극적으로 호응해 오고 있었다. 광배는 잠시 동작을 멈추고 일어나, 창가로 가서 커튼을 닫았다. 그리고 다시 돌아와 그녀를 소파 위에 쓰러뜨렸다. 그녀가 그의 행동을 칭찬하듯 두 팔로 그의 목을 안아 왔다. 광배는 입맞춤으로 그녀에게 답례하고 나서 그녀의 옷을 벗기기 시작했다. 그리고 자신의 옷도 벗어 던졌다. 두 사람의 비좁은 장소에서의 향연이 시작되었다. 그리고 그 장소가 비좁다는 사실에 불편을 느낀 그들의 육체는 자연스레 보다 넓은 장소를 찾아 양탄자가 깔린 거실 바닥으로 굴러떨어졌다. 광배는 순간 자신의 마음속에 들려오는 날카로운 비명소리를 들었다. 저 8년 전의 소리였다. 8년 전 그곳, 그들의 방금 굴러떨어진 바로 그 소파 위에서 들리던 소리였다. 그는 그 소리를 떨쳐 버리기라도 하려는 듯 혼신의 힘을 다해 그녀의 육체에 매달렸다. 그러나 그러면 그럴수록 그의 마음속의 소리는 더욱 커다랗게 들려오기만 했다. 그리고 마침내 그 소리는 온 실내를 가득 채우는 듯했다. 그는 이를 악물었다. 그리고 그 소리에 대항하는 길은 오직 한 길밖에 없다는 듯 더욱 맹렬히 그녀의 육체에 매달렸다.

창배가 집을 나설 때 어머니는 물었다.
"오늘도 늦겠니?"
"네, 어머니. 어쩌면 못 들어올지도 모르겠어요. 못 들어오더라도 걱정하지 마세요."
창배는 가능한 한 마음속을 드러내지 않으려고 애쓰면서 대답했다.

"왜, 무슨 일이 있니?"

"네, 밤을 새워 녹음을 하게 될지 모르겠어요. 레코드가 나와야 할 날짜가 촉박해서."

"응, 아무리 그래도 너무 무리하진 말아야지. 그리고 무슨 일 때문인진 모르겠다만 자꾸 날 거짓말쟁이 만들지 말아 다우. 어젯밤에도 형사한테 거짓말을 하느라고 아주 힘이 들었어. 설마 네가 무슨 죄를 짓고 다니기야 하겠느냐마는 되도록이면 거짓말은 하지 않고 살아야지."

"네, 어머니. 앞으론 그런 일 없을 거예요."

"오냐, 알았다. 그럼 다녀오너라."

"네, 어머니. 다녀오겠습니다."

그렇게 대답하며 집을 나서는 창배의 마음은 메어질 듯이 아팠다. 거짓말을 하고 나설 수밖에 없는 사정이 죄스럽고 가슴 아팠기 때문이다.

어머니―8년 동안이나 함께 모시고 지내면서 친어머니 이상으로 깊이 정들고, 따뜻한 보살핌을 늘 받아 왔던 신애 어머니. 이제 그 어머니를 보는 것도 마지막이 될지 모른다. 이젠 대학에 다니는 동생들, 신애 동생들도⋯⋯.

오늘이, 그가 8년 동안 준비해 온 일의 마무리를 짓는 날이다. 아니, 지어야 하는 날이다. 더 이상 어물어물 늦추고 있을 수가 없었다. 반경식이라는 형사는 어쩌면 지금쯤 부산에서의 그의 거짓 알리바이를 눈치챘는지 모른다. 그가 박용기의 피살 시각까지 계속 부산에

체류했는지에 대해 의심을 품기 시작했는지 모른다. 그리고 일단 의심을 품기 시작했으면 부산에서의 그의 행적 가운데서 열두 시간 이상의 공백을 발견하기란 그리 어려운 일이 아닐지도 모른다. 비록 호텔에서는 잠자리에 든 것으로 위장하고 감쪽같이 빠져나오긴 했지만. 호텔의 종업원들을 속이기 위해 그럴듯한 변장까지 하긴 했지만. 그리고 이튿날 오전에 다시 감쪽같이 되돌아갔지만.

어쨌든 더 이상 시간을 늦출 수가 없었다. 자칫 늦장을 부리다간 일을 마무리 짓지 못한 채 주저앉게 될지도 몰랐다. 마지막 목표인 김광배에게 전화를 걸어,

"수빈입니다, 형님. 오늘 좀 만나 뵙고 의논드릴 일이 있는데요. 저번에 말씀드린 리사이틀 건 때문에요."

라고 말했을 때, 김광배는 확실친 않지만 무슨 이유에서인지 약간 놀라는 듯한 반응을 보였었다. 그리고 곧 좋다고 선선히 응답해 왔다. 놀란 반응을 감추기 위해서인 듯 다소 과장된 선선함으로 느껴졌다. 창배는 순간 그가 무엇을 눈치챈 것이나 아닐까 하는 의심이 들었다. 그런데 그는 장소와 시간은 자기가 정하겠노라면서 저 이상철네 별장을 말했다. 이번엔 창배 쪽에서 놀랐다. 무언가 그가 눈치채고 있음에 틀림없다는 생각이 들었다. 그러나 창배는 애써 놀란 태도를 감추고, 곧 좋다고 대답했다.

그가 눈치를 채고 있건 어쨌건, 이제 와서 뒤로 물러설 수는 없는 노릇이었기 때문이다. 또 그럴 여유도 없다고 할 수 있었다. 그리고 이상철이네 별장이라면 일의 완성을 위한 장소로서는 안성맞춤이라

고도 할 수 있었다. 그곳은 바로 그들의 범죄현장이 아니었던가. 그가 어떤 함정을 준비해 놓고 기다릴지 모른다는 생각도 얼핏 들었으나 그렇다고 그 함정을 겁내어 물러설 수도 없는 일이었다. 어차피 이제 모든 것의 마지막이 아닌가. 물론 주의 깊이 행동해야 할 터이긴 하지만 그 나머지 일은 운에 맡기는 수밖에 없을 것이었다. 여지껏은 운이 창배 쪽을 많이 편들어 주었다고 할 수 있었다. 하지만 오늘은 왠지 예감이 그다지 좋지 않다. 그러나 그것이 결행을 미룰 이유는 역시 될 수 없었다.

창배는 우선 운동구점 한 군데를 찾아가서 펜싱 검(劍) 한 자루를 샀다. 고등학교 때 펜싱부에 잠시 가입한 적이 있어서 조금 만져 본 경험이 있는 것이었다. 검의 종류는 '사브르'로 택했는데 그것만이 흉기의 역할을 할 수 있겠기 때문이었다. 시합용이므로 칼끝에 포인트가 달려 있을 것이지만 그것은 나중에 제거해 버리면 될 터이었다. 포장 케이스에 든 채 아직 조립되지 않은 상태의 것을 사 들고 창배는 운동구점을 나섰다. 날과 가드와 손잡이를 나중에 조립하면 될 터이었다. 시계를 보니 11시가 조금 지나 있었다. 오후 5시까지는 아직 시간이 많았다.

창배는 운동구점 근처의 공중전화 박스로 들어가 B일보의 경제부로 전화를 걸었다. 마 기자는 자리에 있었다. 창배의 목소리를 알아듣자 그는 약간 놀란 눈치였다.

"어, 웬일이야?"

"잠깐 만나고 싶어서요."

"응? 괜찮을까?"

마 기자의 목소리는 낮고 조심스러웠다. 그러나 그것이 그 자신을 위한 조심이 아님을 창배는 알고 있었다.

"괜찮습니다. 오늘 모든 게 마지막이니까요."

"그럼 오늘?"

"네, 모든 준비가 다 끝났습니다."

"아무튼 그럼 내 나가지. 자세한 얘긴 만나서 하기로 하고."

"네, 그럼 거기서 기다리겠습니다."

'거기'란 충무로에 있는 콩나물밥집을 가리켰다. 사람들의 시선을 피해 드문드문 그들이 만나곤 하던 장소였다. 콩나물밥을 좋아하는 사람은 그다지 많지 않아서 대개는 한산한 편이었다. 그리고 지금은 아직 점심시간도 못 되었으므로 더욱 한산할 것이었다.

예상대로 그곳엔, 이른 점심인지 늦은 아침인지를 먹으러 온 노동자풍의 서너 남자밖에 보이지 않았다. 창배는 구석진 자리에 나무탁자 하나를 차지하고 앉았다. 그리고 마 기자가 그곳에 나타난 것은 창배가 그를 기다린 지 5분도 채 못 되어서였다. 우울해 보이는 얼굴이었다. 그가 맞은편 의자에 앉기를 기다려 창배는 우선 두 사람 분의 콩나물밥을 시켰다. 두 사람은 모두 콩나물밥을 좋아했지만 지금은 좋아하는 음식을 먹기 위해서라기보다 장소에 맞는 행동을 취하기 위해서였다. 마 기자가 우울한 얼굴로 물었다.

"정말 오늘 할 생각이야?"

창배는 되도록 편안한 표정으로 대답했다.

"네, 미룰 필요가 없을 것 같아서요."

"……어디서?"

"만나자고 했더니 저쪽에서 이상철네 별장을 얘기하더군요."

"뭐? 그럼 눈치챈 거 아냐?"

"그럴지도 모르죠. 하지만 장소야 안성맞춤이죠."

"하지만 만일 눈치를 챘다면 저쪽에서도 무슨 대비가 있을 거 아냐?"

"무슨 함정을 준비해 놓고 있는지도 모르죠. 김광배는 그중 교활한 편이니까. 하지만 설사 무슨 함정이 있다고 하더라도 포기하고 물러설 순 없잖습니까?"

"……몇 시에 만나기로 했어?"

"오후 5시에요."

그러자 그는 침울한 표정으로 무언가 골똘히 생각하는 눈치더니 시선을 쳐들며 말했다.

"수빈이, 아니 창배……. 이번 일은 보류하는 게 어떨까."

"왜요? 내가 위험할 것 같아서요?"

"그 문제도 있고……. 실은 나 주욱 생각해 왔어."

"……생각해 오다뇨?"

"창배가 해 온 일에 대해서 말이야……."

"!"

"그런 방법이 반드시 필요했었을까……. 처음엔 나도 그 방법밖엔 없다고 생각했었지만 차차 일이 진행돼 가는 걸 보면서 난 솔직히 말해서 괴로웠어. 어쨌든 살인 행위는 살인 행위니까 말야. 아무리 미운 자식들이지만 말야."

"……."

"그리고 그 자식들을 응징할 다른 마땅한 방법도 없긴 했지만 말야……. 하지만……."

"알겠어요. 무슨 생각이신지. 사실은 나도 도중에 여러 번 포기할까도 생각했었어요. 처음에 머릿속으로 계획하던 것하고 실제 일을 저지르면서의 느낌하곤 차이가 컸어요. 일을 저지를 때마다 씻을 수 없는 죄를 새로 짓는다는 느낌이 들곤 했어요. 하지만 그때마다 난 신애 생각을 했어요. 신애의 절망을 생각했어요."

"하지만 신애 양도 창배가 그런 일까지 저지르길 바라진 않았을 거야."

"그건 나도 알아요. 신애가 살아 있다면 날 아마 심하게 꾸짖겠죠. 하지만 난 그런 신애를 그렇게 무참히 절망에 빠뜨린 자식들을 버젓이 활보하고 다니게 내버려둘 수가 없었어요. 용서할 수가 없었어요."

"……."

"신애 사진 봤죠? 그런 애를 자식들은……. 도저히 용서할 수가 없어요."

그때 주문한 콩나물밥이 날라져 왔다. 창배는 잠시 말을 멈추고 밥을 뜨는 시늉을 하다가 말했다.

"……부탁이 있어서 만나자고 했어요. 신애 어머니랑 동생들을 부탁합니다. 은행에 예금이 조금 있고 동생들도 그만하면 다 컸지만 보살펴 줄 사람이 필요합니다. 들어주시겠죠?"

"처음에 얘기한 대로 역시 자수할 생각이군?"

"물론이죠. 오늘 일만 마치곤 바로."

마 기자는 침울한 표정으로 잠시 콩나물밥을 뜨는 시늉을 하고 있다가 말했다.

"어떻게, 이번 일만이라도 다시 한번 생각해 볼 수 없을까."

창배는 쓸쓸히, 그러나 고집스레 웃었다.

"시작한 일은 마무리를 지어야죠."

"글쎄, 그게 그런데 딴 일도 아니고 말야……."

"무슨 뜻인지 압니다. 하지만 이제 와선 어쩔 도리가 없어요."

"하긴 나한테도 책임이 없다곤 할 수 없지만……. 처음부터 말렸어야 하는 건데."

"아니죠. 이건 어디까지나 나 혼자서 계획하고 나 혼자서 실행한 일이니까 책임은 나한테만 있습니다. 말리셨어도 결과는 마찬가지였을 거예요."

"처음에 내가 말리지 못했던 건 나한테도 간접적인 살의(殺意) 같은 게 있었기 때문일 거야."

"공분(公憤)이었겠죠. 하지만 그걸 책임이라고 할 순 없어요. 자, 그 얘긴 이제 그만하죠. 그리고 내 부탁, 들어주시는 걸로 알겠습니다."

"그야……."

"고맙습니다. 이제야 걱정 한 가질 던 기분이군요. 자, 식기 전에 콩나물밥이나 어서 들죠."

마 기자는 순간 물기 어린 시선으로 말없이 창배의 얼굴을 바라보았다. 연민과 자책 그리고 마음 깊은 곳의 우려가 뒤섞인 착잡한 시선이었다. 창배는 그 시선을 피해 얼른 콩나물밥을 입속으로 떠 넣었다. 마치 이제 남은 일은 그 음식을 먹는 일밖에 없다는 듯이.

그러자 잠시 후 마 기자도 곧 마지못한 듯 말없이 콩나물밥을 뜨기 시작했다. 두 사람 사이엔 잠시 아무 말도 없었다. 말없이 음식을 뜨는 동작만이 서로의 무거운 마음을 나타내 주고 있을 뿐이었다. 가능한 한 창배는 가볍고 범상한 기분으로 식사하는 태도를 꾸미고 있었음에도 불구하고. 그러다가 마 기자의 시선이 창배 옆자리에 놓인 펜싱 검 포장 케이스에 닿은 모양이었다. 어색한 침묵을 깬 구실이라도 생긴 듯 그는 머뭇머뭇 물었다.

"그건 뭐지?"

"아, 이거요?"

하고 창배는 되도록 쾌활한 표정을 꾸며 대답했다.

"펜싱 칼이에요."

"펜싱 칼?"

"네, 시합용인데 오늘 하나 샀죠. 아직 조립을 안 한 거예요."

"그럼……?"

"네, 오늘은 멋을 좀 부려 보려구요. 장소가 별장으로 정해지기도 했고……."

마 기자는 다시 어두운 표정이 되며 입을 다물었다. 창배는 그런

마 기자의 태도가 마음에 걸렸다. 해서 쓸데없는 농담인 줄 알면서 말했다.

"'달타냥' 흉내를 좀 내 보려구요. 시합용이라 칼끝에 포인트가 달려 있지만, 그것만 떼어 버리면 제법 쓸 만한 흉기가 될 수 있거든요."

마 기자는 그때 다시 말없이 물기 어린 시선으로 창배의 얼굴을 바라보았다. 창배는 이번엔 그 시선을 피하지 않고 마주 받았다. 그리고 조용히 말했다.

"그렇게 너무 염려 마세요. 어차피 이제 다 끝난 일이나 마찬가진 걸요. 그리고 그만 일어나죠."

마 기자는 묵묵히 창배를 따라 일어섰다. 그리고 그 콩나물집을 나와 헤어지게 되었을 때, 그는 창배의 손을 잡고 말했다.

"……뭐라고 말해야 좋을지 모르겠군. 성공을 빈다고 말할 수도 없고……. 그렇다고 실패하길 바란다고 하기도 어렵고. 지금 내 심정은 차라리 실패를 바라고 싶지만……. 아무튼 난 잘 모르겠어. 모쪼록 몸이나 조심하도록……."

창배는 가능한 한 밝게 미소 지어 보이며 말했다.

"네, 아무튼 그럼 뒷일을 부탁하겠습니다."

마 기자는 말없이 고개만 끄덕였다. 그리고 곧 외면하듯 몸을 돌이켜 우울한 뒷모습을 보인 채 사람들 사이로 섞여 버렸다. 창배는 잠시 그 자리에 선 채, 사람들 사이에 섞여 멀어져 가는 그의 뒷모습을 배웅한 뒤 자신도 곧 천천히 차도 쪽을 향해 걷기 시작했다. 마 기자의 쓸쓸한 뒷모습이 쉽사리 마음속에서 지워지지 않았다.

8년 전 수원 지방 주재 기자 시절의 그로부터 자신이 모르고 있던 새로운 사실들에 대해 듣고 난 뒤 창배는 그의 권고에 따라 신중하게 사실을 확인하는 데 힘을 기울였다. 그러나 심증만이 거의 확실할 뿐 그것을 확인할 수 있는 길은 사방으로 막혀 있었다.

우선 그들 '오인방' 다섯 명에게 접근하는 일부터가 손쉽지 않았다. 또 설사 접근할 수 있다고 하더라도 그것은 자연스럽게 이루어지지 않으면 안 되었다. 그들로 하여금 조금이라도 경계심을 갖게 해서는 사실의 확인은 불가능한 것이 되고 말기 때문이다.

그런데 그 두 가지 일이 모두, 당시 일개 대학생이던 창배의 신분으로서는 쉽사리 이루어질 수 있는 일이 아니었다. 무엇보다도 자연스런 방법으로 그들에게 접근할 길이 없었다. 단도직입적으로 부딪쳐서 따지고 들기로 한다면 전혀 불가능한 일이라고도 할 수 없었으나 그것은 마 기자가 극구 반대했다. 그것은 그들에게 사실을 더욱 은폐할 기회만 제공할 뿐이라는 이유였다. 그들에게 가장 자연스런 방법으로 접근하는 길은 그들의 친구가 되는 길밖에 없었다. 그것이 또한 사실을 확인하는 데 가장 유리한 입장을 얻는 길이기도 했다. 그러나 창배의 신분으로서 그들의 친구가 되는 일이란 결코 쉽사리 이루어질 수 있는 일이 아니었다. 그들은 모두 재벌급 집안의 아들이었고 신분이 비슷한 그들끼리만 어울리고 있었기 때문이다.

창배가 택한 방법은 결국 가수가 되는 길이었다. 그것도 인기가 아주 높은 가수가 되는 길이었다. 그것만이 그들에게 자연스럽게 접근할 기회를 얻을 수 있는 거의 유일한 길이라고 생각했다. 어렵고 시간이 오래 걸리는 방법이지만 그들의 널리 알려진 행태로 보아, 그것만이 창배가 택할 수 있는 거의 유일한 방법이라고 생각되었다.

신애는 언젠가 창배의 노래 솜씨를 칭찬한 적이 있었다. 꼭 법률가가 될 생각만 아니라면 테너 가수가 되어도 좋겠다고 신애는 그때 말했었다. 테너 가수가 되는 대신 인기 있는 대중가수가 되는 길을 창배는 택했다. 그리고 일단 결심이 선 뒤론, 창배는 결코, 결코 서두르지 않았다. 그것은 결코 서두를 성질의 일이 못 되었기 때문이다. 마음의 성급함은 당장이라도 그들과 부딪쳐서 어떤 결말을 짓고 싶었으나 그것은 무모한 짓이 될 터이었다. 어렵고 시간이 많이 들더라도 완전한 확증을 잡기까진 결코 서둘러선 안 되었다.

창배는 서서히 가수가 되는 길을 모색하기 시작했다. 우선 보호자가 필요한 신애의 남은 가족과 합류하기 위해 신애 어머니를 설득하는 일이 필요했고 그다음엔 학교를 그만두어야 했다. 학교를 계속 다니면서는 신애네 가족을 부양하기가 거의 불가능했고 또 가수가 되는 길을 걷기도 불가능했기 때문이었다. 자퇴원을 내고 학교를 그만둔 창배는 한 선배의 소개로, 시내에 있는 한 양화점의 점원으로 취직하여 생활비를 버는 한편 저녁에는 주인의 양해를 얻어 대중가요 학원엘 다니기 시작했다. 그러나 가수가 되는 길은 결코 쉽지가 않았다. 목소리가 아름답다거나 노래 솜씨가 남보다 뒤지지 않는다고 해서만 쉽게 가수가 될 수 있는 것은 아니라는 걸 창배는 뒤늦게 알았다. 그러나 창배는 실망하지 않았다. 그리고 온갖 어려움을 인내심 깊게 이겨 낸 끝에 그가 신인가수로서 처음 데뷔할 수 있은 것은 실로 그가 가수가 되기로 결심한 지 만 4년이나 세월이 흐른 뒤였다. 배수빈이라는 이름도 그때 작곡가로부터 지어 받은 것이었다. 그러나 작곡가로부터 정식으로 곡(曲)을 받아 가수로 데뷔를 했다고 해서 금방 인기가수가 되는 것은 또 아니었다. 인기가수가 되는 길에도 여러 가지 정직하지 못한 방법들이 있다는 것을 창배는 알았다. 좋은 목적을 위해선 나쁜 수단도 용서될 수 있다는 생각을 창배는 그러나 쉽게 받아들일 수 없었다. 정직하지 못한 방법은 창배가 가장 싫어하는 방법이었다.

그가 그들 '오인방'의 눈길을 끌 만한 가수가 되기까지는 그래서 다시 2년 남짓한 세월이 더 걸렸다. 실로 고통스럽고 오랜 인내 끝에 얻은 결과였다. 이따금 그들의 술자리로 불리어 가서 노래도 부르고 술도 한 잔씩 얻어먹는 기회가 생겼다. 때로는 그들이 여는 파티 따위에 초대받는 기회도 생겼다.

창배는 신중하게, 그들이 자신에게 호감을 갖도록 행동했다. 차차 그들은 그의 후원자를 자처할 만큼 그에게 호감을 나타내기 시작했다. 그러나 그들이 그에게 마음을 완전히 열어 놓고 그를 자신들의 패거리에 넣어 줄 정도로 친숙해지기까지에는 다시 1년 남짓한 시간이 더 걸렸다. 그리고 마침내 그 기회가 왔다. 바로 지난해 초겨울이었다. 패거리들이 이상철네 별장으로 놀러 간 적이 있었다. 각기 여자애들 하나씩을 데리고.

버릇대로 난잡한 놀이를 벌이던 와중에 문득 생각나는 일이 있다는 듯 선우영일이 킬킬대며 말했던 것이다.

"야, 자식들아, 언젠가 고 계집애 생각나니? 고 계집애도 얘들처럼 고분고분 말을 잘 들었으면 그런 불쌍한 꼴은 안 당했을 텐데 말야. 그때가 우리, 대학 4학년 때였던가. 크리스마스 며칠 앞두고였지, 아마. 응? 생각나? 자식들아."

순간 창배는 심장이 터질 듯한 흥분을 맛보았다. 그리고 곧 그들이 킬킬대며 주고받는 수작을 들으면서, 뼛속이 떨리는 증오를 맛보았다. 모든 것은 분명해졌던 것이다. 마 기자와 함께 추측했던 그대로였던 것이다. 신애의 처참하게 짓밟힌 모습이, 더러운 폭력에 의해 무자비하게 짓밟힌 모습이 바로 눈앞에 생생히 떠오르는 듯했다. 창배는 이를 악물어, 마음속으로 눈감고, 끓어오르는 분노를 눌렀다. 그리고 그들이 눈치채지 못하도록 자연스런 표정을 유지하기에 힘썼다. 그것은 결코 쉬운 일이 아니었으나, 8년 가까운 세월 동안의 고통스런 인내의 결과를 하룻저녁에 망쳐 버릴 수는 없는 일이었기 때문이다. 사실을 확인한 이상 이제 그들에게 신애가 그들로부터 당한 더러운 폭력과 그로 인한 절망과 죽음의 무게에 맞먹을 만한 최대한의 혹독한 대가를 지불토록 해야 할 것이었다. 순결한 한 영혼의 절망과 죽음의 무게와 맞바꿀 만한 대가가 과연 무엇일는지 얼른 떠오르지 않았지만…….

창배는 결국 그것은 그들의 죽음밖에 없다고 생각했다. 그것도 아주 잔인한 방법의 죽음밖에 없다고 생각했다. 그들을 경찰에 고발하는 것을 일단 생각해 보지 않은 것은 아니었다. 가능하다면 정당한 방법에 의해 그들이 응징될 수 있기를 바랐다. 그러나 그것은 너무나 미온적인 방법이었을 뿐 아니라 확실한 방법도 못 되었다. 우선 신애의 죽음은 자살로 처리되어 버렸을 뿐 아니라 객관적으로는 또한 자살의 형식을 밟은 죽음임에 틀림없었다. 경찰은 자살의 원인 따위에는 관심을 갖지 않을 것이었다. 그 자살이 그들의 더러운 폭력에 원인이 있었음을 증명할 수 있다고 하더라도 적어도 그들은 살인죄로는 기소되지 않을 것이었다. 그들은 폭력에 대한 제한된 법적인 책임만 추궁받게 될 터이었다. 그나마 그것을 증명할 수 있는 경우에 한정할 것이었다. 그러나 그것은 물적 증거가 없는 이상 그리고 지금 와서는 검증할 수 있는 범죄가 아닌 이상 그들이 입을 모아 부인한다면 더 이상 추궁할 길이 없어질 것이었다. 더욱이 그들은 사회적 신분의 힘을 이용하여, 또는 그 밖의 다른 부정직한 방법을 동원해서라도 그 정도의 곤경쯤은 어렵잖게 모면해 버릴 수 있을 것이었다. 따라서 경찰에 그들을 고발한다는 것은 그들이 아무런 응징도 받지 않기를 바라는 것과 같았다. 그것은 마 기자도 같은 생각이었다.

창배는 결국 한 가지 방법밖에 없다고 생각했다. 그것은 그가 직접 그들을 하나하나 응징하는 방법이었다. 그리고 그 응징의 방법은 죽음이었다. 신애를 죽음으로 이끈 그들의 더러운 폭력에 값할 만한 잔인한 방법에 의한 죽음이었다.

그리고 오늘로써 그 마지막 마무리를 짓게 된다. 김광배, 그가 이제 마지막으로 남은 한 명이다. 그는 어쩌면 이미 눈치를 채고 있는 것도 같다. 무슨 함정을 준비해 놓고 있는지도 모른다. 그러나 어쨌든 오늘이 마지막이다.

약속시간인 5시까진 아직 서너 시간이 더 남아 있다. 차도 쪽으로 나선 창배는 곧 택시 한 대를 잡았다. 시간이 남기 때문이기도 했지만 그 마지막 장소로 가기 전에 한 군데 둘러서 가고 싶은 곳이 있었던 것이다. 창배는 택시 운전사에게 말했다.

"동작동 국립묘지로 가 주세요."

택시 운전사는 그를 알고 있다는 표정으로 백미러를 통해 호의 어린 미소를 지어 보이며.

"예, 예."

하고 대답했다. 그리고 곧 미터기(器)를 꺾으며 택시를 출발시켰다.

국립묘지―그곳은 신애와의 잊을 수 없는 기억이 가장 많이 남아 있는 곳이었다. 사랑과 정의에 관한 토론을 벌이던 곳도 그곳이었고 함께 햇빛과 나비와 풀밭을 바라보며 그것들을 망치려 드는 사람들의 지혜롭지 못한 행동에 대해 안타까워하던 곳도 그곳이었다. 그리고 신애의 슬픈 꿈 이야기를 듣던 곳도 그곳이었다.

그 꿈은 신애가 창배 자기를 아무리 기다려도 나타나지 않아 마구 울었다는 내용이었지만 지금은 그 꿈 이야기를 들려주며 근심 어린 표정을 짓던 신애가, 창배의 손이 미치지 못하는 곳으로 멀리 가 버리고 없는 것이다. 그것도 더러운 폭력의 희생물이 되어.

그곳을 마지막으로 한번 들러 보고 싶었다. 신애는 이제 없지만 오래전에 신애와 함께 바라보았던 그 햇빛과 풀밭이라도 마지막으로 한번 보아 두고 싶었다. 그때의 햇빛, 그때의 그 풀밭은 아니겠지만 풀잎은 해마다 새로운 싹으로 바뀌어 돋아났겠지만 그리고 햇빛도 이제는 그때와 다른 공기층을 뚫고 내려오는 것이겠지만.

  그때 택시 운전사가 켜 놓은 라디오에서 귀에 익은 노래가 흘러나오기 시작했다. 택시 운전사가 힐끗 다시 백미러를 통해 뒷좌석의 그를 바라보며 호의 어린 미소를 보냈다. 최근에 그가 직접 작사(作詞)하고 그가 부른 노래였다. 창배는 택시 운전사의 호의 어린 미소에 가볍게 답례하고, 자신의 노래에 잠자코 귀를 기울였다.

    사랑 없는 세상에
    사랑을 주러 왔던 너
    너의 작은 가슴
    그러나 큰 마음

    평화 없는 세상에
    평화를 살러 왔던 너
    너의 작은 몸
    그러나 큰 영혼

    정의 없는 세상에
    몸 다쳐 쓰러진 너
    너의 작은 손
    그러나 큰 슬픔

네가 헤매어 찾던 나라,

맑은 햇빛과

나무와 풀과

꽃들이 있는 나라

그리고 사랑과 평화가

있는 나라

그러나 그곳은

갈 수 없는 나라

네가 가 버린

갈 수 없는 나라

　작곡가가 좀 딱딱하지 않으냐고 걱정을 했지만 그가 고집을 부려서 그대로 곡을 붙여 달라고 부탁한 노래였다. 그에게는 마지막 노래였다.

　창배는, 조금은 부끄러운 기분으로 그리고 얼마간은 쓸쓸한 기분으로 라디오에서 흘러나오는 그 자신의 노래를 들었다. 표현하고 싶은 것을 충분히 표현하지 못한 노래였다. 작곡가의 말대로 좀 딱딱하고, 어딘가 노래답게 매끄럽지가 못한 노래였다. 노래답지 않게 너무 직설적인 표현이 그대로 사용된 이유도 있을 것이었다. 그러나 창배로서는 최선을 다하여 자신의 절실한 마음을 표현한 노래였다. 신애를 머릿속에 그리며, 신애의 절망을 마음으로 아파하며 부른 노래였다. 배수빈이라는 대중가수의 이름으로 불려진 노래지만 최초이자 마지막으로 창배 자신이 절실한 마음으로 부른 노래였다.

그것을 택시 속에 앉아 라디오로 듣는 창배의 마음은 그래서 쓸쓸하고 착잡했다. 더욱이 오늘은 모든 일의 마무리를 짓는 날이 아닌가. 노래가 끝나고 프로그램을 진행하는 여자 아나운서의 목소리가 흘러나오기 시작했을 때, 택시 운전사가 용기를 내듯 백미러로 그를 쳐다보며 물었다.

"신곡이죠?"

"네? 아 네, 신곡입니다. 그리고 제 마지막 노래입니다."

창배는 쓸쓸한 표정으로 웃으며 대답했다. 운전사는 놀란 표정으로 백미러를 쳐다보았다.

"예? 마지막 노래라뇨? 그럼 은퇴를 하십니까?"

"네, 은퇴를 하기로 했습니다."

"아니, 왜? 아직 젊으시고 인기도 한창이신데……."

"그럴 이유가 있습니다. 아마 내일쯤 신문에 나올 겁니다."

"아, 예……."

하고 운전사는 커다랗게 고개를 끄덕이더니 아무래도 호기심을 참을 수 없다는 듯 다시 물었다.

"갑작스런 무슨 사정이라도 생기셨나 보죠?"

"네, 그럴 사정이 좀 있습니다. 개인적인 사정이죠."

"아, 예……. 개인적인 사정이라면 혹시 이민이라도 가시나요? 그래서 국립묘지엔 참배를 하시러……?"

창배는 쓸쓸히 웃었다.

"글쎄요, 이민이라고 할 수 있을지도 모르겠군요. '갈 수 없는 나라'로 한번 가 볼 생각이니까요."

"예? 그건 조금 전의 노래 제목 아닙니까?"

"네, 노래 제목도 그랬죠."

"전, 통 무슨 말씀인지 모르겠군요. 설마 절 놀리는 건 아니실 테구……."

"천만에요. 그럴 리가 있겠습니까. 아무튼 내일 신문을 보시면 아시게 될 겁니다. 조금 놀라시겠지만."

"……."

운전사는 입을 다물고 묵묵히 차만 몰았다. 아무래도 무슨 조롱을 당한 듯한 기분인 모양이었다. 서운함이 뒷모습에 나타나 있었다. 창배는 말했다.

"아무래도 제가 시원하게 말씀을 안 해 드려서 서운하신 모양이군요. 하지만 제가 지금 시원한 말씀을 못 해 드리는 사정도 내일 신문을 보시면 아시게 될 겁니다. 너무 섭섭해하지 마세요."

그러자 운전사는 알았다는 듯 고개만 한번 커다랗게 끄덕여 보이고는 더 이상 아무 말도 없었다. 그리고 택시가 국립묘지에 도착한 것은 얼마 후였다.

창배는 택시에서 내려 현충문을 들어서면서 그곳 넓은 광장에 내리비치고 있는 햇빛에 잠시 눈이 부셨다. 언제나 같은 느낌이었지만 그곳엔 항상 햇빛이 유난히 풍부하게 내리비치고 있는 듯했다. 시간은 2시가 가까워지고 있었다. 창배는 천천히 광장의 햇빛 속을 걸어, 흰 묘석들의 가지런한 행렬이 햇빛을 받아 더욱 하얗게 빛나 보이는 전몰용사들의 묘역(墓域)으로 향했다. 신애와 함께 올 때면 늘 그쪽으로 발걸음이 향하곤 했었다. 한번은 신애가 말했었다.

"난 저 하얀 묘석들을 볼 때마다 이름 없이 죽어 간 사람들의 영혼이 저렇게 가지런히 서 있는 것만 같은 느낌이 들곤 해. 저렇게 하얗게 말야."

창배는 그때 메마르게 대꾸했었다.

"하지만 저것들은 상징일 뿐야. 저 묘석들 밑엔 아무것도 없으니까."

"어마, 그래?"

"유골은 따로 안치해 두는 곳이 있어. 숫제 유골조차 없는 경우도 많지만 말야."

그러나 지금이라면 창배는 그런 대꾸를 하진 않았을 것이었다. 지금은 창배의 느낌도 그때의 신애의 느낌과 거의 같았으니까. 뿐만 아니라 그는 지금 신애의 영혼을 몸 가까이 감지하고 있는 듯한 느낌이기까지 했으니까. 왠지 신애의 영혼이 그 근처 어디엔가 와 있는 것 같은 느낌이었다. 그리고 한순간 그 신애의 영혼은 그의 마음속으로 들어와 그와 말없이 동행하고 있는 듯한 느낌이 들었다. 그는 잠시 그 마음속의 신애와 말없이 동행했다. 마치, 금방 다시 신애의 영혼이 그의 마음속으로부터 떠나 버릴 것을 두려워하기라도 하듯.

그리고 마침내 그는 조심조심 마음속의 신애에게 말을 걸었다. 신애, 신앤 지금 날 나무라고 있지? 하지만 오늘이 마지막이야. 어쨌든 오늘이 마지막이라구. 오늘이 내 일의 마지막 날이야. 신앤 물론 이런 방법은 반대겠지. 할 수만 있다면 날 붙잡고 못 가게 말리겠지. 막화를 내겠지. 하지만 용서해, 신애. 난 이렇게밖에 할 수가 없었어. 신애가 화를 내고 심하게 꾸짖어도 할 수가 없어. 난 그 자식들을 용서할 수가 없어. 신앤 어쩌면 나를 더 용서할 수가 없을지 몰라. 하지만 난 신애의 용서를 못 받아도 할 수가 없어. 난 그 자식들을 절대로 용서할 수가 없어. 신앤 날더러 미쳤다고 할지도 몰라. 어떻게 그런 끔찍한 방법을 생각해 냈느냐고 할지도 몰라. 그런 짓은 그들이 지은 죄보다 더 나쁜 죄라고 할지도 몰라. 더 큰 타락이라고 할지도 몰라. 하지만 신애. 난 죄를 지어도 할 수가 없었어. 더 큰 타락이래도 할 수가 없었어. 난 그 자식들을 용서할 수가 없었어. 신애가 생각한 사랑은 내가 생각한 정의보단 훨씬 더 큰 뜻을 가진 것이었다고 생각해. 하지만 내겐 그렇게 큰 것을 실천할 능력이 없어. 난 작은 것을 실천할 능력밖에 없어. 못난 짓이라고 너무 나무라진 말아 줘. 난 내가 할 수 있는 것을 했을 뿐야. 그리고 할 뿐야. 마음에 안 들어도 용서해, 신애.

그러나 마음속의 신애는 아무런 대꾸도 해 주지 않았다. 꾸짖는 듯한 표정인 것도 같고 말없이 슬픈 표정만을 짓고 있는 것도 같았다. 창배는 고개를 쳐들어 하늘을 한 번 쳐다보았다. 하늘은 구름 한 점 없이 맑고 푸르렀다. 문득 눈물 한 방울이 볼을 타고 굴러 내렸다. 다행히 근처에 그를 주의해 보는 사람은 없었다. 그는 한 손을 들어,

걸음을 멈추지 않은 채 천천히 그것을 닦았다. 그리고 자신을 나무랐다. 눈물이라니 이 무슨 뚱딴지같은 꼴이란 말인가. 손등에 느껴지는 축축한 감촉이 유난히 또렷하고 선명하게 느껴졌다.

어느덧 흰 묘석들이 좌우 가까이로 보이는 전몰용사들의 묘역에 이르러 있었다. 창배는 천천히 묘역으로 걸어 들어갔다. 그리고 묘석들 사이의 잔디밭에 천천히 몸을 구부려 앉았다. 오래오래 그곳에 붙박여 앉아 있을 사람의 자세로. 마치 그곳 묘석들 중의 하나처럼.

그는 자세 한 번 흩뜨리지 않고 처음에 앉은 자세 그대로 두 시간 가까이를 꼼짝 않고 그 자리에 앉아 있었다. 마치 모든 움직이는 기능을 정지한 사람처럼. 그리고 그가 마침내 천천히 다리를 펴고 일어선 것은 오후 4시가 가까워서였다. 그곳을 떠나야 할 시간이었다. 그는 마음속의 신애에게 작별 인사를 했다. 잘 있어, 신애. 가 봐야 할 시간이야. 신애 눈에는 못난 짓으로 보일 테지만 내겐 해야 할 일이야. 그리고 이제 그것도 마지막이야. 곧 나도 신애 있는 곳으로 갈 수 있게 될 거야. 그때까지 조금만 기다려, 신애.

그리고 그는 지금까지와는 달리 바쁜 사람처럼 묘역을 빠져나와 빠른 걸음으로 다시 햇빛(아까보다 많이 엷어진) 속을 걸어서 국립묘지를 빠져나왔다. 택시 한 대를 잡을 수 있었다. 그는 요금을 많이 주겠다고 말하고 수원 방면으로 가 달라고 부탁했다. 운전사는 기꺼이 응했다.

그는 좌석에 몸을 기댄 채 두 눈을 감았다. 이제 한 시간 남짓이면 이상철네 별장에 도착할 수 있을 것이었다. 그리고 모든 일은 끝날 것이었다. 한 시간 남짓―그동안을 초조하게 여겨선 안 될 것이었다. 일은 이미 시작된 것이나 다름없지 않은가. 그는 되도록 기도하듯 조용한 마음을 갖도록 힘썼다. 그리고 차의 속도에 몸을 내맡기고 있었다.

택시가 이상철네 별장 못미처의 호숫가에 당도한 것은 5시를 5분쯤 남기고였다. 창배는 호숫가에서 택시를 내렸다. 그리고 택시가 오던 길로 되돌아 나가는 모습을 잠시 지켜본 다음 천천히 별장 쪽을 향해 걸어 올라가기 시작했다. 최대한 평정한 마음을 유지하려고 힘썼으나 조금씩 떨려 오는 마음을 어쩔 수가 없었다. 긴장이 한 걸음마다 더해 오기 시작했다. 오늘이 모든 것의 마지막이라는 생각 때문일 터이었다. 그는 심호흡을 하여 긴장을 덜었다. 그리고 걸음을 되도록 성큼성큼 떼어 놓기 시작했다.

저만큼 별장의 입구가 보이는 지점에 다다랐다. 별장 주위에 별다른 이상한 낌새는 보이지 않는 것 같았다. 그리고 좀 더 올라가자 별장의 입구를 통해 뜰에 세워져 있는 김광배의 잿빛 '머스탱'의 일부가 보였다. 김광배는 이미 도착해 있음에 틀림없는 것 같았다. 그때 창배는 잠시 망설였다. 이쯤에서 펜싱 칼을 조립해 가지고 쳐들어갈 것인가, 아니면 그와 만난 뒤에 조립해도 늦지 않을 것인가 하고.

창배는 후자 쪽을 택했다. 천천히 그의 면전에서 조립하는 것이 보다 떳떳하고 보다 효과적이리란 생각 때문이었다. 가능한 한 시간을 오래 끌리라. 그리하여 그의 조바심이 극에 달하도록 하리라. 마지막 흉기로서 펜싱 검을 택한 것도 가능한 한 그를 마지막까지 발버둥 치게 하기 위해서가 아니었던가. 그리하여 저 신애가 맛본 절망을 최대한 그로 하여금 맛보게 하기 위해서가 아니었던가.

창배는 다시 한번 심호흡을 한 뒤 성큼성큼 별장의 입구를 향해 걸어 들어갔다. 김광배의 잿빛 '머스탱'은 늦은 오후의 햇빛을 받은 채 날렵하고 안정된 모습으로 뜰에 세워져 있었다. 혹시 누가 안에 있지나 않은가 눈여겨보았으나 빈 차임에 틀림없었다. 자동차의 주변에도, 별장의 주변에도 눈에 띄는 사람은 없었다.

창배는 성큼성큼 별장의 현관으로 다가갔다. 그리고 현관문을 노크했다. 그러나 닫힌 현관문 안으로부터는 아무런 대답도 들려오지 않았다. 그는 재차. 이번엔 좀 더 분명히 노크했다. 그러나 현관문 안으로부터는 여전히 아무런 대답도 들려오지 않았다. 순간 창배의 머릿속엔 한 의심이 스쳐 갔다. 김광배는 그 별장 건물 안에 있는 것이 아니라 건물 밖 어디에선가 음험히 자신을 주시하고 있는 것이 아닌가 하는. 그러나 촉각을 곤두세워 다시 한번 주위를 살펴보아도 그의 모습은 어디에도 눈에 띄지 않았다. 창배는 현관 도어의 손잡이를 비틀어 보았다. 손잡이는 가볍게 비틀리면서 현관문이 열렸다. 창배는 긴장을 늦추지 않은 채 현관 안으로 들어섰다. 그때 이상한 냄새가 코끝을 스쳐 갔다. 비릿한 화약 냄새 같은 것이었다. 창배는 재빨리 거실 쪽을 바라보았다. 그리고 그는 굳어진 듯 그 자리에 못 박혀 섰다.

거실 안쪽, 소파가 놓여 있는 부근의 바닥에, 반듯이 누운 벌거벗은 남자의 몸뚱어리 하나가 보였던 것이다. 김광배가 틀림없었고 살아 있는 모습이 아니었다. 벌거벗은 가슴이 피투성이였다. 최초의 충격이 지나간 후, 창배는 곧 다급히 거실 안쪽으로 걸어 들어갔다. 그리고 시체의 상태를 살폈다. 가슴에, 총탄에 의한 것인 듯한 상처가 두 군데 나 있었고 그곳으로부터 피가 솟구쳐 나와 가슴 전체를 피투성이로 만들어 놓고 있었다. 시체의 오른손에는 조그만 권총 한 자루가 쥐어져 있었다.

이 친구가 자살을…….

창배는 눈앞의 사태를 믿을 수가 없었다. 그러나 시체의 모양은 틀림없는 자살의 형태를 갖추고 있었다. 일종의 허탈감이 창배를 엄습해 왔다.

그는 펜싱 검의 포장 케이스를 소파 위에 던져 놓은 채 물끄러미 시체의 얼굴을 바라보았다. 두 눈은 크게 떠진 채였고 입술은 고통스러운 듯 약간 벌린 채였다. 그리고 턱을 약간 치켜든 듯한 자세로 그는 천장을 향해 반듯이 누워 있었다. 반듯이 누운 자세에서 총을 쏘았다고 볼 수 있었다. 그런데, 왜? 하필이면 왜 벌거벗은 채 자살을 했단 말인가. 그러나 그 이유를 알 수 없는 대로 어쨌든 그가 자살을 했다고 생각하자 허탈감에 뒤따른 일말의 연민 비슷한 감정이 스쳐 갔다. 자살을 했다면 어쨌든 그는 양심의 고통을 견뎌 내지 못한 때문이라고 볼 수 있었기 때문이다.

그러나 일이 어쨌든 예기치 못한 형태로 끝나 버렸음엔 틀림없다. 긴장이 풀리면서 일시에 온몸의 힘이 빠져나가 버리는 듯한 느낌에 창배는 사로잡혔다. 그는 방심한 자세로 아무렇게나 소파에 털썩 주저앉았다. 그리고 마치 잠이라도 청하려는 사람처럼 지그시 두 눈을 감았다. 어쨌든 이제 모든 일은 끝난 것이었다. 남은 일은 이제 조용히 자수하는 일뿐이었다. 경찰은 김광배의 죽음도 그의 범행에 의한 것으로 간주하려 들 테지만 그런 것은 이제 아무래도 좋았다. 어떻게 되었건 이제 모든 일은 끝났으니까. 애써 얻으려 했으나 쉽사리 얻을 수 없었던 평정한 마음이 그제야 조용히 그에게 찾아들었다. 그는 깊숙이 소파의 등받이에 몸을 기댔다. 마치 오랜 휴식으로 들어가기라도 하려는 사람처럼.

그러나 창배의 그러한 자세는 그다지 오래가지 못했다. 그로부터 10분쯤 지나서였을까, 그곳에는 뜻밖의 방해자가 한 사람 나타났던 것이다. 시경의 반경식 형사, 그 사람이었다. 그는 잔뜩 긴장한 표정으로 거의 뛰어들다시피 열린 현관문을 통해 들어서서, 마악 인기척을 느끼고 기댄 자세에서 상반신을 조금 일으킨 창배의 시선과 마주치자 못 박힌 듯 그 자리에 섰다. 그리고 재빨리 그의 시선은 김광배의 벌거벗은 시체로 옮겨 갔다. 일순 그의 얼굴에선 핏기가 걷히는 듯했다. 그리고 노여움에 떠는 목소리가 그의 입술에서 터져 나왔다.

"배수빈, 역시 당신이었군!"

창배는 천천히 그를 향해 마주 일어섰다. 그리고 쓸쓸히 웃으며 말했다.

"용하게 여기까지 찾아오셨군요. 그런데 조금 늦으셨군요."

"교활한! 이번엔 또 자살로 위장까지 하려고!"

그는 김광배의 손에 쥐어진 권총을 본 모양이었다. 창배는 구태여 부인하려 하지 않았다.

"글쎄요. 어쨌든 이걸로 다 끝났습니다. 곧 내 발로 반 형사님을 찾아가려 했었는데 반 형사님이 이렇게 한 발짝 먼저 와 주셨군요. 어차피 결과야 마찬가지겠습니다만."

"끝까지 교활한! 그럼 자수를 할 생각이었단 말인가!"

창배는 다시 쓸쓸히 웃었다.

"내가 쓴 쪽지에 그런 말이 있었을 텐데요. 반 형사님을 만나 뵐 날이 얼마 남지 않았다는. 하지만 결과야 어쨌든 마찬가지 아니겠습니까?"

그러자 형사는 분노를 참지 못하는 시선으로 창배를 쏘아보며 말했다.

"내가 경찰관만 아니라면 당장 이 자리에서 당신을 때려죽이고 싶어. 내가 경찰관인 걸 다행으로 알라고!"

창배는 잠시 그의 시선을 쓸쓸히 마주 받고 나서 고개를 숙였다. 그의 분노한 표정에 깃든 어떤 엄격한 진지성 앞에 무언가 마주 설 수 없는 죄책감 같은 것을 느꼈기 때문이다. 그러나 창배는 곧 고개를 쳐들며 쓸쓸히 말했다.

"……그러시겠지요. 날 때려죽이고 싶으시겠지요. 하지만 반 형사님도 만일 내 입장이셨다면 나 비슷한 행동을 하지 않곤 못 견디셨을지도 모릅니다."

"미친 수작. 어떤 이유도 살인을 정당화할 수는 없어."

"그렇지요. 정당화할 수는 없지요. 하지만 정당하지 못한 줄 알면서 그 정당하지 못한 일을 할 수밖에 없는 경우도 있지요."

"무슨 소리야? 당신이 그런 경우란 얘기야?"

"물론 변명을 하자고 이러는 건 아닙니다. 변명을 할 수 있는 성질의 일도 아니구요. 다만 그동안 반 형사님을 여러 가지로 괴롭혀 드린 죄책감에서 말씀드리는 것뿐입니다. 자, 이제 절 체포하시지요."

"그럼 지금까지의 모든 범행을 시인한다는 얘기야?"

"네, 모두 시인합니다."

"정확히 말해 봐. 당신이 죽인 게 누구누구지?"

"이상철, 선우영일, 박용기, 최명곤, 그리고……."

"그리고 저 김광배야?"

"저 사람은 내가 죽인 게 아니라고 해도 믿지 않으시겠지요."

"뭐라구?"

"저 사람은 내가 도착했을 때 이미 저렇게 죽어 있었습니다. 믿지 않으시겠지만. 그리고 저렇게 죽어 있지 않았더라도 내가 결국 죽였겠지만."

형사의 표정에는 순간 반신반의하는 표정이 떠올랐다. 그리고 시체 앞으로 다가가 권총을 쥔 손의 행태와 가슴의 상처, 시체의 전반적인 상태 등을 재빠른 시선으로 관찰했다. 전문가의 동작답게 그의 시선은 날카롭고 민첩했다. 형사는 다시 창배를 향했다.

그리고 날카로운 시선으로 말했다.

"이건 자살한 사람의 시체가 아냐. 위장이야. 권총을 쥔 손의 모양도 어설프고 가슴의 상처도 아주 근접한 거리에서 쏜 게 아냐. 당신은 마지막까지 거짓말을 하고 있어!"

"……."

창배는 순간 뒤통수라도 얻어맞은 듯 머릿속에 혼란이 왔다.

그렇다면 김광배는 자살을 한 게 아니란 말인가. 그렇다면, 자살이 아니라면 누가? 누가 김광배를 죽였단 말인가? 그때 형사가 다시 다그쳤다.

"똑바로 얘기해. 당신이 쏘아 죽이고 나서 위장을 한 거지? 그리고 당신은 또 한 사람 빠뜨린 게 있어. 권오규, 권오규도 당신이 죽였지? 그때도 당신은 자살로 위장했었지."

순간 창배의 머릿속엔 번개처럼 스쳐 간 한 여자의 얼굴이 있었다. 채나영의 얼굴이었다. 김광배가 벌거벗은 채 죽어 있었던 이유도 그제야 어렴풋이 짐작이 갔다. 권오규, 그는 그녀의 협박자가 아니었던가. 우연한 기회에 그들의 밀회를 목격하고, 몰래 미행하여 그 사실을 알게 되지 않았던가. 물론 경찰 수사에 혼선을 주기 위해 그녀의 애정행각을 이용하려던 의도의 부수적 결과였지만. 그래서 권오규, 그가 죽었다는 얘기를 들었을 때 직감적으로 떠오른 얼굴도 채나영 그녀의 얼굴이 아니었던가. 김광배나 권오규 두 경우 모두가 자살로 위장되었다는 점에서도 짚이는 느낌은 분명했다. 창배는 거의 확신할 수 있었다. 김광배를 죽인 것은, 최근에 그의 정부 노릇을 해 온 채나영, 그녀임에 틀림없다고. 물론 그 이유는 얼른 짐작할 길이 없지만.

온몸에 전율이 스쳐 감을 느꼈다. 그러나 창배는 이제 와서 구태여 그녀 이야기를 꺼냄으로써 발뺌하려는 듯한 인상은 주고 싶지 않았다. 그는 쓸쓸히 웃으며 말했다.

"글쎄요, 굳이 그렇게 생각하신다면 애써 부인하고 싶진 않군요. 지금 반 형사님 태도로 보아선 부인한다고 해도 곧이들어 주실 것 같지도 않구요."

그러자 형사는 엄격한 표정으로 말했다.

"흥, 당신은 끝까지 교묘한 말로 사람을 속이려 드는군. 당신은 뻔뻔스런 배신자야. 당신이 죽인 사람들은 대부분 당신을 후원하던 사람들 아냐? 당신은 인간인가? 어쨌든 모든 건 조사해 보면 다 드러날 테니까 그만 가시지. 더 이상 말재주 부리지 말구."

그리고 형사는 창배 쪽으로 한 발짝 다가서며 수갑을 꺼내어 들었다. 창배는 묵묵히 팔목을 내밀어 그가 채우는 수갑을 받았다.

그때 건물 바깥쪽에서 인기척이 들리더니 빠른 걸음의 남녀 한 쌍이 현관 안으로 들어섰다. 마 기자와, 저 Q호텔의 나이트클럽에 함께 왔었던 그 여기자였다.

두 사람은 이쪽의 광경을 발견하자 잠시 얼어붙은 듯 그 자리에 섰다. 마 기자와 창배의 시선은 순간, 한쪽은 안타까운 표정으로 그리고 한쪽은 놀란 표정으로, 서로 강하게 엇갈렸다. 그리고 그 여기자는 한순간 급히 외면하며 돌아섰다. 김광배의 벌거벗은 시체에 눈길이 닿았기 때문일 것이었다. 형사가 놀란 표정으로 그 여기자를 향해 부르짖듯 물었다.

"동희! 동희가 여기 웬일이야?"

마 기자가 그때 그 여기자를 대신해서 대답했다.

"아, 반 형사시군요. 미스 한한테 말씀 많이 들었습니다. 전 B일보

경제부의 마 기자라고 합니다. 미스 한은 제가 청해서 동행을 했죠."

"선생은 그럼 여길 어떻게?"

"놀라지 마십시오. 제가 실은 저 사람 배수빈, 아니 윤창배와 공범입니다."

"뭐요?"

"자세한 얘긴 나중에 수사본부에 가서 하죠. 자, 우선 저도 체포하시죠."

순간 창배는 자신도 모르게 부르짖었다.

"무슨 짓을 하고 있는 겁니까! 그건 당치도 않은 얘기예요! 공범이라니, 말도 안 됩니다."

"이봐 창배, 우리 사실은 사실대로 인정하자구. 이건 신문기자로서의 내 마지막 양심이야. 난 자네의 범행을 내심 동조했고 분명히 자네를 도왔어."

그렇게 잘라 말하고 마 기자는 딴청 하듯 힐끗 시체 쪽을 바라보더니 형사를 향해 물었다.

"그런데 저 친군 자살인 모양이군요?"

"아니, 위장이오."

"위장?"

순간 마 기자의 표정엔 어떤 의혹의 빛이 떠올랐다.

"위장이라면 자살이 아니란 말입니까? 그럼 저 권총은 뭡니까?"

"그건 자살로 위장하기 위해 범행 후에 그렇게 쥐여 준 것일 뿐이지요."

"뭐라구요?"

하고 마 기자는 다음 순간 시체와 창배의 얼굴을 번갈아 바라보았다. 그리고 믿어지지 않는다는 듯 창배를 향해 물었다.

"창배 자넨 펜싱 칼을 쓰겠다고 했잖아? 어떻게 된 거지? 펜싱 칼은 포장도 뜯지 않은 채 저기 있는데."

창배는 마 기자의 얼굴을 쓸쓸히 바라보며 말했다.

"펜싱 칼이나 권총이나 마찬가지죠. 어쨌든 저 친구를 죽게 했다는 점에서는. 자살이든, 자살을 위장한 살인이든 그것도 결국 마찬가지구요."

"뭐라고? 그게 무슨 소리지?"

"어쨌든 내 일은 이제 다 끝났으니까 마찬가진 셈이죠."

"아냐, 자넨 분명 뭔가 알고 있어. 자네가 도착했을 때 저 친군 이미 죽어 있었던 거 아냐?"

"마찬가집니다, 아무튼."

"아냐, 가만……."

하고 마 기자는 순간, 머릿속에 스치는 어떤 생각을 움켜잡으려는 표정이 되었다. 그리고 곧 어떤 전율을 느끼는 표정으로 여기자를 향해 물었다.

"미스 한. 아까 우리 이리로 오는 도중에 차 안에서 본 여자가 채나영이 틀림없지? 우리하고 엇갈린 택시 안에 타고 있던 여자 말야."

"네, 그 여자가 틀림없는 것 같았어요."

하고, 그때까지 되도록 시체 쪽을 보지 않으려고 애쓰면서 그러나 놀라운 사태에 온몸으로 긴장한 반응을 감추지 못하고 있던 여기자가 또렷이 대답했다. 순간 형사는 무엇에 감전이라도 된 듯 긴장한 표정으로 다그쳤다.

"뭐? 채나영이?"

그즈음 채나영은 고속도로 위를 달리는 택시 속에 편안한 자세로 기대앉아 있었다. 서울이 얼마 남지 않은 거리였다. 편안한 자세를 취하고 앉아 있긴 했으나 그녀의 마음은 그다지 편하다고는 할 수 없었다. 너무 엄청난 일을 두 번째나 저질렀기 때문이다. 권오규를 호텔 창밖으로 밀어 떨어뜨릴 때만 해도 그것으로 모든 것이 끝나리라고 생각했었다. 그땐 감시자가 있을 것을 염려하여 집에 상비하고 있던 수면제를 주스에 타 먹여 옥자를 잠들게 한 뒤, 10시쯤 모든 전등을 끄고 (잠자리에 든 것으로 위장하기 위해) 옥자의 겉옷으로 바꿔입은 채 아파트를 빠져나갔었다. 그리고 감쪽같이 그 일을 해치울 수가 있었다.

호텔 종업원들의 시선을 교묘히 피해 그가 묵고 있는 방에 들어섰을 때, 옥자의 옷을 입고 나타난 그녀를 보고 권오규는 의아한 표정을 감추지 못했으나 감시자를 속이기 위해서였다는 그녀의 설명을 듣자 그는 곧 배를 쥐고 웃으며 그녀를 칭찬했었다. 그리고 창가로 다가가 그녀가 서울의 야경(夜景)을 찬탄했을 때 그는 의심 없이 그녀 옆으로 다가와 함께 눈 아래 야경을 내려다보았다. 그녀가 틈을 노려 그를 까마득한 호텔 창 아래로 밀어 떨어뜨린 일은 그다지 힘들었다고 할 수 없었다. 그런데 그가 김광배에게 전화를 해 두었을 줄은 꿈에도 생각지 못했었다. 모든 것이 끝난 것이 아니라 사람만 바뀐 셈이었다. 게다가 김광배는, 그녀가 권오규를 죽였다는 사실조차 얼마간 눈치채고 있음에 틀림없어 보였다. 아니, 거의 그렇게 믿고 있는 것 같았다.

자신의 무서운 비밀을 끝내 덮어 두기 위해서는, 그리고 권오규를 죽였다는 사실까지 완전히 어둠 속에 묻어 버리기 위해서는 김광배 그마저 결국 죽이는 길밖에 없다고 생각했다. 다른 방법들을 더러 궁리해 보지 않은 것은 아니었으나 그 어느 것도 완전한 방법이 못 되었다. 그런데 그 더 바랄 수 없이 완전한 기회가 오늘 스스로 찾아왔다. 김광배가 가진 권총을 보았을 때 그녀는 이것이야말로 놓칠 수 없는 완전한 기회라고 생각했다.

그의 말에 따르면, 그는 자신을 죽이러 올 사람을 기다리기 위해 그곳에 온 것이었다. 그리고 그것이 한갓 실없는 소리가 아님은 분명했다. 그의 친구 네 명이, 누군지 알 수 없는 사람의 손에 차례로 살해를 당하고 이제 남은 사람은 그 혼자라는 사정을 생각해 보면 그것은 충분히 있음 직한 일이라고 할 수 있었다. 최근에 그는 입버릇처럼 자기 차례라는 말을 되뇌어 왔을 뿐만 아니라 오늘은 서슴없이 '마지막 향연'이니 '절망의 향연'이니 하는 따위의 말까지 쓰지 않았던가. 그의 태도로 미루어 누군가가 적어도 그곳에 오기로 되어 있다는 사실과 오기로 되어 있는 그 누군가를, 그가 자신을 죽이러 오는 범인이라고 생각하고 있음에는 적어도 의심의 여지가 없는 것 같았다. 그리고 최근의 태도로 보아 그는 이미 모든 것을 알고 있음에 틀림없는 것 같았다. 그렇다면 기회는 완전하다고 할 수 있었다. 그녀가 그를 죽이더라도 그것은 얼마 후에 그곳에 나타날 그 누군가의 범행으로 전가될 수 있을 것이었다. 더욱이 그 누군가가, 그의 친구 네 명을 차례로 살해한 그 범인이 틀림없다면 일은 더욱 완벽해질 것이었다. 누가 보더라도 그것은 그 범인이 저지른 마지막 범행이라고 볼 수밖에 없을 테니까. 거기에 그는 권총을 가지고 있었다. 그녀는 언젠가 상철로부터 권총 쏘는 법을 가르쳐 받은 적이 있었다. 상철이 자신의 새로운 장난감을 자랑하기 위해 그것의 사용법을 가르쳐 준 적이 있었던 것이다. 모든 것은 완전하다고 할 수 있었다.

그와의 격렬한 정사가 끝난 후, 그가 지친 듯한 표정으로 따로 떨어져 누웠을 때, 그녀는 담배를 집으러 가는 시늉으로 조용히 몸을 일으켰다. 그리고 소파 위에 던져둔 그의 양복저고리에서 재빨리 권총을 꺼내 들었다. 그가 의혹과 당황의 시선으로 그녀를 쳐다보는 순간, 그녀는 짬을 주지 않고 그의 가슴을 향해 총을 쏘았다. 연거푸 두 번. 두 눈을 똑바로 뜬 채. 그는 누운 자세 그대로 총을 맞고 두어 번 꿈틀하고는 더 이상 움직이지 못했다.

그의 오른손에 권총을 쥐여 준 것은 만일의 경우 오기로 되어 있는 사람이 오지 않더라도 그래서 그녀의 계산이 빗나가는 경우에도 최소한 그가 자살한 것처럼 보이도록 하기 위해서였다.

택시는 이제 서울로 접어들고 있었다. 그녀는 자세를 좀 더 편하게 고쳐 앉았다. 모든 것은 완벽하게 잘 처리되었다. 걱정할 것은 이제 아무것도 없다. 남은 일은 이제 아파트로 돌아가서 목욕이나 하고 그리고는 잠이나 푹 자 둘 일이다.

에필로그

　2개월 후. 배수빈, 아니 윤창배가 1심 공판에서 사형 언도를 받은 날 저녁, 동희는 경식과 함께 청진동에 있는 찻집 '보리'에 앉아 있었다. 낮에 공판을 함께 지켜보았던 경식이 퇴근 후 그곳에서 만나자고 제의했었던 것이다.

　그곳은 바로 지난 3월 초순, 저 끔찍한 연쇄 사건의 첫날에 동희가 마 기자를 만났던 찻집이었다. 경식이 그곳을 택한 이유는 그녀로부터 그 사실을 들어서 알고 있었던 때문이리라. 그리고 무언가 심리적인 매듭을 짓기 위한 장소로서는 그곳이 알맞다고 생각한 것이리라. 그는 동희와 마주 앉은 뒤에도 침울한 표정으로 한동안 입을 열지 않았다. 그리고 레지가 날라다 준 커피잔만 말없이 저었다. 무언가 마음의 무거움을 그렇게 함으로써 다소라도 가벼이 해 보려는 태도처럼 보였다.

마음이 무겁기는 동희 역시 마찬가지였다. 사형 언도가 내려지던 순간에 배수빈 아니 윤창배가 보여 준, 마치 안심했다는 듯, 조용히 두 눈을 내리감던 표정이 좀처럼 마음속에서 지워지려고 하지 않았기 때문이다. 마 기자는 범행 방조의 죄목으로 징역 7년. 그리고 채나영은 정황 증거만으로는 불충분하다는 이유로 무죄가 각기 선고되었다. 그녀는 김광배와 함께 이상철네 별장에 동행한 사실까지는 마지못해 시인했으나 범행 사실만은 끝내 완강히 부인했던 것이다. 그녀의 첫 동거자 차명수의 증언으로 그녀가 3년 전 임신했었다는 뜻밖의 사실이 밝혀졌으나 자연유산(自然流産)에 의해 아기를 잃었다는 그녀의 완강한 주장으로, 그것도 그녀의 범행을 추궁하는 데는 별로 도움이 되지 못했다. 요컨대 그녀의 범행을 입증할 만한 명백한 물적 증거는 하나도 드러난 것이 없었던 것이다. 무죄 판결이 내려지던 순간에 그녀가 짓던 당연한 결과라는 듯한 만족한 미소가 배수빈의 조용히 눈 감던 표정에 겹쳐 쉽사리 마음속에서 지워지려 하지 않는다. 그것은 각기 너무나 대조적인 느낌으로 동희의 마음속에 깊은 자국을 남겨 놓았기 때문이다. 마 기자는 담담한 표정으로 자신에게 내려진 선고(宣告)를 받아들이고 그리고는 연민에 찬 시선으로 잠시 배수빈을 돌아보았을 뿐이었다.

말없이 찻잔만 젓고 있던 경식이 마침내 무거운 시선을 쳐들었다. 그리고 무겁게 입을 열었다.

"……감상적이라고 생각하지 말아 줘. 나, 실은 지금 사표 내고 나오는 길이야."

"네?"

동희는 미처 예기치 못한 말에 놀라 그의 얼굴에서 시선을 떼지 못했다. 경식은 계속 무겁고 우울한 시선으로 그녀를 바라보며 말했다.

"……견딜 수가 없었어. 모든 정황으로 봐서 채나영이의 범행이 틀림없는데도—적어도 김광배의 경우는 말야—그런데도 유죄를 입증할 만한 증거 하나 찾아내지 못한 수사 경찰로서의 무능에 대한 자각도 자각이지만, 배수빈이라는 친구 때문에 견딜 수가 없었어. 마 기자한테서 모든 얘기를 듣고, 그 친구 입장이었다면 나도 그 친구처럼 할 수밖에 없지 않았을까 하는 생각이 들었어. 동희가 만일 그런 일을 당했다면 나도 그 친구들을 가만두진 못했을 거야. 그런데 오늘 사형 언도가 내려지던 순간에 배수빈이 짓던 표정을 보고 난 이루 말할 수 없는 부끄러움을 느꼈어. 경찰관으로선 일종의 자기 배반이라고 할 수 있겠지. 범인에게 부끄러움을 느끼다니. 어쨌든 그 친군 사람을 네 명씩이나 죽인 살인범인데 말야. 하지만 난 그 친구한텐 부끄러움을 견딜 수가 없었어. 무어라고 할까, 인간적인 부끄러움이라고 할까. 어쨌든 난 그 친굴 내 손으로 체포했다는 사실이 원망스럽기까지 했어. 그 친군 물론 범죄자고 난 범죄자를 잡아야 하는 경찰관이지만 그 친군 말하자면 보다 큰 범죄의 희생자라는 느낌을 지울수가 없어. 우리 사회가 저지르고 있는 어떤 커다란 범죄에 대항하다가 쓰러진 희생자……."

그리고 그는 말을 멈추고, 여지껏 젓고만 있던 찻잔을 집어 조금 마시는 시늉을 하고 내려놓았다.

"……이를테면 난 경찰관으로서의 본질적 의무를 다하지 못한 셈이지. 어떤 의미에서는 배수빈이라는 친구보다 더 내가 경찰관답지 못했다고도 할 수 있어. 내 기분 알겠어?"

동희는 가만히 고개를 끄덕이고 나서 조용히 말했다.

"경식 씨 심정 이해해요. 배수빈 씨 생각을 하면 나도 마음이 아파요. 사표 내신 심정도 알겠어요. 물론 신중히 결정하신 거겠죠. 하지만 난 경식 씨가 경찰관으로서 지킬 몫도 있다고 생각해요. 이번 사건은 경식 씨로선 어쩔 수가 없는 사건이었잖아요?"

경식은 쓸쓸히 웃었다.

"물론 나로선 어쩔 수 없는 사건이었지. 내 나름으론 최선도 다했구. 하지만 결과는 어쨌든 내가 경찰관으로서의 본질적 의무를 다하지 못한 것으로 나타났어. 동희 얘긴 무슨 얘긴지 알겠어. 경찰관으로서의 일반적 직무에 충실하는 것도 중요한 일 아니겠느냐는 얘기겠지. 하지만 이번 사건을 겪고 나서 난 보다 본질적인 것이 무엇이냐는 데 생각이 미치게 됐어."

동희는 순간 그가 무언가 커다란 생각을 하고 있다는 느낌을 받았다. 그리고 조용히 물었다.

"그럼 앞으로 어떡하실 생각이에요?"

경식은 잠시 어두운 표정으로 입을 다물고 있다가 말했다.

"……할 수 있다면 정당에 가입해서 정치를 한번 해 보고 싶어. 물론 잘될는지 어떨는진 아직 알 수 없지만. 그리고 정치가 반드시 내가 생각하고 있는 문제를 해결해 줄는지 어떨는지도 아직 확실친 않지만."

동희는 그가 생각하고 있는 것이 무엇인지 알 것 같았다. 그는 보다 본질적 의미에서의 경찰관을 꿈꾸고 있다고 생각되었다. 해서 그녀는 다소 밝게 웃어 보였다.

"알겠어요, 경식 씨 생각. 그러니까 본질적으로 범죄가 없는 세상을 한번 만들어 보려는 생각이군요?"

그러나 그는 어두운 표정을 풀지 않았다.

"……어려운 일이겠지. 아마 불가능할지 몰라. 하지만 해 보고 싶어."

"해 보세요. 나도 힘껏 도울게요."

하고 동희는 밝은 미소를 지어 보였다. 그리고 가만히 덧붙였다.

"우리, 그리고 곧 결혼해요."

얼마 후 그들은 찻집을 나와 청진동 해장국 골목을 걸어 나오고 있었다. 기분은 여전히 무거운 편이었으나 찻집에서보다는 다소 나아진 편이라고 할 수 있었다. 그런데 그들이 골목 어귀에 이르렀을 무렵 그들은 지난 3월 초순 동희가 그곳에서 본 그 맹인 부부를 보았다. 그 맹인 부부는 여전히 듣는 이 없는 슬픈 노래를 부르며 골목 어귀의 담벼락 앞에 나란히 서 있었는데 순간 동희의 눈에는 그들 부부가 세상에서 가장 순결하고 행복한 부부처럼 보였다. 그러나 곧 그들 부부가 보고 있을 세상의 빛깔에 생각이 미치자 동희는 다시 마음속이 깊이 어두워 옴을 느꼈다. 왠지 그들이 보고 있는 세상의 빛깔은 한

없이 깊은 검정색일 것만 같은 생각이 들었기 때문이다.

어디선가 문득 배수빈의 저 마지막 노래가 들려오는 듯했다. 그가 스스로 작사했다는 저 흐느끼는 듯 낮고 우울한 노래가…….

이 작품을 마치고 나는 소설의 영역이 무한히 넓고 깊다는 사실을 다시 한번 깨달았다. 나로서는 이제껏 밟아 보지 않은 세계를 뚫고 지나온 기분이기 때문이다. 추리소설이란 형식은 내겐 서투르고 낯선 세계였다. 미지의 두려운 세계를 탐험하는 기분이었다. 예기치 못한 온갖 장애물과 위험들과도 만났다. 그러나 배운 것들도 많았다. 그중 중요한 한 가지가 소설의 영역은 무한히 넓고 깊다는 사실에의 새삼스런 깨달음이었다.

추리소설이란 흔히 점잖은 문학으로부터는 외면되어 온 것이 우리의 상식이었고 사정이었다. 그러나 추리소설의 형식 속에도 소설의 새로운 길은 얼마든지 열려 있다는 사실을 이번의 경험을 통해 나는 배울 수 있었다. 인간을 이해하고 탐구하려는 한 작업인 소설이 그 새로운 길을 발견할 수 있다면 그것이 추리소설이건 탐정소설이건 구태여 가릴 필요가 어디 있겠는가.

그러나 본격적인 추리소설을 좋아해 온 독자라면 나의 이번 소설에서 충분한 만족 또한 얻기 어려울 것이. 왜냐하면 나는 처음부터 본격적인 추리소설을 계획했던 것이 아닐뿐더러 그것은 나의 역량이 아직 미치지 못하는 영역이기 때문이다. 만일 그것을 바랐더라면 나는 더 많은 준비를 했었어야 했을 것이다. 내가 바란 것은 추리소설의 형식을 빈, 한 편의 사회소설을 쓰는 일이었다. 내가 쓰고자 하는 이야기에 가장 효과적인 형식으로서 추리소설의 형식을 택한 것뿐이었다. 그리고 적어도 나의 그 선택만은 실패하지 않았다고 나는 지금 생각하고 있다.

내가 이번 소설에서 중점을 두어 드러내 보려고 한 것은 우리 사회 전체가 안고 있는 어떤 절망적인 부패의 냄새이다. 가장 대표적인 것이 성의 교환가치화이고 부에 관한 개념의 타락이다. 사회 전체가 도덕적인 힘을 잃어 가고 있는 것은 주로 그 때문인 것으로 생각된다. 모든 인간적 도덕적 가치의 타락은 날로 우리 사회를 부패의 냄새로 가득 차게 한다. 그리고 그 작은 저항력으로서의 인간적 여러 규범들은 날로 위축되어 설 자리를 잃어 가고 있다.

이러한 절망적 생각의 소신이 나의 이번 소설이라고 할 수 있다. 그리고 같은 생각의 구체적인 표현으로서 나는 채나영이란 여성을 힘들어 묘사해 보았다. '오인방' 멤버들의 행태도 같은 범주에 든다고 하겠다. 그러나 나는 완전히 절망할 순 없었다. 무언가 우리에게 구원의 여지가 있다고 믿고 싶었다. 무언가 아직도 우리에겐 희망이 남아 있다고 믿고 싶었다. 신애와 창배(배수빈), 동희와 반경식, 그리고 마 기자 같은 사람들이 그러한 나의 작은 소망을 대신한 사람들이다. 우리 사회가 아직 완전히 도덕적인 힘을 잃지 않고 있는 것도 실은 그러한 사람들이 있기 때문일 것이다. 배수빈이 물론 너무 극단적인 행동을 보여 주고 있긴 하지만 그것은 소설의 강조점 같은 것으로 이해해 주기 바란다.

1979. 3. 10 조해일

갈 수 없는 나라, 그러나 가야 할 그 나라

김연숙(문학평론가)

1. 거리

앎(知)에는 거리가 필요하다. 물리적 거리도 있어야 하고, 마음의 거리도 있어야 한다. 눈앞에 바싹 들이밀어진 것은 알아보기 힘들고, 현장 속에서는 그 상황을 파악하기가 어렵기 때문이다. 소설도 그러하다. 소설 창작은 물론 읽기에도 거리가 필요하다. 소설 읽기는 텍스트를 해석하는 것 그 이상을 요구한다. 그것은 나와 텍스트, 나와 작가, 나와 세계의 거리를 끊임없이 밀고 당기며, 새로운 삶의 지평을 생산하는 일이기 때문이다.

그래서 힘들었다. 『갈 수 없는 나라』 소설 갈피마다 작가의 목소리가, 작가의 얼굴이 선연히 나타났다. 어느 선배의 소설도 그러했다. 이건 누구 모습인가 보다, 그때 그 시절인가 보다…… 지레짐작이 앞서, 주춤거리며 읽을 수밖에 없었다. 거리감 없이 불쑥불쑥 달려드는 이야기들은 그래서 버겁다.

불현듯 '갈 수 없는 나라' 노래 구절도 떠올랐다. 조해일 선생님과 어쩌다 노래방에 가면, 헤어질 무렵이 되어 누군가가 선창을 하고 마치 교가 제창이라도 하듯 다 같이 불러 대던 그 노래. 얼근히 취한 김에 고래고래 소리를 지르며 부르던 노래였다. 취한 이들 가운데 유일하다시피 말짱한 얼굴이었지만(선생님은 원래 술을 거의 못 하신다), 누구보다도 흔쾌히 제자들과 어울리시던 분. 그 선생님은 작고하시고, 나는 그분의 소설을 읽고 해설을 쓰다니. 세상에는 이런 일도 일어나나 보다.

2. 인간을 이해하고 탐구하려는…… 무한히 넓고 깊은 작업

『갈 수 없는 나라』는 1978년 3월 2일부터 1979년 3월까지 『중앙일보』에 연재된 소설이다. 신문 연재가 끝나고 단행본으로 출간되자마자 베스트셀러가 되었고, 이후 연극(윤두수 연출, 1980년), 드라마(MBC 베스트셀러 극장, 1983년; MBC 월화 미니시리즈 4부작, 1987년), 노래(해바라기, '갈 수 없는 나라', 1985년)로 이어지며 엄청난 인기를 끌었다.

그 줄거리는 이러하다. 어느 겨울밤, 호텔 나이트클럽에서 살인사건이 일어난다. 피해자는 호텔 소유주의 아들인 재벌 2세였고, 이후 그의 친구들이자 재벌 2세들의 모임 '오인방'의 멤버가 한 명씩 차례로 살해당한다. 소설은 이 연쇄살인 사건을 취재하고(신문기자), 수사하는(경찰) 과정을 따라가는 추리 구조인데, 범인을 찾는 과정에서 과거 사연이 하나하나 밝혀지면서 살인사건의 피해자와 범죄자라는 선악 구도가 뒤집힌다. 8년 전, '오인방'의 재벌 2세들은 대학시절의 마지막 크리스마스를 기념하겠다며 길 가던 여성('신애')을 납치해서 집단 성폭행을 저질렀다. 그다음 날 새벽 '신애'는 스스로 목숨을 끊었지만, 그녀에게 가해졌던 잔혹한 집단 성폭행은 은폐된 채 자살사건으로 종결되고 만다. 뒤늦게 사건 전모를 알게 된 '신애'의 남자 친구 '창배'는, 자신의 신분을 감추고 가수 '배수빈'으로 행세하면서 '오인방'에게 접근, '신애'의 복수극을 벌이기 시작한다. '오인방' 멤버가 모두 죽고, 살인범에게 사형이 선고되면서 소설은 마무리된다.

추리 서사의 구도인, 범죄의 발생과 그 해결을 다루는 방식에서 중요한 것은 선과 악의 분별이다. 설사 범죄자에게 피치 못할 이유가 있다 할지라도 그에 대한 연민이나 동정과는 별개로 사회 공동체의 안녕과 국가 발전을 위해서 범죄는 제거되어야 할 '악'이다. 그런데 『갈 수 없는 나라』에서는 크고 작은 범죄사건이 뒤엉켜서 등장하고, 이들에 대한 선악의 시비 분별 또한 엉클어진다. 소설의 가장 큰 줄기는 집단 성폭행 사건과 연쇄살인 사건이다. 전자의 가해자이자 범죄자는 후자에서 살인 피해자가 되고, 연쇄살인 사건의 범죄자는 자신이 '정직한 시민'이라며 과거 집단 성폭행 사건의 피해자를 대변하고 나선다.

또 '오인방'과 성적 환락을 즐기는 여성 파트너 '채나영'은 세 건의 살인을 저지른 범죄자이다. 3년 전, '채나영'은 아기를 출산하자마자 질식시켜서 하수구에 버렸고, 유명모델로 출세한 이후에는 자신의 앞길에 방해가 되는 '권오규'와 '오인방'의 한 사람인 '김광배'를 살해한다. '권오규'는 아주 오래전부터 '채나영'을 좋아했지만, 사랑을 거절당한 뒤부터는 자신이 무시당했다는 생각에 오랫동안 '나영'을 몰래 따라다니며 복수를 준비한다. 그는 유명 모델이 되어 호화롭게 살고 있는 '나영'의 앞에 나타나, 영아 살해를 비롯한 그녀의 과거를 빌미로 각종 협박을 서슴지 않는다. '김광배'도 마찬가지다. 그는 '권오규'와 '채나영'의 관계를 알게 된 것을 계기로 그녀를 시시때때로 위협한다. 이때 정신적인 피해와 살인 피해의 경중을 따지는 것은 의미가 없다.

상대방의 약점을 잡아 쥐고 함부로 다루며 의기양양해하는 두 남자, 영아 살인을 포함해 세 건의 살인을 저질렀지만 증거 불충분으로 풀려나면서 "만족한 미소"를 짓는 '채나영'. 이들을 두고, 이유야 어쨌든 모두 나쁜 놈이라 욕하기에도 찜찜하고, 그렇다고 해서 나름대로는 어쩔 수 없었다고 이해하기도 어렵다. 『갈 수 없는 나라』는 누가 피해자이고 누가 가해자인지, 무엇이 범죄인지, 누가 더 나쁜지를 판가름하는 것에는 관심이 없어 보인다. 선악의 뒤집힘이 아니라 마치 뫼비우스의 띠처럼 선과 악이 서로 꼬리를 문 형국을 만들어 놓은 듯도 하다.

신문 연재를 시작하기 전 어느 대담에서 작가는 처음 시도해 보는 추리소설이지만 "추리소설의 근본이 되는 사건의 발생 · 추적 · 해결과 함께 그 사건과는 직접적인 관계가 없는 젊은이들의 욕망과 의지, 갈등과 좌절 같은 것을 여러 갈래로 펼쳐"보겠다는 계획을 밝힌 바

있다.[1] 이와 같이 『갈 수 없는 나라』는 범죄사건의 발발로부터 시작되는 흥미진진한 추리소설이자, 부도덕한 사회현실을 파헤치는 사회소설이자, 남녀 간 사랑이 펼쳐지는 애정소설임이 확실해 보인다. 이 복잡함을 보충 설명이라도 하듯, 소설을 끝맺고 난 이후 후기에서 작가는 다음과 같이 말한다.

> 이 작품을 마치고 나는 소설의 영역이 무한히 넓고 깊다는 사실을 다시 한번 깨달았다. 나로서는 이제껏 밟아보지 않은 세계를 뚫고 지나온 기분이기 때문이다. 추리소설이란 형식은 내겐 서투르고 낯선 세계였다. (……)
>
> 추리소설이란 흔히 점잖은 문학으로부터는 외면되어 온 것이 우리의 상식이었고 사정이었다. 그러나 추리소설의 형식 속에도 소설의 새로운 길은 얼마든지 열려 있다는 사실을 이번의 경험을 통해 나는 배울 수 있었다. 인간을 이해하고 탐구하려는 한 작업인 소설이 그 새로운 길을 발견할 수 있다면 그것이 추리소설이건 탐정소설이건 구태여 가릴 필요가 어디 있겠는가.[2]

작가의 말처럼 소설은 '인간을 이해하고 탐구'하는 일이다. 하지만 애초부터 그것은 인간에게는 허락되지 않은, 불가능한 일일지도 모

---

1) 현재훈·조해일, "독자와 함께 사고하는 추리물을… 새 연재소설 『갈 수 없는 나라』를 말한다", 『중앙일보』, 1978.2.24.
2) 조해일, 「후기」, 1979.3.10., 『갈 수 없는 나라』, 고려원, 1982, 526쪽.

른다. 장르로서의 소설을 두고, 별이 사라진 시대의 인간들이 지도 없는 여행을 떠나는 일이라 하지 않았던가. 그럼에도 불구하고 '인간을 이해하고 탐구'하는 작업을 감행한다는 작가가 있기에 독자는 그 작가가 쓴 소설을 읽는다.

그래서였다. 소설 읽기가 힘들었던 것은, 텍스트와 함께 어른대는 작가의 모습 때문만이 아니었다. 이야기는 표면상 술술 읽히지만, 그로부터 인간의 얼굴을 분별하고 인간이 인간인 이유를 헤아리자니 힘들 수밖에 없는 노릇이다. 그러나 이것이야말로 '갈 수 없는 나라' 임을 알면서도 그곳을 헤매어 찾는 일이자, 소설『갈 수 없는 나라』 를 읽는 일일 것이다.

3. 가족의 타락한 얼굴, 재벌

'오인방'에 대한 연쇄살인이 시작된 곳은 "지상 30층 지하 3층의 거대한 규모로 최근에 준공을 끝낸 국제급 초호화판 관광호텔"인 Q호텔 나이트클럽이다. 이곳은 첫 살인 피해자 이상철의 아버지 소유이고, '오인방'의 멤버들은 B고등학교 동기동창으로 모두 "최근 몇 년 사이에 눈덩이처럼 규모가 커진 재벌급 회사의 경영주 2세"들이다.

이상철(31세), Q호텔 회장의 둘째 아들, Q호텔 부사장.
김광배(32세), R건설회사 회장의 셋째 아들, R 건설 상무이사.
박용기(31세), D증권 사장의 맏아들, D증권 전무이사.

선우영일(31세), Y종합식품 회장의 둘째 아들, Y종합식품 부사장.

최명곤(31세), M자동차 회장의 막내아들, M자동차 이사.

1970년대라는 시차를 감안하더라도, 서른한둘의 나이에 대기업 규모의 회사에서 부사장·이사직을 맡는다는 것은 상당히 특이하다. 이는, 그들이 회사 창업주이자 소유주의 아들, 즉 '재벌 2세'이기 때문에 가능한 일이다. 원래 '재벌' 자체가 상당히 특이한 경영 방식이다. 넓은 의미에서는 기업 결합체를 가리키는 콘체른(Konzern)[3] 도 재벌에 속하지만, 한국에서는 대체로 가족 중심의 족벌 기업을 말한다. 이는 일본의 자이바츠(財閥) 경영 방식이 옮겨진 것으로, 해방 이후 5·16 군사 정권의 수출 주도 경제성장 아래 10대 재벌 기업으로 그 규모가 뚜렷해졌다고 한다. 1960년대에 기초를 다진 주요 재벌 기업은 1970년대에 이르러 소설에서 서술된 것처럼 점차 "눈덩이처럼 규모"가 커지며 본격적으로 확대되었다. 이와 함께 소설 속 '오인방'처럼 창업자이자 소유주의 자식 세대가 경영에 본격적으로 참여하기 시작했고, 그들이 각종 일탈·범죄를 저지르는 일도 심심찮게 일어났다.

실제로 1975년의 소위 '박동명 사건'은 불법 외화 유출 혐의로 시작되었는데,[4] 그가 체포될 당시 신인 여배우와 동침 중이었다는 사

---

3) 법률적으로 독립하고 있는 몇 개의 기업이 출자 등의 자본적 연휴를 기초로 하는 지배·종속 관계에 의해 형성되는 기업 결합체를 의미한다.

4) 1975년 6월 태광산업 대표이사 박동명(31세, 시온재벌의 장남)가 미화 26만 5천 달러를 해외에 빼돌린 혐의로 검찰에 구속된 사건이다.("75년 국내외 10대 뉴스 퍼레이드 ⑨", 『경향신문』, 1975. 12. 27, 3면.)

실이 알려지면서 재벌 2세의 문란한 사생활이 큰 화제가 되었다. 이후 출처 불명의 '박(朴)의 엽색 상대자 28인의 명단'이나, 재벌 2세의 '7공자' 모임 등등의 이야기가 이어졌는데, 언론의 관심은 '박동명'이나 그의 배경인 재벌에 있지 않았다. 그 당시 미모의 여성 연예인이라면 다짜고짜 '당신도 박동명과 놀았느냐'고 다그쳤다는, 웃지 못할 소문이 떠돌았던 것처럼 상대 여성이 누구인지, 그녀와의 정사가 있었는지 등의 가십거리만이 자극적으로 소비될 뿐이었다.

'7공자'와 '오인방'이라는 비슷한 작명부터 그러하거니와, 성폭행이나 다름없는 강압적 성관계와 소위 '섹스 파트너'로 명명되는 여성과의 자극적 성애 등등은 현실과 허구(소설)가 분간되지 않을 정도로 비슷하다. 『갈 수 없는 나라』의 '오인방'들은 과거 집단 성폭행과 난잡한 성적 유흥을 일삼았고, 대기업의 부사장·이사 신분이 된 이후에도 비밀 요정에서 포르노를 보며 여성 연예인과 자극적인 정사를 즐긴다든지, 자신의 여비서를 유혹해 하룻밤 관계를 하는 일 등에 거리낌이 없다. 그리고 이런 사실이 비유적으로 서술되긴 하지만 상당히 길고 자세하게, 구체적인 감각을 자극하게끔 나타나 있다. 아마도 이런 장면이 신문에 연재되는 날에는 반나신의 여성 혹은 전라의 풍만한 여성 뒷태가 비스듬하게 그려진, 야한 삽화가 뒤따랐을 듯도 하다. 대중적 흥미를 끌어내고 상품으로서의 소비를 우선하는, 소위 B급 문화의 현장인 셈이다. 하지만 『갈 수 없는 나라』는 타락한 현실을 감각하고 소비하는 것에만 머무르지는 않는다.

아하, 네가 지금 바라지도 못하던 것이 접근해 오는데 놀라서 떨고 있구나. R건설 재벌의 2세가 느닷없이 접근해 오는데 놀라서 떨고 있구나. 그렇더라도 그건 기특하고 귀여운 일이다. (……)

그는 미소를 지으며 그녀가 걸어나가는 뒷모습을 보고 천천히 커피를 마시기 시작했다. 저녁에 그녀를 만나서 진행할 스케줄이 일목요연하게 머릿속에 떠올랐다. 즐거운 상상이었다. 새삼 아버지가 고마웠다. 이 모든 혜택은 아버지가 주는 것이었다. 아버지가 아니었다면, 비록 세상 사람들로부터 그다지 존경은 못 받는 터이지만 아버지가 아니었다면 이 모든 혜택을 어떻게 누릴 수가 있으랴.

위 인용문은 '오인방'의 일원인 '김광배'가 여비서를 유혹하는 장면이다. '김광배'는 '오인방'의 친구들이 하나씩 살해당하고 나자, 스스로 위기감을 느끼며 신경을 곤두세운다. 그러다가 잠시나마 불안함을 잊으려는 듯 즉흥적으로 사무실의 여비서에게 추파를 던지고, 그녀의 호의적인 반응에 스스로 흡족해한다. 이후 유부남이자 직장 상사인 남성과 미혼 여비서의 저녁 약속은 강변 레스토랑, 나이트클럽을 거쳐 북악스카이웨이 부근의 호텔 방까지 이어진다. 요즘 시대라면 권력형 성범죄라는 측면에서 다시 살펴볼 일이지만, 70년대 소설에서 보통 직장 상사와 여비서는 일종의 공모자적 관계로 그려진다. 그 관계를 가능케 한 힘은 바로 '재벌'이다. 재벌은 자본을 앞세워 무소불위의 권력을 행사하고, 필요에 따라 법·도덕·윤리를 제멋대로 무너뜨리기 일쑤였다. 그러하니 "이 모든 혜택"을 누리게 해 주는

'고마운 아버지'라는, 기괴한 헌사가 튀어나오는 것도 과장이 아니다. 게다가 저 문맥은 '김광배'를 조롱하거나 비꼬는 게 아니라, 지극히 담담하게 그러나 현실적이고 사실적인 진술로 전해진다. 이보다 더 서늘하게 '악'의 형색을 그려 낼 수 있을까.

또한 소설에서 '신애'의 아버지를 죽음으로 몰고 갔던 사업 파산과 가세가 몰락했던 과정을 살펴보면 그 원인은 '오인방'의 한 명인 '선우영일' 집안이 소유한 Y종합식품상사의 공격적인 기업 합병 때문이었는데, 그것은 결코 정당한 과정이 아니었다. 그들은 사채(私債) 장사를 해서 벌어들인 막대한 돈으로 "비겁한 수법을 써서 경쟁회사를 쓰러뜨"렸다. 탐욕스럽고 비열한 대기업, 권력과 자본을 마음대로 휘두르는 방탕한 재벌 일가. 지금까지도 종종 되풀이되는, 타락한 재벌의 서사는 바로 1970년대의 현실이었으며 『갈 수 없는 나라』는 이를 적확하게 담아냈던 것이다.

일반적으로 가족은 혈연공동체이자, 정서적·경제적 공동체이다. 인간이 처음으로 외부 세계를 경험하는 것은 가족, 더 정확히 말하자면 부모를 통해서이다. 또 부모는 자식을 낳고 키우면서 나와 다른 존재에 깊이 공감하는 가장 절절한 경험을 한다. 가족이라는 범주를 통해 우리는 동일성과 차이를 반복해서 배우고 경험하며 외부 세계를 확장시켜 나가는 것이다. 그러나 오직 '나'라는 독자적 범주만을 강화하고 영속시키기를 욕망한다면 이를 '가족 이기주의'라 불러도 무방하며, 그 이기심의 현실 끝판왕이 '재벌'일 것이다. 그들은 혈연 공동체로 한정된 이익을 극대화하고, 그것을 절대적으로 보존하려는 욕망을 현실 사회에서 구현한 집단이기 때문이다. 그것도 근현대 · 자본주의 사회에서 말이다.

혈연 중심의 개인-친족 관계는 전근대 봉건제 사회의 특성이며, 재벌은 근대 · 산업 · 자본주의 사회를 전제로 하는, 이윤 추구의 경제 조직체이다. 또 자본주의는 소위 경제적 개인-근대 이성 주체를 전제로 운영되는 경제 시스템이다. 이에 따라 개인의 이성적 판단과 선택 행위, 이익 추구 · 축적은 사회적으로 보장되고, 개인 삶의 진화라는 측면에서 긍정된다. 그런데 독립적인 생산 경제 단위체인 기업을 혈연 중심으로 조직하고, 그것을 세습화하여 재벌 2세 · 3세를 이어 가다니. 전근대와 근대가, 자본주의와 가족주의가 기괴하게 결합한 셈이다.

4. 갈 수 없는 나라를 노래하는 이유

매우 흥미롭게도 『갈 수 없는 나라』에서 '재벌'이라는, 타락한 경제-가족 공동체를 징벌하는 것은 '고아'인 '윤창배'이다.

> 소년은 열일곱 살이었고 소녀는 열여섯 살이었다. 소년은 가난했고 소녀는 가난하지 않았다. 그래도 둘은 서로 친했다. 소년은 부모가 없는 고아였고 소녀는 고아가 아니었다. 그래도 둘은 서로 친했다. 소년이 얹혀사는 친척 집 이웃에 소녀는 살았다. (……)

소년의 친척 집은 가난했지만 소년을 학교에 보내 주었다. 소녀도 학교에 다니고 있었다. 소년은 고등학교 2학년이었고, 소녀는 1학년이었다. 소년은 친척 집의 만류에도 가난한 친척 집의 부담을 생각하여 자진해서 신문 배달을 하였다. 게으름 피우는 법 없이 새벽에 일어나 소년은 집집마다 아침 신문을 배달하였다. 소년이 소녀의 집에 신문을 넣을 때 소녀는 깨어 있다가는 꼭 직접 신문을 받았다. 그리고 준비했던 우유 한 병을 꼭 소년에게 주었다. 여름에는 찬 것, 겨울에는 따뜻한 것이었다. 소년은 기쁜 마음으로 그 우유를 마시고 다음 집을 향해 달려갔다. 소녀를 만나기 위해서도, 소년은 한 번도 신문 배달을 거른 일이 없었다. 소녀도 소년의 신문을 직접 받는 걸 빠뜨린 일이 없었다.

소년 '창배'와 소녀 '신애'의 과거 회상은 동화처럼 아름답게 그려진다.(실제로 이 부분이 실린 장 제목은 「빼앗긴 동화」다.) 가난한 친척 집에 얹혀사는 고아 소년이지만 결핍이나 비애 따위는 없다. 오히려 기성 사회의 때문은 질서를 벗어난 듯 맑고 깨끗한 영혼, 외롭지만 자유로운 개인 이미지에 더 가깝다.[5]

또 소년과 소녀의 관계도 순수하기 그지없다. 소녀의 집에 신문을 배달하는 '창배'에게 '신애'가 우유를 전해 준 것이 그들의 첫 인연이

---

5) 이런 이미지는 70년대 청년 문화의 분위기와 무관하지 않다. 이영미는 1970년대 포크송에서 나타나는 청년 세대의 자기 인식이 '고아'이며, 그들은 부모 세대와의 의도적으로 절연하는 태도를 드러내고 있다고 설명한다. 아울러 1970년대 청년 문화의 특성으로 자유주의와 개인주의를 거론할 때, 외롭지만 맑고 순수한 '고아', '낭만적인 방랑자'의 이미지가 부각되었음을 지적한다.(이영미, 『한국대중예술사, 신파성으로 읽다』, 푸른역사, 2016, 445~449쪽.)

었다. 사실상 매일 아침 배달되는 신문에 대한 대가는 신문 구독 대금으로 치러지고, 이 관계는 화폐가 매개된 자본주의적 교환이다. 그러나 '신애'와 '창배'의 주고받음은 화폐적 교환을 벗어나 있다. 그들은 신문과 우유라는 '물건'을 교환하는 게 아니다. '사람'에게 우유를 주는 일, 즉 신문을 주는 '창배'에게 여름이면 차가운, 겨울이면 따뜻한 '우유 한 병'을 건네는 일이다. 또 '신애'에게는 '신문' 그 자체가 중요하지 않다. '신문'이라는 물건이 아니라, '창배'가 주는 신문을 "꼭 직접" 받는 것이 중요하다. 이들의 주고받음은 화폐적 가치로 환산되는 교환이 아니라, 순수 증여 행위나 다름없다. 이를 통해 소년과 소녀는 사람과 사람의 만남이라는 인간관계를 맺었던 것이다. 심지어 훗날 고등학교를 졸업한 이후에도 이들의 관계는 순수 이미지를 계속 유지하며, 남녀 간의 육체적·성적 관계는 나타나지 않는다. 따라서 '창배'가 '오인방'을 징벌하는 행위는 '신애'를 대신하는 복수라는 의미를 넘어서, "정직한 시민"이 타락한 재벌 2세를 응징하는 일이자, 탐욕스러운 폐쇄적 가족(재벌)을 무너뜨리고 순수한 개인의 영혼을 회복하는 일이 된다.

　이런 점에서, 집단 성폭행을 당한 '신애'가 자살한 이후, '창배'가 그녀의 가족과 함께 살면서 새로운 가족 관계를 형성하는 것도 주목할 만하다. 그는 '신애'의 어머니를 더없이 살가운 목소리로 "어머니"라고 부른다. '신애'의 어머니 또한 '창배'를 살뜰히 챙기는 자상한 어머니 노릇을 서슴지 않는다. 혈연관계가 아닌데도 "8년 동안이나 함께 모시고 지내면서 친어머니 이상으로 깊이 정들어 따뜻한 보살핌"을 받아 왔고, '신애'의 동생들도 친동생과 같은 가족이 된 것이다.

이처럼 새롭게 구성된 가족 관계는 소설 내에서는 극히 소량의 서술이지만, '오인방'의 가족 질서와 대조되어 더 소중하게 빛난다. '창배'의 새로운 가족 구성은, 재벌과 재벌 2세·3세의 타락한 경제 가족 공동체, 질펀한 술자리에서 형님-아우를 외치는 '오인방'의 유사 가족 관계, 자본과 결탁한 속물적 가족 이기주의를 벗어난, 인간과 인간의 관계이기 때문이다. 그 관계는 돌봄의 의미를 공유하는 공동체라는 의미에서의 가족이며, 이 때문에 "서로 꾸밈없는 감정"을 느끼고, "말하지 않아도 서로의 마음을 이해"할 수 있다. 그래서 그곳은 "항상 박하사탕을 먹은 것처럼 마음속이 환해지는" 세계이다.

그러나 이 세계가 현실에서 지속되기는 극히 어렵다. '신애'와 '창배'의 순수한 인간관계는 집단 성폭행당한 '신애'의 자살로 무너졌고, 이후 '신애' 가족과 '창배'가 구성한 관계도 '창배'의 범행에 내려진 사형선고로 곧 해체될 운명이기 때문이다. '신애'와 '창배'를 둘러싼 관계는 그렇게 끝나고 말지만, 소설의 마지막 장인 「에필로그」는 다른 인물의 다른 행보를 보여 줌으로써, 남은 사람들 어쩌면 독자까지도 포함한 이 세상 모든 사람들에게 새로운 의미를 던져 준다.

「에필로그」에서 '창배'가 저지른 연쇄살인 사건을 수사하던 '반경식' 형사는 사건 종결과 법정 판결이 마무리된 후, 경찰에 사표를 내고 정치를 하겠다고 선언한다. 그는 법정에서 '오인방'의 집단 성폭행은 아예 언급도 되지 않는 것과는 대조적으로 '창배'에게는 사형선고가, '채나영'에게는 무죄가 선고되는 것을 보면서 "부끄러움"을 느꼈고, 그래서 정치를 해 보겠다고 결심했다는 것이다. 이때의 '부끄러움'은 자신의 삶을 성찰하는 힘이자, 옳고 그름이 사라진 세계에 대한 공적인 수치심이다. 부끄러움으로 나와 세계를 돌아보고, 본질을 추구하고자 하는 고귀한 인간의 모습인 것이다. 정치든 뭐든, 자기 삶을 바꾸고 새로운 길을 떠날 결심을 한 젊은 형사의 선택은 그래서 더없이 소중하다. 자기 성찰과 세계에 대한 인식으로부터 내 삶의 방식을 결심하는 것, 이것이야말로 소설 『갈 수 없는 나라』의 가장 중요한 마무리일 것이다. 그리고 이것이야말로 '갈 수 없는 나라'를 가야만 하는 이유이자, 계속해서 '갈 수 없는 나라'를 노래해야 할 이유일 것이다.

조해일 연보

1941 중국 하얼빈시 근처에서 아버지 조성칠과 어머니 김순희 사이에서
장남으로 출생. 본명 조해룡.

1945 가족들을 따라 귀국. 이후 서울에서 성장.

1950 6·25를 서울에서 겪음.

1951 1·4후퇴 시 부산으로 피난. 이때 바다를 처음 봄.

1954 서울로 돌아옴.

1961 보성고등학교 졸업. 경희대학교 국문과 입학.

1966 경희대학교 국문과 졸업. 육군 입대.

1969 육군 제대.

1970 단편 「매일 죽는 사람」이 『중앙일보』 신춘문예에 당선되어 등단. 단편
「멘드롱 따또」(『월간중앙』), 「야만사초」(『월간문학』), 「이상한 도시의
명명이」(『현대문학』) 발표.

1971 단편 「통일절 소묘」(『월간중앙』), 「방」(『월간문학』) 발표.

1972 단편 「대낮」(『현대문학』), 「뿔」(『문학과지성』), 「전문가」(『문학사상』),
「항공 우편」(『월간중앙』), 중편 「아메리카」(『세대』) 발표.

1973 경희대학교 대학원 졸업. 단편 「심리학자들」(『신동아』), 「임꺽정 1」
(『현대문학』), 「내 친구 해적」(『월간중앙』), 「무쇠탈 1」(『문학과지성』),
「1998년」(『세대』) 발표. 숭의여전 강사로 출강.

1974 첫 소설집 『아메리카』(민음사) 출간. 단편 「애란」(『서울평론』), 「할머
니의 사진」(『여성중앙』), 「임꺽정 2」(『한국문학』) 발표. 중편 「어느 하
느님의 어린 시절」(『세대』) 발표. 중편 「왕십리」(『문학사상』) 연재.

1975 단편 「임꺽정3」(『문학과지성』), 「나의 사랑하는 생활」(『문학사상』) 발
표. 중편 「연애론」(『서울신문』, '반연애론'으로 개제), 「우요일」(『소설
문예』) 발표. '겨울여자'를 『중앙일보』에 연재. 소설집 『왕십리』(삼중
당) 출간.

1976	단편 「순결한 전쟁」(『문학사상』) 발표. 장편 『겨울여자』(문학과지성사) 출간. '지붕 위의 남자'를 『서울신문』에 연재.
1977	단편 「무쇠탈 2」(『문학과지성』), 「임꺽정 4」(『문예중앙』) 발표. 단편집 『매일 죽는 사람』(서음출판사), 중편소설집 『우요일』(지식산업사), 장편 『지붕 위의 남자』(열화당) 출간.
1978	콩트·에세이 집 『키 작은 사람들』(삼조사) 간행, '갈 수 없는 나라'를 『중앙일보』에 연재.
1979	「자동차와 사람이 싸우면 누가 이기나」(『창작과비평』) 발표. 장편 『갈 수 없는 나라』(삼조사) 출간.
1980	단편 「도락」, 「비」, 「낮꿈」(『문학사상』), 「임꺽정 5」(『문예중앙』) 발표.
1981	'X'를 『동아일보』에 연재. 단편 「임꺽정 6」(『한국문학』) 발표. 경희대학교 국어국문학과 교수로 재직.
1982	『엑스』(현암사) 출간.
1986	「임꺽정 7」(『현대문학』) 발표. 『아메리카』(고려원), 『임꺽정에 관한 일곱 개의 이야기』(책세상) 출간.
1990	단편집 『무쇠탈』(솔), 중편집 『반연애론』(솔) 출간.
1991	장편 『겨울여자』(솔) 개정판 출간.
2006	경희대학교 국어국문학과 교수 퇴임. 경희대학교 명예교수 위촉.
2017	「통일절 소묘 2」 발표(손바닥 소설집 『이해없이 당분간』, 김금희 외 21명, 걷는 사람).
2020	6월 19일 경희의료원에서 지병 치료를 받던 중 이날 새벽 별세.

출전(저본) 정보

『갈 수 없는 나라』(고려원, 1993)

조해일문학전집 10권

갈 수 없는 나라 하

1판 1쇄 인쇄 2024년 6월 7일
1판 1쇄 발행 2024년 6월 14일

—

지은이 | 조해일

기획 | 조해일문학전집 간행위원회
책임편집 | 강동준

발행처 | 죽심
발행인 | 고찬규

신고번호 | 제2024-000120호
신고일자 | 2024년 5월 23일

주소 | (04029) 서울특별시 마포구 양화로 7길 84 영화빌딩 4층
전화 | 02-325-5676
팩스 | 02-333-5980

값은 표지에 있습니다.

ISBN 979-11-94110-02-6 (04810)
ISBN 979-11-985861-2-4 (세트)